KB120783

# 교실
# 밖에서
# 책과
# 놀다

교실
밖에서
책과
놀다

1

1판 1쇄 발행 ｜ 2010년 4월 25일
1판 2쇄 발행 ｜ 2011년 2월 25일

지은이 ｜ 채풍묵
그린이 ｜ 이라하
펴낸이 ｜ 김태석
펴낸곳 ｜ (주)천년의시작
등록번호 ｜ 제300-2006-9호
등록일자 ｜ 2006년 1월 10일

주소 ｜ (우110-034) 서울시 종로구 창성동 158-2 2층
전화 ｜ 02-723-8668
팩스 ｜ 02-723-8630
홈페이지 ｜ www.poempoem.com
전자우편 ｜ poemsijak@hanmail.net

ⓒ채풍묵, 2010. printed in Seoul, Korea

ISBN 978-89-6021-123-3  43800

값 13,000원

채샘과
함께하는
독서활동

# 교실 밖에서 책과 놀다

# 1

**채풍묵** 지음 이라하 그림

천년의시작

머리말

세상에 책은 많다.

저마다 취할 점도 있다.

너무 많아서 선뜻 책을 고르기도, 권하기도 쉽지 않다.

여기 소개하는 70권도 권할 만한 수많은 책들 중 극히 일부이다.

다만 이것들은 학생들을 위해 내 스스로 읽고 느낀 것들일 뿐이다. 일부는 토론이나 논술 수업에 활용하기도 했다.

이 글은 천재교육의 청소년 웹진 『드림10』에 연재했던 원고를 바탕으로 한 것이다. 2002년부터 2008년까지 6년 남짓 책에 대해 매월 산문을 썼다. 그렇게 다루었던 책들을 묶으니 70여 편이 되어 두 권으로 펴낸다. 단순히 책을 소개하기 위해 이 글을 쓴 것은 아니다. 우리 학생들에게 나는 책읽기의 한 오솔길 정도는 안내하고 싶었다. 책을 통해 자신과 이웃과 세계에 대해 생각해 볼 수 있었으면 했다. 그런 생각에 공감하고 선뜻 책으로 묶어 준 (주)천년의시작 출판사에 감사한다.

20년 남짓 교직 생활을 해왔다. 줄곧 고3 수업과 고3 담임을 맡았던 연속이었다. 청춘의 많은 부분을 대학입시와 문제집 속에서 헤맸던 것 같다. 고3과 함께 하는 학교생활은 언제나 쫓겼다. 그래도 나름 위안은 있다. 가끔 시를 써서 발표했고, 더러는 책을 읽고 이런 원고도 썼다. 무엇보다, 내게는 언제나 학생들이 우선이라는 신념을 얼마큼 지키고 살아서 다행스럽다.

우리 학생들이 아직도 나를 철없는 선생으로 보아주었으면 좋겠다. 학생들과 함께 뒹구는, 선뜻 손 내밀고 싶은 선생으로 남았으면 좋겠다. 올해 담임을 맡은 25기 독일어과 학생들과 함께 출간의 기쁨을 소박하게 나누고 싶다.

2010년 봄날

저자 **채 풍 묵**

# 교실 밖에서 책과 놀다 1

■ 머리말 ——————— 4

## part 1

나를 있게 하는
내 주변의 삶

차례

# part 2
## 나
### 세상에서 가장
### 소중한 존재

교실 밖에서 책과 놀다 1  차례

# part 3

# 세상

우리를 둘러싼
이 곳

part 1

# 꿈

더 풍요로운 삶

part 2

# 삶

### 더 깊게 가꾸는 생각

차례

part 3

환경 더불어 살아가는 존재

part1

이웃

나를 있게 하는
내 주변의 삶

# 소중한 것이 그리워질 때,
# 조용히 꺼내 보는 보물 상자
## 『TV동화 행복한 세상』

박인식 기획 | 이미애 글 | 2002 | 샘터

『TV동화 행복한 세상』은 KBS에서 제작, 방송하여 2001년 '시청자가 뽑은 올해의 좋은 프로그램상'을 수상한 프로그램의 내용을 책으로 엮은 것입니다. 길이는 짧지만 감동은 깁니다. 추억, 우정, 가난, 어머니 등 우리에게 너무 친숙해서 오히려 식상할 것 같은 소재들이 전혀 다른 신선함으로 눈을 반짝이고 있습니다. 그것들이 전해주는 잔잔한 여운에 젖다 보면 어느새 우리 가슴이 '사랑'으로 가득 차게 되는 글들입니다.

각 이야기들은 월간 출판물, 기업체 사보, 단행본, 시청자가 겪은 사연 등에서 찾은 아름다운 소재들을 5분간 방영하는 방송 특성에 맞게 압축해서 구성한 것들입니다. 특히 여기 담긴 각각의 글은 작가들의 상상력으로 꾸며낸 허구적인 이야기가 아니라 우리 주변에서 일어나고 있는 '실화'라는 점이 눈길을 끕니다. 작가는 말합니다.

"너무 슬프고 너무 아름다워서 마치 동화 같은 실화들을 한 아름 모아놓고 저는 보물찾기를 하는 아이처럼 행복했습니다."

각각의 이야기들 전체를 구슬 꿰듯 엮어주는 것은 '사랑'입니다. 우리 주변에 아직 사랑이 존재하고 실천되고 있다는 증거입니다. 세상은 아직 살 만하다는 자긍심을 가질 수 있을 것입니다. 가령, 오 헨리의 소설 「마지막 잎새」를 연상케 하는 이런 이야기가 있습니다.

담당 의사로부터 올겨울을 넘기지 못할 것이라는 말을 듣고 몇 달째 입원했던 병원을 나와 집에 돌아오신 할머니가 계셨습니다. 당신께서 떠날 시간을 예감이라도 하듯 할머니께서는 슬픈 아버지의 손을 잡고 말씀하십니다.

"내가 아무래도 올겨울을 못 넘길 것 같구나."

가슴이 미어지는 식구들은 그해 겨울이 가고 봄이 온 뒤에도 겨울 속에서 삽니다.

할머니 방에 들어갈 때면 모두 겨울옷으로 갈아입습니다. 겨울이 간 것을 할머니에게 알리면 할머니께서 서둘러 식구들 곁을 떠날 것을 염려했기 때문입니다. 그렇게 병원에서 예고한 날보다 반년이나 더 지내며 식구들이 하나 둘 보내 드릴 채비를 마친 뒤에야 할머니는 세상에서 가장 긴 여행을 떠났습니다. 슬픈 초여름이었습니다. 엄마는 그때서야 비로소 식구들의 긴 겨울을 곱게 접어 장롱 속에 차곡차곡 넣었습니다. 숨죽인 울음과 함께. 아름다운 이별

그런가 하면 일등이 훨씬 각광 받는 이 세상에서 꼴찌 하려는

달리기도 있습니다. 지방의 한 교도소에서 아주 특별한 체육대회가 열렸습니다. 20년 이상 복역한 모범수와 그 식구들이 초청된 행사였습니다. 오랫동안 식구들과 격리됐던 재소자들에게도, 마음의 감옥에 갇혀 살아온 식구들에게도 가슴 설레는 일이었습니다. 며칠간 예선을 치른 구기 종목 결승전을 시작으로 달리기, 줄다리기, 열띤 응원전 등 운동회가 열기를 띠었습니다. 그러나 이날 경기의 하이라이트는 부모님을 등에 업고 운동장을 한 바퀴 도는 효도관광 달리기였습니다.

푸른 수의를 입은 선수들이 등에 부모님을 업고 출발 선상에 모이면서 분위기는 돌연 숙연해지기 시작했습니다. 출발 신호가 떨어졌습니다. 하지만 힘을 다해 달려 일등 하려는 선수는 아무도 없었습니다. 아들의 눈물을 훔쳐 주느라 당신 눈가의 눈물을 닦지 못하는 어머니, 아들의 축 처진 등이 안쓰러워 더 업히지 못하는 아버지… 운동장은 이내 울음바다로 변했습니다. 서로가 골인 지점에 조금이라도 늦게 들어가려고, 함께 있는 시간을 단 1초라도 연장해 보려고 애를 쓰는 듯한 이상한 경주였습니다. 꼴찌하려는 달리기

어쩌다 결혼을 축하하는 하객으로 결혼식장에 가면, 마치 공장에서 상품을 생산하듯 틀에 맞춰 바쁘게 결혼식을 찍어내는 듯한 요즘 세태에 쓴웃음이 나올 때가 있습니다. 다음과 같은 결혼식이라면 하객으로 참석한 우리는 어떨까요?

신랑 측 부모의 심한 반대 때문에 신부 측 하객들만 모시고 반쪽 결혼식을 올리는 신랑신부가 있었습니다. 침울한 식장 분위기

를 바꿔보려는 듯 우스갯소리를 섞은 주례사가 이어지고 있습니다. 그때 하객들은 신랑의 손이 부지런히 움직이고 있는 것을 발견했습니다. 듣지 못하는 신부를 위해 수화로 주례사를 전달해 주고 있었던 것입니다. 주례사가 진행되며 점점 장내는 숙연해졌고 주례 선생님은 빛나는 한 마디로 주례사를 마쳤습니다.

"여기, 이 세상에서 가장 멋진 신랑이 가장 아름다운 신부에게 세상에서 가장 아름다운 말을 해주고 있습니다."

잠시 침묵이 흐른 뒤 하객들이 하나 둘 자리에서 일어났습니다. 그리고 뜨거운 박수를 보냈습니다. 아픔을 견뎌낸 신부와 신부의 아픔까지 사랑한 신랑에게 보내는 갈채였습니다. 침묵의 서약

이런 이야기들을 하나하나 읽어가다 보면 우리가 살아가면서 정작 중요한 것이 무엇인지, 행복하다는 것은 어떤 것인지 스스로에게 되묻게 됩니다. 그러다 보면 이런 '충고'는 삶의 한 지표가 될 만도 합니다.

대학 4년 동안 신분도 모르는 후원자의 도움으로 어렵게 공부한 청년이 있었습니다. 졸업반이 되면서 장차 어떤 일을 해야 할지 결정하지 못하고 갈팡질팡하다가 후원자에게 충고해 달라는 편지를 썼습니다. 며칠 뒤 청년은 후원자로부터 한 번 찾아오라는 답장을 받고 편지에 적힌 곳을 찾아갔습니다. 그곳은 예상과 달리 고층 건물 한쪽 벽에 혹처럼 붙어 있는 구두수선병원이었습니다. 그분은 투박한 손등, 구두약에 절어 새까만 손톱에 일흔도 넘어 보이는 노인이었습니다.

"왜, 실망했나? 우선 이리 좀 앉게."

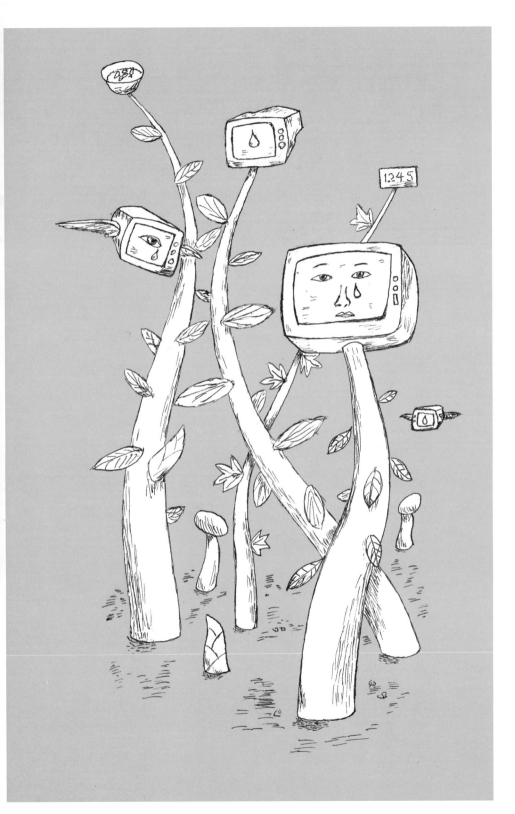

실망 반 놀라움 반으로 어쩔 줄 몰라 하는 청년을 주저앉힌 노인은 말했습니다.

"젊은이, 무슨 일을 하느냐보다는 어떻게 사느냐가 훨씬 중요한 문제라네."

"내가 그 진리를 자네처럼 젊어서 깨달았더라면 더 많은 사람을 도왔겠지."

노인의 그 한 마디에 청년의 갈등은 씻은 듯 가셨습니다.후원자의 충고

무엇을 하려는가에 앞서 어떻게 살려는가를 고민하는 것이 필요합니다. 그러자면 주변부터 찬찬히 돌아볼 수 있어야 하고 그곳에 친구가, 어머니가, 식구들이, 선생님이 나름대로 한 움큼씩 사랑을 갖고 내 언저리에 늘 함께 있어왔음을 깨닫기도 해야 할 것입니다. 그러다 보면 잊고 지냈던 것들이 그리워지기도 하고 때론 그것 때문에 눈물이 날 때도 있을 법합니다. 이런 때 가정 형편이 어렵던 시절 가난 속에서 어머니를 모시던 그의 모습이 투영된, 함민복 시인의 시 한 편을 이 책에 함께 끼워놓고 싶어질 것입니다.

지난여름이었습니다. 가세가 기울어 갈 곳이 없어진 어머니를 고향 이모님 댁에 모셔다 드릴 때의 일입니다. 어머니는 차시간도 있고 하니까 요기를 하고 가자시며 고깃국을 먹으러 가자고 하셨습니다. 어머니는 한평생 중이염을 앓아 고기만 드시면 귀에서 고름이 나오곤 했습니다. 그런 어머니가 나를 위해 고깃국

을 먹으러 가자고 하시는 마음을 읽자 어머니 이마의 주름살이 더 깊게 보였습니다. 설렁탕집에 들어가 물수건으로 이마에 흐르는 땀을 닦았습니다.

"더울 때일수록 고기를 먹어야 더위를 안 먹는다. 고기를 먹어야 하는데… 고깃국물이라도 되게 먹어 둬라."

설렁탕에 다대기를 풀어 한 댓 숟가락 국물을 떠먹었을 때였습니다. 어머니가 주인 아저씨를 불렀습니다. 주인 아저씨는 뭐 잘못된 게 있나 싶었던지 고개를 앞으로 빼고 의아해하며 다가왔습니다. 어머니는 설렁탕에 소금을 너무 많이 풀어 짜서 그런다며 국물을 더 달라고 했습니다. 주인 아저씨는 흔쾌히 국물을 더 갖다 주었습니다. 어머니는 주인 아저씨가 안 보고 있다 싶어지자 내 투가리에 국물을 부어 주셨습니다. 나는 당황하여 주인 아저씨를 흘금거리며 국물을 더 받았습니다. 주인 아저씨는 넌지시 우리 모자의 행동을 보고 애써 시선을 외면해 주는 게 역력했습니다. 나는 그만 국물을 따르시라고 내 투가리로 어머니 투가리를 툭, 부딪쳤습니다. 순간 투가리가 부딪치며 내는 소리가 왜 그렇게 서럽게 들리던지 나는 울컥 처받치는 감정을 억제하려고 설렁탕에 만 밥과 깍두기를 마구 씹어 댔습니다. 그러자 주인 아저씨는 우리 모자가 미안한 마음 안 느끼게 조심, 다가와 성냥갑만한 깍두기 한 접시를 놓고 돌아서는 거였습니다. 일순, 나는 참고 있던 눈물을 찔끔 흘리고 말았습니다. 나는 얼른 이마에 흐른 땀을 훔쳐내며 눈물을 땀인 양 만들어 놓고 나서, 아주 천천히 물수건으로 눈동자에서 난 땀을 씻어냈습니다. 그러면서 속으로 중얼거렸습니다.

눈물은 왜 짠가.

- 함민복, 「눈물은 왜 짠가?」

　눈물 속에 들어 있다는 단백질과 당류, 아주 적은 양의 염분만이 우리가 짜게 느낄 수 있는 요소일까요? 여러분, 눈물은 왜 짠가요? 그 진정한 답을 『TV동화 행복한 세상』을 읽는 동안에 우리는 알 수 있지 않을까요? 눈물은 왜 짠 것인지…….

# 2

# 인간에 대한 따스한 탐색

## 『길모퉁이에서 만난 사람』

양귀자 글 | 김명신 그림 | 1993 | 살림

여성잡지사 기자인 김동희 씨는 한눈에도 몹시 당차 보이는 얼굴을 지닌 아가씨입니다. 그녀는 이제 2년의, 그리 길지 않은 운전 경력에도 불구하고 아주 부드럽고 능숙하게 차를 다룹니다. 그녀는 잡지 편집 마감 때면 자정 넘어 퇴근하기 일쑤인데, 택시 타기도 겁나고 취객들과 합승해서 곤욕 당하는 일도 지겨워 적금을 탈탈 털어 소형차 한 대를 구입했습니다. 그 뒤 그녀는 이런 주장을 펼쳤습니다.

"세상의 모든 자동차는 여자들만 운전하는 법률을 만들어야 해. 그러면 난폭 운전이나 음주운전으로 인한 사고는 모조리 사라질 거야. 교통사고를 완전히, 아니면 아주 극소수로 줄일 수 있는 방법은 남자들한테는 아예 운전면허를 내주지 않는 길밖에 없어."

그러면서 운전을 할 때 여자이기 때문에 당하는 여러 가지 불이

23

익에 대해 분개하곤 했습니다.

　지금은 모두들 '박치기 씨'라고 부르는 한 남자가 처음 모습을 나타낸 것도 그런 불이익의 사례에 끼어서였습니다. 폭설이 있던 어느 겨울, 그녀의 차는 동네 입구 내리막길에서 미끄러져 그만 신호대기로 멈춰 있는 앞차를 슬쩍 들이받고 맙니다. 범퍼에 약간 흠집이 났을 뿐인 정도인데도 앞차의 남자는 그녀에게 딱딱거리며 손해배상을 요구합니다. 그래서 명함을 주고 꼭 배상이 필요하면 연락하라고 했습니다. 그 후 남자가 회사로 전화를 걸어와서 하는 말이 범퍼값 대신 차나 한 잔 사달라고 했습니다. 그런 수작에 대해 김동희 씨, 차라리 새 차를 한 대 사주는 한이 있어도 차 한 잔은 못 사겠다고 거절했습니다. 그리고는 전화가 없었습니다.

　그렇게 꼬박 일 년이 지나고 다시 겨울, 그 남자가 놀랍게도 재등장합니다. 그것도 일 년 전과 정반대의 상황으로. 즉 이번엔 그가 그녀의 차를 들이받는 것으로, 일 년 전 그 자리, 똑같이 눈이 내린 빙판길 아침 시간에. 그러나 이때 그녀는 범퍼도 크게 상하지 않아서 그 남자처럼 치사하게 굴지 않고 그냥 그를 보내줍니다. 이때부터 우연이라고 하기엔 이상할 정도로, 동네 오르막길이 얼어붙는 날마다 그들 젊은 남녀의 자동차 박치기는 되풀이되었습니다. 그것도 매번 남자의 차가 미끄러져 여자 차를 들이받는 형식으로 말입니다. 이후의 다음 대화들.

　"보세요. 벌써 세 번째예요. 이제는 한 번만 더 받히면 범퍼가 박살이 날 걸요. 봐주는 것도 한두 번이지, 이젠 톡톡하게 손해배상을 받아낼 거예요. 이건 완전히 날 골탕 먹이려고 계획적으로

24

하는 짓이 분명해요. 어디, 두고 봐요."

그리고 얼마 후 '남성운전불허설' 의 그녀는 남성인 박치기 씨가 운전하는 자동차에 실려 편안하게 출퇴근을 하고 있다는 소문이 들립니다.

"선생님, 저 그 박치기 씨 하고 3월에 결혼하기로 했어요."

"아니, 손해배상은, 아니, 범퍼는 갈아준대요?"

"범퍼값이야 물론 받았지요. 그리고 평생을 두고 나에게 손해배상을 하게 하는 방법으로 결혼이 가장 좋을 것 같아서 그렇게 결정했어요."

"작년에 동희 씨 차에 처음 박치기 당한 뒤부터 마음을 빼앗겼어요. 그래서 치밀하게 일개 년 계획을 짠 거예요. 당돌한 아가씨라 선불리 접근했다간 점수만 뺏길 것 같아 일 년을 기다려 박치기 수법을 써먹은 거예요. 정말이지 올해처럼 눈 오는 날을 애타게 기다려 본 때도 없어요. 눈이 와야 이 사람 차에 박치기를 하지요."

작가는 고백합니다.

"이십대에는 모든 사랑 속에 나를 일인칭으로 투입했었다. 그때의 '나' 는 세상의 어떤 사랑에도 도저히 무관심할 수 없었다. 그것은 언제라도, '나' 에게도 가능한 것이라고 여겼었다. 이십대를 넘긴 한참 뒤, 그리고 이제 나는 삼인칭으로 사랑을 이야기하고 있다. 어떻게 이야기해도 사랑은 아름답다. 사랑은 상상할 수 있는 모든 불화를 다 뛰어넘고, 사랑은 어떤 예측도 불허한다. 사랑은 우리를 훈련시킨다. 우리가 사랑을 훈련시키는 것이 아니라······."

　김동희 씨나 박치기 씨와 같은 사람들을 우리는 이 소설 곳곳에서 만날 수 있습니다. 『길모퉁이에서 만난 사람』은 작가가 생활 주변에서 만난 사람들에 대한 일종의 인물 탐색 보고서이기 때문입니다. 작가가 부천 원미동에 살던 시절 그 동네 사람들에 대한 이야기로 『지구를 색칠하는 페인트공』을 내놓은 데 이어 두 번째인 이 소설은 서울 북한산 밑 동네 연립주택으로 이사 온 후 탐색한 서울과 서울 사람들에 대한 기록인 셈입니다. 작가는 짧은 글 속에 한 인물의 드러난 모습과 숨겨진 정신을 아울러 추적하는 작업을 하고 있습니다. 이렇게 개개의 인물을 짧은 소설로 그린 이것을 작가는 '인물소설'이라고 부릅니다.

　시의 경우에도 한 인물에 대한 성찰을 시 한 편으로 그린 것이 있습니다. 고은 시인의 『만인보萬人譜』 같은 경우가 그것입니다. 시인이 만난 만 명에 대한 인상을 각각 시로 표현하겠다는 의도입니다. 소설이든 시이든 인간에 대한 탐구는 문학을 포함한 모든 예술에서 추구하는 핵심입니다. 진정한 삶을 일깨워주는 면모를 간직한 사람들은 아름답습니다. 하지만 그렇게 살아가는 인물들을 만나는 일은 결코 쉽지 않습니다. 우리 삶은 알게 모르게 우리를 위축시키고 남들과 다른 방식으로 사는 일은 위험한 시도라고 끊임없이 우리를 세뇌시킵니다. 그래서 작가는 말합니다.

　"세상이 만들어 놓은 질서나 제도 속에 얽매이지 않고 사는 사람들을 만나면 나는 몹시 즐겁다. 우선은 그들이 주는 신선함이 즐겁고, 두 번째는 내 인물소설의 목록을 하나 더 늘릴 수 있으니다시 즐겁다.”

“여기 세상에 덜 위축당하고, 덜 세뇌당한 사람들이 있습니다. 자신의 삶을 자신의 방식대로 꾸려나가는 사람들. 김 선배, 김밥 아주머니, 야채 아저씨, 김대호 씨, 박영국 씨, 김 박사…”

김 선배는 명문 대학 졸업장 따위는 불쏘시개로 써야 할 판인 개인택시 기사입니다. 아이들이 아빠 직업을 자유업 혹은 여행가로 명명하는 비정상적인 기사. 식구들이 온통 그에게 자유를 전염당하고만 기사입니다. 그런가 하면 자신이 만든 김밥에 대해 또는 자신의 자동차 야채 행상으로 팔 야채의 품질에 대해 절대적인 신뢰감과 자신감을 갖고 있는 김밥아주머니, 야채아저씨를 작가는 서슴지 않고 ‘예술가’로 부릅니다.<sub>우리 동네 예술가 두 사람</sub> 느리고 긴, 그래서인지 “제가 긴데요” 하고 대답하는 김대호 씨, 전파상을 하며 동네 모든 사정을 소상히 꿰고 있는 김 박사, 그들이 바로 ‘작가가 만난 사람들’입니다.

이 외에도 『길모퉁이에서 만난 사람』에서 작가가 그려 가는 사람의 무늬는 다양합니다. 바깥일과 집안일의 역할을 서로 바꿔버린 부부도 있고, 모임에서 지칠 줄 모르고 수다를 떠는 ‘금주클럽’ 남성들도 있습니다. 한없는 그리움의 재료인 내 어머니가 있고, 그 어머니의 세 번째 눈물이 있고, 작가가 울 수밖에 없었던 순간을 빚어내는 사람들<sub>세 번 울기</sub>이 있습니다.

주머니를 뒤져 노래 한 곡씩을 꺼내 부르는 사람<sub>시인의 노래</sub>, 생활 그 자체를 시로 만들어 버리는 사람<sub>시인의 가족</sub>, 장롱이 들어갈 수 없을 정도의 반 지하 신혼 단칸방에 걸린 장롱 보관증 액자<sub>시인의 장롱</sub>

등등을 소개하면서 작가는 '안테나를 올리는 시인들' 이란 표현을 씁니다.

"나는 사람마다 세상사에 감응하는 나름대로의 주파수가 있다고 믿는 사람이다. (…중략…) 그에 비하면 시인들의 주파수는 고감도의 기미까지 낚아채야 하는 특별한 예민함을 요구한다. 어떤 잡음도 끼어들어서는 안 된다. 시인들의 신호체계에 잡음은 금물이다. 시인들은 눈곱만큼의 잡음 하나에도 마음을 다쳐서 하루 종일 안테나를 올리고 또 올린다. 하늘 끝까지 안테나를 올리고 있는 사람들, 그들이 바로 시인들이다. (…중략…) 오늘도 시인들은 어딘가 바람 부는 언덕에 서서, 바람에 머리카락을 휘날리면서 하늘 끝까지 안테나를 올리고 있을 것이다. 바람 부는 날이면 시인을 찾아볼 일이다……."

그러나 어찌 이것이 '시인' 이란 이름을 가진 사람들만의 일이랴, 어찌 바람 부는 날이면 시인만을 찾아볼 것인가, 작가의 눈으로 찾아낸 이 사람들은 모두 나름대로의 주파수로 세상을 감지하는 '시인' 들입니다. 누구나 그들의 순수에 전염되고 싶어지는 그런 사람들입니다. 그래서 작가가 이 소설을 꾸미면서 이렇게 말하는 것입니다.

"개인 하나하나가 간직한 암호들을 해독해 가는 과정이야말로 우주 탐험의 여정이다."

인간에 대한 탐색이야말로 인간의 정신적인 키를 높이는 가장 가치 있는 여정 중의 하나가 될 것입니다. 그 탐색이 따스하다면 더욱 그렇습니다.

# ③

# 따뜻한 약속
## 『살아 있는 동안 꼭 해야 할 49가지』

탄줘잉 지음 | 김명은 옮김 | 2004 | 위즈덤하우스

우리 삶은 매일 바쁘게 어디론가 달려가고 있습니다. 그러는 동안 우리는 우리가 사는 시간 속에 매일 무언가를 떨어뜨리고 빠뜨리며 지내는지도 모릅니다. 수레바퀴가 시속 300킬로미터 고속전철 바퀴가 되고, 그 속도를 따라잡기 위해서 인간은 스스로 바퀴와 속도의 지배를 받으며 살아갑니다. 그래서 사람들은 이제 '느리게 살자'고 외칩니다. 천천히 걸으면서 풍경도 살피고 주변 사람과 얘기도 나누면서 가자는 것이지요. 일부러 느릿느릿 게으른 여행을 추구하는 사람들도 있습니다. 그것은 모두 우리가 흘려버린 소중한 것을 되찾고 싶은 마음에서 비롯된 것입니다.

『살아 있는 동안 꼭 해야 할 49가지』의 저자는 우리 일상에서 사소하게 생각하거나 자칫 지나쳐 버린 것들, 그러나 꼭 필요한 것들을 아름다운 동화처럼 짧은 예화와 함께 제시하고 있습니다.

그는 인간이 언젠가 주어진 삶을 마칠 때, 죽음 그 자체보다도 자신이 살아온 삶에 대한 후회가 더 두려울 것이라고 말합니다. 이 책을 쓴 이유도 바로 그 '후회에 대한 두려움' 때문이라고 합니다. 살아가면서 자신에게 가장 소중한 사람에게 진심을 말하지 못할까봐 무섭고, 사랑하는 사람들을 위해 아무것도 하지 못한 채 눈을 감을까 봐 두렵다고 합니다. 그래서 후회를 조금이라도 줄이고 싶어서 살아 있는 동안 꼭 해야 할 일들을 담았다고 했습니다. 그리고 말합니다.

"책을 읽기 전에 우선 마음을 열어주세요."

"이 책을 천천히 읽어주세요."

『살아 있는 동안 꼭 해야 할 49가지』 속에서 여러분은 여러 사람을 만나게 될 것입니다. 사랑에 모든 것을 걸어보는 청년, 목숨과 바꿀 수 있는 우정을 간직한 친구, 영광을 다른 사람에게 돌리는 우주비행사, 경쟁자를 아낄 줄 아는 스포츠인, 자식을 위해 가장 아끼는 물건을 팔 수밖에 없었던 아버지에게 커서 다시 그 물건을 찾아 주는 아들 등등. 가령 「자신의 능력 믿기」 편에서는 이런 여학생을 만납니다.

학교 축제 때 인기 댄스 그룹 X가 학교에 방문해 특별공연을 한다는 소식이 전해집니다. 더불어 학교의 학생들로 댄스팀을 만들어 함께 공연한다고 합니다. 학생 댄스팀에 참가 신청을 낸 그 여학생은 성적도 용모도 튀지 않는 지극히 조용하고 평범한 학생이었습니다. 더구나 남들 앞에 나서는 것을 싫어했고 소극적이었습니다. 그래서 그녀는 그동안 남몰래 텔레비전에 나오는 댄스 가수들을 흉내 내며 홀로 춤추는 기술을 익혔습니다. 그런 딸을 엄마는 이해할 수 없었습니다. 그런 그녀가 용기를 내어 참가 신청을 했고 교내 오디션에 1위로 통과하여 댄스팀의 리더가 되었습니다. 하지만 그 여학생은 많은 사람들 앞에 서면 실수를 하지 않을까 불안하여 걱정이 많았습니다.

드디어 축제날. 그룹 X가 나타나길 기다리는 인파가 인근 학교 학생과 지역 주민들까지 수천 명에 이르렀습니다. 그때 교장 선생님이 무대 뒤에서 공연 준비를 하는 학교 댄스팀에게 나쁜 소식을 전합니다.

그룹 X가 학교로 오는 길에 교통사고를 당해 공연을 할 수 없게 되었다는 것입니다. 공연을 취소해야겠다는 선생님의 말에 그녀와 학생들은 다시 한 번 용기를 냅니다. 비록 가수들은 못 오지만 그동안 모두 열심히 연습한 것을 보여주고 싶었습니다. 그들은 할 수 있다고 사정합니다.

마침내 공연이 시작되고 신나는 음악이 울려 퍼졌습니다. 댄스팀이 무대로 뛰어나왔고 팀의 리더인 그 여학생은 마지막으로 등장해 춤 실력을 선보였습니다. 그녀가 음악에 맞춰 신나게 춤추는 모습을 보던 사람들의 입에서 탄성이 터졌습니다. 특히 남학생들은 '저렇게 멋진 여자애가 우리 학교에 있었단 말이야? 그동안 왜 전혀 몰랐을까?' 하고 넋을 잃었습니다. 그녀는 공연 마지막을 고난도 기술로 화려하게 장식했습니다. 박수가 한동안 이어졌습니다. 맨 앞줄에 있던 엄마도 뜨거운 박수를 보내며 감격의 눈물을 흘리고 있었습니다. 아이의 가슴속에서 무언가 뜨거운 것이 치

밀고 올라왔습니다. 시간이 한참 지난 후에야 아이는 그것이 무엇인지 비로소 알 수 있었습니다. 바로 자신감이었습니다.

지은이는 말합니다. "자신을 사랑하는 법을 배워야 합니다. 스스로를 사랑할 때 더 많은 이의 사랑을 받게 됩니다."

한편 「다른 눈으로 세상 보기」에서는 관점을 바꿔 문제를 바라보라고 권합니다. 짜증나고 골치 아프다고 해서 불만만 할 것이 아니라, 다른 눈으로 바라보면 마음이 달라진다고 합니다. 그러면 자신이 살아가는 세상도 달라질 것이라고 합니다.

한 사람이 꿈속에서 2층집을 방문했습니다. 1층에 들어가 보니 긴 테이블을 사이에 두고 사람들이 마주 앉아 있었습니다. 테이블 위에는 진귀하고 맛있는 음식들이 가득했습니다. 그러나 아무도 먹지를 못하고 불만만 가득했습니다. 그 사람들은 마법사의 저주를 받아 모두들 팔이 구부러지지 않았던 것입니다. 다음엔 2층에 올라갔습니다. 2층에도 똑같이 테이블 위에 맛있는 음식들이 차려져 있었고 사람들은 역시 팔을 구부릴 수 없었습니다. 그러나 2층 사람들은 모두 즐겁게 음식을 먹고 있었습니다. 그들은 서로에게 음식을 먹여주고 있었기 때문입니다.

「부모님 발 닦아드리기」는 언제든 마음만 먹으면 할 수 있는 일 중 하나일 것입니다. 그러나 의외로 평생 한 번도 실행하지 못하는 경우가 많습니다. '나중에 하지 뭐' 하고 미루다가 정작 부모님께 그리 해드려야겠다고 생각했을 때는 이미 늦을 수도 있습니다.

어느 일류대 졸업생이 유명 회사에 입사 시험을 보게 되었습니다. 의외의 질문을 받았습니다.

"부모님을 목욕시켜드리거나 닦아드린 적이 있습니까?"

면접이 끝나고 청년이 자리에서 일어날 때 사장이 말했습니다.

"내일 이 시간에 다시 오세요. 하지만 부모님을 꼭 닦아드리고 말입니다."

청년에게는 홀어머니가 계셨는데 그동안 날품팔이로 그의 학비를 댔습니다. 그러나 한 번도 힘들다는 말을 한 적이 없었습니다.

집에 돌아온 어머니에게 발을 씻어드리겠다고 하자 어머니는 한사코 사양했습니다. 면접시험에서 사장님의 지시라고 하자 그제야 발을 내밀었습니다. 청년은 태어나 처음으로 어머니의 발을 가까이서 보게 되었습니다. 어머니의 발은 자신의 발과 달리 앙상한 발등이 나무껍질처럼 보였습니다. 그의 손이 발바닥에 닿는 순간, 청년은 숨이 멎는 것 같았습니다. 어머니의 발바닥은 시멘트처럼 딱딱하게 굳어 있었습니다. 굳은 살 때문에 도저히 사람의 피부라고 할 수 없을 정도였습니다. 발바닥에 아들 손이 닿았는지조차 느끼시지 못하는 것 같았습니다. 청년의 손이 가늘게 떨렸습니다. 그는 고개를 숙였습니다. 그리고 울음을 참으려고 이를 악물었습니다.

다음날 청년은 다시 만난 사장님에게 말했습니다.

"어머니가 저 때문에 얼마나 고생하셨는지 이제야 알았습니다. 사장님은 학교에서 배우지 못했던 것을 깨닫게 해주셨어요. 이제 정말 어머니를 잘 모실 겁니다."

사장은 미소 지으며 고개를 끄덕이더니 말했습니다.

"인사부로 가서 입사 수속을 밟도록 하게."

이밖에도 지은이는 우리에게 여러 가지를 권합니다. 먼 곳의 친구 사귀기, 잊지 못할 쇼 연출하기, 악기 하나 배워보기, 다른 이의 말에 귀 기울이기, 사랑하는 사람을 위해 요리하기, 날마다 15분씩 책 읽기, 혼자 떠나보기 등등. 이런 일들은 우리가 이미 해본 일일 수도 있고 알고 있지만 일상에 쫓겨 망각하고 있는 것일 수도 있습니다. 그러나 어떤 쪽이든 공통점이 있습니다.

그것들을 떠올려 보는 동안 어느새 우리는 그 일상의 행동들에서 새로운 의미를 발견하고 마음이 따뜻해진다는 것입니다. 그러다 보면 우리가 우리 스스로에게 '따뜻한 약속'을 하게 됩니다. '아, 나는 살아 있는 동안 꼭 해야 할 일들을 지나쳐 버리는 것은 아닐까? 나도 내 삶의 후회를 줄이기 위해 이것만이라도 반드시 해봐야겠다.'

자, 우리들 각자가 꼭 해야 할 이것, 그래야 후회하지 않을 것 같은 '이것'은 무엇일까요?

# 4

# 입학의 계절

## 『부모와 자녀가 꼭 함께 읽어야 할 시』

도종환 엮음 | 이수동 그림 | 2004 | 나무생각

3월입니다. 새해도 이미 두 달이 지나갔습니다. 어느새 한 해의 첫머리를 지나치고 있습니다. 그렇지만 학교는 바야흐로 이제부터 시작입니다. 입학과 학년 진급으로 누구나 새로운 설렘 속에 있습니다. 아이들은 방학 동안 부쩍 큰 몸과 마음으로 새 학교, 새 학년에 가서 새로운 사람들과 새 학급을 이루며 그들만의 세계를 다시 일궈갑니다. 그런 의미에서 이맘때 늘 학교는 살아 움직입니다. 새로운 아이들이 있기 때문에 봄눈 녹은 도랑물처럼 다시 생기를 찾는 것입니다. 살아 있다는 생생함은 곧 아름다움입니다. 그래서 세상이 아름다운 것도 사랑스럽게 여겨지는 것도 아이들이 있기 때문이라고 합니다.

다시 봄이 오고

이렇게 숲이 눈부신 것은
파릇파릇 새잎이 눈뜨기 때문이지
쑥쑥 새싹들이 키 커가기 때문이지

(…중략…)

다시 봄이 오고
이렇게 세상이 아름다운 것은
새잎 같은 너희들이 있기 때문이지
새싹 같은 너희들이 있기 때문이지

     – 오인태, 「이렇게 세상이 아름다운 것은」

 학교에 들어간다는 것, 그것은 여태껏 경험하지 못했던 세계로 나아가는 것입니다. 집보다는 집 밖의 생활이 훨씬 많아지고 집 밖에서 더 많은 사람들을 만나게 됩니다. 그리고 누구에게나 제 앞에 펼쳐진 인생의 크고 작은 산들이 있다는 것을 알게 되는 시작이기도 합니다. 이럴 때, 자식들이 집 대문을 나설 때, 인생의 작은 봉우리를 넘으려고 할 때, 몸과 마음의 키가 한 뼘 더 자라날 때마다 어머니는 기도를 합니다.

아들아
너와 나 사이에는
신이 한 분 살고 계시나보다

왜 나는 너를 부를 때마다
이토록 간절해지는 것이며
네 뒷모습에 대고
언제나 기도를 하는 것일까?

(…중략…)

사랑 한 알에도
우주가 녹아들곤 했는데

이제 쳐다보기만 해도
훌쩍 큰 키의 젊은 사랑아

－ 문정희, 「아들에게」

　부모는 그런 존재입니다. 자식과 부모 사이에 마치 신이라도 존재하는 양, 자식의 이름을 부를 때마다 늘 간절해지는 존재. 그래서 서정춘 시인은 「부모은중경」이란 시에서 부모를 빈 항아리로 비유했습니다. 가장 소중한 것을 남김없이 비워주고 난 항아리, 그리하여 그 빈 항아리에 담긴 빗물은 더욱 애잔하고, 그 빈 항아리에 비치는 달빛은 눈물겨운지 모릅니다. 함민복 시인은 그의 시 「섣달그믐」에서 그런 어머니를 바라보며 짧게 두 행으로 자기 자신을 이렇게 한탄했습니다.
　"어머니를 다려 먹었습니다/맛이 없었습니다"
　참으로 엽기적일 정도의 한탄입니다. 부모의 마음을 이해한다

면 어찌 이런 한탄만 있겠습니까. 본문에서는 부모를 바라보는 자
식의 심정을 이렇게 표현하기도 하였습니다.

내가
그러진 않았을까

동구 밖
가슴살 다 열어 놓은
고목나무 한 그루

그 한가운데
저렇게 큰 구멍을
뚫어 놓고서

모른 척 돌아선 뒤
잊어버리진 않았을까
아예, 베어버리진 않았을까

– 김시천, 「어머니 3」

우리는 모두 어머니 가슴에 그렇게 커다란 구멍을 뚫어 놓은 것
은 아닐까요? 아니, 어머니의 삶을 아예 싹둑 베어버리지는 않았
을까요? 그럼에도 불구하고 어머니는 자식을 집 밖으로 내보내면
서 간절한 기도만 하는 것이 아닙니다. 자식을 한없이 기다리기도
합니다. 아카시아 꽃이 하얗게 날리는 날, 꽃그늘 아래서 아이가
타고 올 버스를 기다리는 오 분간. 아이를 기다려 본 부모들은 안

다고 합니다. 자식을 기다리면서 서성거리면서 결국 자신의 일생
이 지나가고 있는 것임을.

> 이 꽃그늘 아래서
> 내 일생이 다 지나갈 것 같다
> 기다리면서 서성거리면서
> 아니, 이미 다 지나갔을지도 모른다
> 아이를 기다리는 오 분간
>
> (…중략…)
>
> 내가 늙은 만큼 그는 자라서
> 서로의 삶을 맞바꾼 듯 마주 보겠지
> 기다림 하나로도 깜박 지나가버릴 生
>
>                              – 나희덕, 「오 분간」

그래서 이 세상 모든 어머니들은 세월과 관계없는 나이 개념을
갖고 있습니다. 늙지 않는 나이, 늙지 않는 절벽과 같은 나이. 자
식이 아무리 나이가 들어도 언제나 어머니에게 자식은 그저 자식
입니다.

> 어떤 세월로도 어쩔 수 없는 나이가 있다
>
> 그 새끼들이 오십이 넘고 육십이 되어도
> 도무지 마음에 차지 않아
> 눈썹 끝엔 이슬만 어룽대는

어머니란 나이

– 강형철, 「늙지 않는 절벽」

이런 부모이기에 자식들에게 당부하고 싶은 말도 많습니다. '공부 잘해서 훌륭한 사람 되어라.' '돈 많이 벌어서 부자 되어라.' 이런 흔한 말들도 하지만 한편으로는 '늘 가슴 뛰는 사람이 되어라.' '균형 잡힌 눈으로 세상을 보아라.' 그리고 또 이리 말하시기도 합니다.

깊은 산 속 키 큰 나무 곁에
혼자 서 있어도 화안한 자작나무같이
내 아들아

그늘에서 더욱 빛나는 얼굴이어야 한다

– 최상호, 「내 아들아」

환한 자작나무같이 빛나야 하다고 말씀하시면서 한편 자신이 가진 것 중 가장 큰 것을 주고자 하는 것도 부모입니다.

내게 땅이 있다면
거기에 나팔꽃을 심으리
때가 오면
아침부터 저녁까지 보랏빛 나팔소리가
내 귀를 즐겁게 하리

(…중략…)

내게 땅이 있다면
내 아들에게는 한 평도 물려주지 않으리
다만 나팔꽃이 피었다 진 자리에
동그랗게 맺힌 꽃씨를 모아
아직 터지지 않은 세계를 주리

— 안도현, 「땅」

　아직 터지지 않은 가능성의 세계, 무엇보다 소중하게 가슴에 간직했던 씨앗의 세계, 그것은 땅으로 상징되는 물질로는 결코 취할 수 없는 가장 값진 것입니다. 그것을 남김없이 물려주고 싶은 것이 부모의 마음입니다. 부모가 자식에게, 그 자식이 다시 부모가 되어 또 그 자식에게……. 그렇게 하여 인간은 이 우주 안에서 영원성을 획득하게 됩니다. 그리고 끊임없이 순환하는 인생 속에서 아픔을 겪기도 합니다. 그럴 때를 위해 어머니는 아들에게 '인생이란 보석으로 장식된 계단이 아님'을 일깨워 줍니다.

아들아, 난 너에게 말하고 싶다
인생은 내게 수정으로 된 계단이 아니었다는 걸
계단에는 못도 떨어져 있었고
가시도 있었다
그리고 판자에는 구멍이 났지
바닥엔 양탄자도 깔려 있지 않았다
맨바닥이었어

그러니 아들아, 너도 돌아서지 말아라
계단 위에 주저앉지 말아라
왜냐하면 넌 지금
약간 힘든 것일 뿐이니까
너도 곧 그걸 알게 될 테니까
지금 주저앉으면 안 된다

                     – 랭스턴 휴즈, 「엄마가 아들에게 주는 시」

   입학의 계절, 새 학년의 계절, 이 3월에 우리가 『부모와 자녀가 꼭 함께 읽어야 할 시』를 펼쳐보는 것은 아무래도 수상한 봄이 코앞에 있기 때문입니다. 우대식 시인이 「오리五里」에서 읊었습니다.

오리만 더 걸으면 복사꽃 필 것 같은
좁다란 오솔길이 있고,
한 오리만 더 가면 술누룩 박꽃처럼 피던
향이 박힌 성황당나무 등걸이 보인다
그곳에서 다시 오리,
봄이 거기 서 있을 것이다

(…중략…)

오리만 더 가면
어머니, 찔레꽃처럼 하얗게 서 계실 것이다.

                       – 우대식, 「오리五里」

이제 잠시 후면 본격적인 봄이 올 것입니다. 희망의 봄, 어머니를 생각하는 자식의 가슴과 자식을 생각하는 어머니의 가슴 사이에서 봄꽃은 핍니다. 올해도 어김없이 꽃이 피었습니다. 자, 우리모두, 다시 시작입니다.

# 5

# 영혼의 오아시스

## 『꽃보다 활짝 피어라』

정윤수 지음 | 김명이 엮음 | 홍기영 사진 | 2006 | 천년의시작

"앞으로 도전해야 할 문화생활이 있는데 그 중 첫 번째가 번지점프! 이것은 2년 전부터 꿈꿔온 것이다. 두 번째로 하고 싶은 것은 드럼을 치는 일이다. 드럼 소리는 듣기만 해도 답답한 마음을 확 뚫리게 해주어 꼭 배워 보고 싶다. 세 번째로 하고 싶은 것은 나이트 가기다. 누군가가 내게 가만히 집에 있기만을 기대한다면 이렇게 말하고 싶다. 비장애인들이 자유롭고 싶을 때 뭔가를 시도하듯이 우리도 자유롭고 싶을 때 같은 것을 시도해야 한다고. 자유로움을 느끼게 해주는 것들은 장애인에게나 비장애인에게나 다 비슷하다고."

보통 사람들이라면 그리 특별할 것 없는 도전 과제가 『꽃보다 활짝 피어라』의 저자 정윤수에게는 아주 특별하고 엉뚱하기까지

45

합니다. 당당한 그녀는 36살 처녀입니다. 그러나 선천성 뇌성마비로 팔 다리가 꼬이고 경직되어 몸이 불판 위의 오징어처럼 오그라드는 현상이 조금씩 더 심해지는 중증장애인입니다. 그녀는 2002년 베니스 영화제에서 영화 〈오아시스〉로 신인 배우상을 받은 여배우 문소리의 연기 모델이기도 합니다. 문소리는 그 영화에서 장애인 한공주 역을 했습니다. 역할 소화를 위해 문소리는 몇 개월 동안 그녀의 동작을 모델 삼아 연습을 했고, 실제로 한동안 정윤수의 집에서 함께 생활하기도 했다고 합니다.

그녀는 영화를 위해 자신이 사는 방식이나 동작을 연구 대상으로 기여하는 조건으로 한 가지 요청을 했습니다. 그것은 자신처럼 중증장애인으로서는 이루기 힘든 웨딩드레스 촬영이었습니다. 이창동 감독은 흔쾌히 승낙을 했고 남자 주인공 홍종두 역의 배우 설경구가 신랑으로 나섰습니다. 그래서 찍은 그녀의 웨딩사진은 그녀의 보물입니다. 그리고 그녀는 말합니다.

> 흔히들 인생을 연극이라고 하는데 자신은 자기의 연극 속에 결혼이라는 독특한 퍼포먼스 장면을 계속 넣고 싶다. 이왕 할 거면 13번 정도는 해야 하지 않을까 생각한다. 그것도 이혼 경력이 0번인 깔끔한 퍼포먼스를 생각한다.

그래서 『꽃보다 활짝 피어라』의 시작은 '13번의 결혼과 0번의 이혼'으로 시작합니다.

사진작가 홍기영이 찍은 그녀의 사진들은 책 속에서 눈부십니

다. 사지가 뒤틀리는 장애인이라는 선입견은 사진을 보면서 여지없이 무너집니다. 밝고 환한 웃음, 낙천적이고 긍정적인 그녀의 사고가 드러나는 사진 속 분위기들이 그렇습니다. 평소에 자신을 공주라고 추켜세우며 열심히 살아가는 그녀는 실제로 매우 힘든 움직임에도 불구하고 의욕적인 활동을 하며 지냅니다. 그런 그녀의 모습은 일본 장애여성운동가인 오사나이 여사가 한국을 방문하여 강연한 것이 계기가 되었습니다. 그때 그녀는 자신도 오사나이 여사처럼 당당해질 수 있다는 자각을 합니다.

그 후 2002년 일본 마츠다 시에 있는 '안비샤스'에서 자립생활과 지도자교육을 연수하고 '장애시민 행동연대' 단체를 운영하게 됩니다. 그리고 2003년부터 우리나라 최초로 전동휠체어 스포츠댄스 선수로 활동하고 있으며, 가톨릭대학 평생교육원 사회복지학과에 재학 중이기도 합니다.

이렇게 적극적인 삶을 살아가는 그녀에게는 슬픈 과거가 있습니다. 아버지에게 버림받은 그녀의 엄마는 스물넷의 미혼모였습니다. 게다가 아이를 낳고 보니 장애아였습니다. 혼자서는 걷지도 밥 먹지도 못하는 아이, 그런 아이를 두고 엄마는 서른 살쯤에 집을 나가 소식을 모릅니다.

남겨진 아이를 기른 건 할머니, 할머니는 나이 80까지 혼자서는 아무것도 할 수 없는 손녀를 삯바느질로 키웠습니다. 소녀 시절, 한때 그녀는 정신과 치료를 받아야 할 만큼 폐쇄적인 아이였습니다. 그런 그녀가 일본의 장애여성운동가인 오사나이 여사의 강연을 듣게 됩니다. 여사는 그녀와 똑같은 중증장애인이었음에도 불구하고 아이를 키우며 사회의 중심에서 활동하는 사람이었습니다. 그 후 여사의 초청을 받아 독립생활을 견학하고 교육 받게 됩니다. 그곳에서 그녀는 한국에서는 꿈꾸기 힘든 문화 체험, 예컨대 꽃꽂이 강습, 댄스 교습 등을 교육 받고 그녀의 내면세계에 대한 새로운 발견으로 놀라게 됩니다. 『꽃보다 활짝 피어라』를 쓰면서 접한 글쓰기 세계도 또한 그녀의 내면 탐구의 새로운 영역입니다.

그래서 『꽃보다 활짝 피어라』에 나타나는 그녀의 생각과 행동들은 독자들로 하여금 장애인에 대해 얼마나 많은  편견과 무관심 속에 살았는지 깨닫도록 해줍니다. 이를테면, 언어 장애가 있는 장애인들과는 정상적인 대화로 의사소통을 하기 힘듭니다. 그럴 때 일반인들은 무조건 그 장애인의 지능이 낮은 것이라는 편견을 갖습니다. 그러나 그것은 오해입니다. 언어 장애가 있다고 해서 지능조차 떨어지는 것은 아닙니다. 장애인 당사자는 듣고 배운 그대로 말합니다. 그러나 그대로 소리가 되어 나와 주지 않을 뿐입니다. 자신은 정상적으로 말한다고 하는데 사람들이 말을 알아들을 만큼 제대로 발음되어 나오지 않는 것입니다.

또한 몸이 불편한 장애인들은 사랑조차 않을 거라는 생각도 역시 오해입니다. 책의 필자도 처음에 장애인은 사랑을 하면 안 되는 줄 알았다고 합니다. 그러나 지금은 장애인들도 사랑을 꿈꾸며 사랑할 수밖에 없고 사랑해야만 한다고 생각합니다. 사랑 앞에서는 장애 혹은 비장애 이전에 모두 한 인간이기 때문입니다.

장애인들의 고통은 비장애인들이 갖고 있는 선입견만이 아닙니다. 운동회 때 장애물 경기 종목이 있습니다. 그것은 비장애인들을 위한 경기입니다. 그러면 장애인들을 위한 경기는 무엇입니까? 그것은 바로 그들의 삶 그 자체라고 항변합니다. 삶 자체가 온통 장애물 경기이기 때문입니다. 장애인이 외출을 하면 사회 시설 곳곳은 장애물입니다. 우리 사회 환경은 아직도 장애인의 불편에 대해 무관심합니다. 책의 필자는 할머니를 모신 납골당을 찾아도 계단 때문에 들어가지 못하고 밖에서 제를 올려야 한다고 합니다. 일반적인 레스토랑은 물론 관공서조차도 경사로가 없이 계단뿐이어서 시정을 요구한 적도 있습니다. 지하철과 승강장 사이가 너무 넓어 전동 휠체어 바퀴가 끼어 위험했던 적도 있습니다.

장애인도 비장애인처럼 대중 시설을 자신에게 편리하도록 고치고 이용할 권리가 있습니다. 그러나 우리 사회는 장애인들 입장에서 편의를 제공하고 배려하는 마음이 부족합니다. 장애인도 비장애인도 모두 이 사회의 건전한 구성원입니다. 정상인과 비정상인 구별은 없는 것입니다. 단지 생활을 불편하게 하는 장애가 있느냐 없느냐의 차이만 있을 뿐입니다.

저자는 '바닥과 발바닥'이라는 소제목에서 이렇게 말하고 있습니다. 장애인과 비장애인의 양말<sub>신발</sub> 차이는, 비장애인은 발바닥이 먼저 닳아 구멍이 나고 장애인은 발등이 먼저 망가져 떨어진다고 합니다. 그리고는 비장애인 신발의 발등과 장애인 신발 밑창을 합치면 새 신발 한 켤레가 나온다고 말하고 있습니다.

이때 새 신발은 지극히 상징적입니다. 각각에서 온전히 남겨 있는 것을 합치면 새로운 것이 나온다는 말, 그것은 장애인과 비장애인이 조화를 이루면 새로운 사회가 성립된다는 이치를 말하고 있습니다. 새로운 신발이 되는 것, 그런 사회, 그런 공간이야말로 '꽃보다 활짝 피는' 곳임을 우리 모두는 알고 있습니다.

# 6

# 새싹 같은 상처 보듬기
## 『괭이부리말 아이들』

김중미 지음 | 송진헌 그림 | 2001 | 창작과비평사

"괭이부리말은 인천에서도 가장 오래된 빈민 지역이다. 지금 괭이부리말이 있는 자리는 원래 땅보다 갯벌이 더 많은 바닷가였다. 그 바닷가에 '고양이 섬'이라는 작은 섬이 있었다. 호랑이까지 살 만큼 숲이 우거진 곳이었다던 고양이 섬은 바다가 메워지면서 흔적도 없어졌고, 오랜 세월이 지나면서 그 곳은 소나무 숲 대신 공장 굴뚝과 판잣집들만 빼곡히 들어 찬 공장 지대가 되었다. 그리고 고양이 섬 때문에 생긴 '괭이부리말'이라는 이름만 남게 되었다."

괭이부리말! 가난한 사람들의 종착역과도 같았던 곳. 이곳은 광복 후 빈민들의 집결지였다가 6·25 전쟁 때는 피난민들이 천막을 치고 살던 곳입니다. 산업화 시대에는 일자리를 찾아 도시로

52

올라온 이농민들이 둥지를 튼 판잣집 마을입니다. 본래 갯벌 천지인 이 곳에 사람들이 굴 껍데기, 돌, 쓰레기 따위를 갖다 메워 만든 땅. 그 땅에 사람들은 미군 부대에서 나온 루핑이라는 종이와 판자를 가지고 손수 집을 지었습니다. 지을 땅이 없으면 시궁창 위에도 기찻길 옆에도 얼기설기 집을 지었습니다. 그래서 괭이부리말의 골목은 거미줄처럼 가늘게 엉킨 실골목입니다.

『괭이부리말 아이들』의 작가 김중미는 인천에서 태어나 이 책의 배경인 만석동 괭이부리말에서 1987년부터 살아왔고 그곳에서 공부방을 하고 있다고 합니다. 그래서인지 그는 이 마을을 희망 없는 마을이라기보다는 '어디선가 떠밀려 온 사람들, 가난하고 힘없는 사람들이라는 공통점 때문에 동네 사람들이 서로 형제처럼 지내는 곳'이라고 말합니다. 그러나 운이 좋은 사람들은 돈을 모아 괭이부리말을 떠나고 여기에 남은 이들은 여전히 가난한 사람들이라고 말합니다. 이런 일련의 상황들은 이 책 곳곳에서 느껴지는 작가의 진솔한 체험과 어울려 더욱 설득력이 있습니다.

『괭이부리말 아이들』은 예전부터 '구제 불능'이라는 편견을 선생님들로부터 받아 왔던 이 마을 아이들이 서로를 보듬어 가며 따뜻하게 엮어 가는 어울림의 이야기입니다. 거기에는 이 마을 출신의 담임 선생님도 있고, 그 선생님과 초등학교를 함께 다닌 아저씨  고아나 다름없는 아이들과 함께 살며 그들을 돌봐주는 마을 청년도 있습니다. 그리고 괭이부리말 학교를 다니는 초등학생 숙자와 숙희 쌍둥이 자매, 친구인 동준이, 고등학교를 자퇴하고 불량한 행동을 하는 동수 등이 있습니다. 이들이 자신의 상처를 보듬어 가는 이야기를 따라가는 동안에 독자들은 가슴이 훈훈해집니다.

괭이부리말에 사는 숙자와 숙희는 쌍둥이 자매입니다. 그리고 그들 자매와 한동네 사는 동준이와는 가장 친한 친구 사이입니다. 동준이에게는 고등학교를 중퇴한 형이 있는데 형은 아버지가 그들 형제를 남겨 둔 채 집을 나가버리자 본드 환각에 빠지며 불량배들과 어울립니다. 동준이 어머니는 이미 그 전에 집을 나간 상태입니다. 숙자네도 사정은 비슷해서 부두에서 화물선의 짐을 싣고 내리는 일을 하는 아버지와 함께 살며 집을 나간 어머니 대신 숙자가 살림을 맡고 있습니다. 동준에게는 하루 세 끼의 밥 중에서 학교에서 먹는 점심 급식이 유일한 끼니 떼우기입니다. 이런 열악함 속에서 자포자기에 빠진 동준의 형 동수가 본드를 상습적으로 흡입하고, 그 행각을 어느 날 동네 유도 아저씨라고 불리는 젊은이 영호가 목격하게 됩니다. 홀어머니를 모시고 중장비 기사를 하는 청년 영호는 어머니마저 가난 끝에 암으로 세상을 뜨자 혼자서 허전함을 견디던 중이었습니다. 영호는 동수와 동준 형제의 집에 가보고 그들 형제를 자기 집에 와서 지내도록 배려합니다. 이때부터 소설에 중요 인물로 등장하는 괭이부리말 아이들의 에피소드가 이어집니다.

영호 집에 들어와 살면서도 동수는 좀처럼 영호에게 마음을 열지 않습니다. "돈을 벌어야지. 그래서 동준이도 데리고 나올 거야. 영호 삼촌이 우릴 버리기 전에." 그동안의 생활이 그랬듯이 또 버림받을 것을 걱정하는 동수. 동수는 다시 가출을 하고 또 본드를 흡입하다가 경찰서에 잡혀갑니다. 그러던 중 숙자의 아버지가 화물 하역 작업을 하다가 그만 펄프 더미에 깔리는 사고로 목숨을 잃게 됩니다. 아이들은 영호 집에 모여 서로를 의존하며 살아갑니다. 이 때 이들의 보금자리 속에 등장하는 또 한 인물이 숙자의 담임선생님인 김명희 선생님입니다. 담임선생님은 사실 그 자신도 대학에 들어가기 전까지 괭이부리말에서 살았고 영호의 초등학교 동창이기도 합니다. 어린 시절 그녀는 괭이부리말의 열악함에서 벗어나기 위해 공부하는 데 안간힘을 썼습니다. 마침내 대학에 들어가고 집도 다른 동네로 이사를 가게 되어 그녀의 꿈이 이루어집니다. 그러나 공교롭게도 그녀가 선생님이 되어 처음 발령 받은 곳이 괭이부리말의 초등학교입니다. 그녀는 아이들을 만나기 전까지 괭이부리말 아이들을 진정으로 이해해 주지 못한 채 똑똑하고 가능성 있는 아이들에게만 관심을 기울이는 선생님이었습니다.

영호는 그런 선생님에게 경찰서에서 나오게 된 동수를 인도해 줄 것을 부탁합니다. 갈등하는 선생님. 마침내 아이들을 돕기로 결심한 선생님이 영호 집을 드나들며 아이들과 어울리고, 감옥에서 나온 동수도 신문 배달을 하며 건전하게 생활을 꾸려나가기 시작합니다. 그러면서 조금씩 마음을 여는 동수. 어느 날 밤 집에 돌아가는 선생님을 바래다주며 동수와 선생님이 대화를 나눕니다. 동수에게 선생님은 큰 꿈은 없는가 묻습니다. 그 때 동수는 말합니다. 자기는 그냥 기술자, 한 가지 기술로 오랫동안 직장을 다닐

수 있는 그런 기술자가 되고 싶다고 합니다. 그러면서 좋은 형 좋은 아빠가 되고 싶다고 합니다. 돌아가는 차 안에서 김명희 선생님이 스스로에게 묻는 물음은 진정한 가치가 무엇인가 생각하게 합니다.

> "명희는 돌아가는 택시 안에서 자신에게 물었다. 아직도 좋은 아버지가 되고, 듬직한 형이 되는 것이 작고 보잘 것 없는 꿈이라고 생각하는지. 아직도 착한 사람으로 사는 건 시시하다고 생각하는 것은 아닌지. 명희는 또 숙제가 밀린 아이처럼 마음이 무거워졌다."

불량배들 집단에서 벗어난 동수는 영호의 도움으로 괭이부리말 출신의 공장장 밑에서 선반 기술을 배우며 공고 야간에 복학합니다. 동수와 함께 본드를 흡입하던 친구 명환은 영호의 집 살림을 맡고 있다가 제과 제빵 기술자가 되려고 기술학교에 다니게 됩니다. 김명희 선생님은 학창 시절 그렇게도 벗어나고 싶어 했던 괭이부리말에 다시 돌아오기로 결심합니다. 아이들을 다시 보려고 노력하게 되고 비로소 아이들이 하나하나 제대로 보인다고 고백합니다.

> 괭이부리말로 다시 오기 위해 짐을 싸면서, 10층짜리 아파트에서 다락방으로 이삿짐을 옮기면서 명희는 다짐을 했다. 다시는 혼자 높이 올라가기 위해 발버둥치지 않겠다고. 귀퉁이가 어긋나 삐딱한 숙자네 집 문 앞에 선 명희는 4년 전, 괭이부리말을 떠나 연수동으로 이사 가던 날을 생각했다. 그 날 명희는 번쩍

이는 엘리베이터 자동문 앞에 서서 드디어 가난을 벗어났다며 날아갈 듯 기뻐했다. 넓고 깨끗한 아파트에 살면서 괭이부리말의 기억을 모두 잊어버렸고, 다시는 가난하게 살지 않겠다고 다짐했다. 그러던 명희가 오늘 그 지긋지긋하던 괭이부리말로 돌아왔다. 그런데도 명희는 지금 행복했다. 다 낡아빠진 숙자네 집 문 앞에 선 지금이 엘리베이터 자동문 앞에 섰을 때보다 더 행복하다고 느꼈다.

그리고 봄. 동수는 오랜만에 입어 보는 교복을 공장 사무실에 옷걸이에 곱게 걸어놓고 걸레를 들고 기계를 닦기 시작합니다. 자신도 모르게 흥얼거리는 노래.

"봄, 봄, 봄, 봄, 봄이 왔어요……"

그렇게 봄이 오고 있었습니다. 술주정하는 아버지에게 매를 맞고 집을 나간 아이들에게도, 가난해서 아버지에게 버림받은 아이들에게도 봄은 오고 있었습니다. 괭이부리말에 봄이 오고 있었습니다. 시인의 말처럼 '기다리지 않아도 오고 기다림마저 잃었을 때에도' 오고 있었습니다.

# 빛 바랜 사진 속의 부모님

## 『깜장 고무신』

조대현 외 11명 지음 | 박철민 그림 | 2001 | 문공사

『깜장 고무신』에는 우리 부모님들의 십대 적 모습이 담겨 있습니다. 부모님들의 어린 시절 실제 체험담이 12편의 동화로 되살아납니다. 정확히 말하면 동화 형식을 빌려 부모님들의 유년을 얘기한 추억담입니다. 여기 담긴 모습을 통해 우리는 "옛날에 우리 어렸을 적에는……" 하며 말을 꺼내는 부모님들의 말씀이 듣기 거북하기만 한 잔소리나 우리와 동떨어진 고리타분한 넋두리만은 아니라는 것을 알 수 있을 것입니다. 거기에는 지금의 우리와 너무나 다른 모습이 있는가 하면 지금의 우리와 아주 똑같은 마음 씀씀이가 또한 있습니다.

산골에 사는 벙어리 외할머니와 도시에 사는 철부지 어린 손자 간의 따뜻한 교감을 그린 우리 영화 〈집으로〉에 나오는 명 장면 중의 하나. 어린 손자가 닭 모양 흉내까지 내가며 치킨을 먹고 싶

다고 할머니를 조릅니다. 할머니는 장에 가서 닭 한 마리를 사다
가 백숙으로 삶아 내옵니다. 삶은 닭을 앞에 둔 손자가 울며 투정
합니다. 할머니 바보라고. 내가 언제 치킨을 물에 빠뜨리라 했냐
고. 손자에게 치킨의 개념은 튀긴 닭이었고 할머니에게 치킨은 삶
은 닭을 의미하는 것이었습니다. 관객들은 그 장면에서 웃음을 터
뜨리지만 한편으로는 슬프기도 합니다. 그 경우 치킨의 의미가 서
로 다르다고 하더라도 손자를 사랑하는 할머니의 마음은 세대와
시간을 뛰어넘어 한 치도 다르지 않습니다. 그렇기 때문에 할머니
의 사랑이 이해되지 못하는 현실이 서글프기도 한 것입니다.

　「형과 뽑기」에도 같음과 다름이 있습니다. 설탕물을 부풀려 별
모양을 누른 뽑기 과자를 간절히 먹고 싶은 동생 수남이와 형 기
남이가 있습니다. 동생의 간청에 못 이겨 형은 버스 정거장, 시장
통 배추더미, 좌판 국숫집 의자 밑, 공중전화 근처 등등을 헤매면
서 겨우 주워 모은 30원을 가지고 어렵사리 동생에게 뽑기 하나
를 맛보게 합니다. 동생을 위하는 형의 마음이 있습니다. 요즘에
도 추억의 식품으로 뽑기 좌판을 벌이는 경우가 간혹 있습니다.
지금은 한낱 추억거리 간식에 지나지 않습니다. 세대 간 먹거리
차이가 있습니다. 그래도 동생을 생각하는 형의 따뜻한 마음 씀씀
이는 같습니다.

　열두 편 이야기 속에서 우리는 부모님들의 어린 시절과 우리 간
에 차이가 있음을 알게 됩니다. 가스난로가 아닌 조개탄을 때는
무쇠난로 난방, 학교 급식이 아닌 난로 위에 올려 데워 먹던 양은
도시락, 컴퓨터 게임이 아닌 기저귀 채울 때 사용하는 노란 고무

줄로 만든 새총, 교실 사물함이 아닌 책보자기 등등이 그것입니다. 그런가 하면 지금과 별로 달라지지 않은 점들도 있습니다. 수업을 알리는 학교 종이 없으면 학교에 가지 않아도 좋을 것 같은 생각에 종을 몰래 떼어놓은 인실이의 마음(「학교 종이 땡땡땡」), 받아쓰기 성적이 나빠서 부끄러움을 감추려는 봄이의 마음(「받아쓰기 40점과 할머니」), 검정 고무신이 전부인 시절 그토록 갖고 싶던 빨간 운동화를 장만한 순이의 뛸 듯한 마음(「검정 고무신」), 긴 책상을 반으로 선을 그어 서로 넘어오지 못하도록 다투던 개구쟁이들의 다툼과 화해(「책상 위의 철조망」) 등등에 나타나는 마음은 오늘에도 있습니다. 학교나 학원에 빠지고 싶기도 하고, 시험 점수 때문에 스트레스 받고, 유명 상표의 물건을 갖고 싶어 하는 마음들과 다르지 않습니다.

이렇게 보면 대상만이 차이가 날 뿐, 사고방식은 큰 차이가 없는 것들이 많습니다. 누구나 같은 또래의 나이에는 비슷한 생각을 하며 자라는 것이란 생각도 듭니다. 그래서 부모님들도 우리를 결코 이해하지 못하는 것만은 아닐 것이라는 생각도 듭니다. 한편으로는 부모님들의 그런 다른 환경이 우리를 이해 못하는 이유가 될 수 있겠구나 하는 공감도 있을 법합니다. 이런 정도의 생각만 하여도 서로가 서로에게 다가서는 시작은 될 수 있을 것입니다.

동화는 어린아이의 시선에서 꾸며진 이야기이지만 거기서 찾아내는 의미는 결코 어린아이의 것만이 아닙니다. 우리가 사고하는 만큼 의미도 깊어집니다. 물론 우리는 이 책에 실린 열두 편의 동화를 통해 세대를 초월한 '교감'을 얻을 수도 있습니다. 그러나 정작 중요한 것은 단순히 부모님들에 대한 이해에 있지 않습니다. 부모님의 과거가 유년 시절 혹은 청소년 시절이듯 청소년기를 살아가는 우리의 미래는 과거를 추억하는 부모님의 모습이라는 깨달음에 있습니다. 그런 깨우침 속에서 우리는 현재를 올바로 바라볼 수 있습니다.

지난 수년간 나는 3학년 학생들의 마지막 수업 시간이 다가오면 다음과 같은 예고를 했습니다. "여러분은 이제 십대의 학창 시절을 마감하는 시점에 이르고 있습니다. 초등학교 중학교 고등학교를 거치며 여러 가지 사연이 많았습니다. 이제 학창 시절을 곰곰이 되돌아보고 그 중에서 자기가 얻었다고 생각하는 것과 잃었다고 생각하는 것 하나씩만 다음 시간에 발표해 봅시다." 그리고 마지막 수업 시간이 되면 분필로 칠판을 반으로 가르고 한편에는 '얻은 것' 다른 한편에는 '잃은 것'이라고 크게 제목을 붙여놓습니다. 그 다음 그곳에 호명된 학생들이 앞으로 나가 각각 하나씩 단어를 적습니다. 반 전체 학생들이 적은 단어들이 은하수처럼 칠판을 가득 메우고 나면 그곳에는 어느덧 우리들의 십대가 아로새겨집니다.

1 **잃은 것** | 방학, 꿈, 32인치 청바지, 샤프심, 베개, 백옥 같은 피부, 머리카락, 입술, 근육, 10대, 시간, 자유

2 **얻은 것** | 나이, 문제집, 맷집, 사랑, 니코틴, 만화책, 워크맨, 여드름, 밤이슬, 오리궁둥이, 잠, 희망, 친구

장난스러움도 있고 안타까움도 있습니다. 특히 시간이나 자유를 잃어버렸다는 학생들이 여럿 있었다는 점은 무척 불행한 우리 청소년 현실을 보여주기도 합니다. 그러는 한편, 얻은 것으로 가장 많은 응답이 나온 단어는 단연 '친구'였습니다. 이 점은 해마다 같은 다수 응답이기도 합니다. 우리 청소년들은 부모님보다 선생님보다도 친구에게서 더 위안과 교감을 얻습니다. 부모님이나 선생님은 이미 기성세대일 뿐입니다. 말이 통하지 않는 대상으로 여기기 일쑤입니다.

그러나 문제는 우리가 우리 십대 청소년기를 '잃어버린 시간의 시기', 혹은 '십대들끼리만 통하는 시기' 쯤으로 단순하게 생각할 수 없다는 점에 있습니다. 그저 그러려니 생각하고 아무 생각 없이 이 시기를 흘려보내도 좋기에는 우리 인생이 영원하거나 아주 길지 않습니다. 인간은 누구나 죽음을 맞이합니다. 누구나 정해진 시간만큼만 목숨을 이어가고 있습니다. 다만 우리는 그것을 실감하지 못하고 있을 뿐입니다. 내게는 그런 때가 오지 않을 것이라는 막연함으로 살고 있습니다. 그렇기 때문에 자기는 결코 아저씨 아주머니라는 고리타분한 세대가 되지 않을 것이라고 생각합니다.

끝을 먼저 생각해보고 난 후 시작과 현재의 의미를 되새기는 것은 참으로 중요한 자기반성의 방법이라 하겠습니다. 부모님도 여러분 같은 청소년기가 있었고 여러분도 부모님 같은 어른이 됩니다. 그래서 여러분이나 기성세대인 부모님이나 서로 동떨어진 것이 아닙니다. 언젠가는 아이들과 부모 간에도 친구처럼 서로 진정한 이해가 있을 것이라고 믿습니다. 흔히 세월이 지나면 가슴으로 이해하게 되는 것이 우리 인생의 법칙이라고도 말합니다. 자식이 부모가 되면 비로소 부모의 마음을 이해한다는 식입니다. 한편으로는 너무나 당연하고 평범해서 도리어 짜증이 날 것만 같은 이런 생활의 진리가 누구에게나 다가오는 때가 있습니다. 아이들의 모습을 부모가 이해해주기를 바라는 것처럼 부모의 사는 모습도 아이들이 이해해주기를 바라는 것이 더불어 사는 삶의 모습이기도 합니다. '내가 지금 어떤 모습이어야 먼 훗날의 추억 속에서도 아름다울 것인가?'

자, 이런 면에서 우리가 『깜장 고무신』을 통해 살펴보는 부모님의 어린 시절은 나름대로 소중한 의미가 있습니다. 우리 부모님도 나처럼 어릴 때가 있었음을 실감합니다. 그리하여 오늘날 우리 생활과는 다른 그 어린 시절 모습을 통해 부모님의 사고를 더 가깝게 이해할 수도 있을 것입니다. 아울러 우리의 현재 모습도 언젠가는 『깜장 고무신』처럼 추억 속의 빛바랜 사진으로 남을 것이라는 생각하게 됩니다. 우리가 지금 즐겨 먹는 것, 좋아하는 게임, 우리가 다니는 학교의 모습, 우리를 치장한 겉모습 이런 모든 것이 우리가 부모가 되는 때가 오면 모두 『깜장 고무신』이 될 것입니다. 그때가 되면 누구나 자신이 지나온 시절을 자신의 아이들에게 소중한 보물처럼 얘기할 것입니다. 그렇다면 현재 우리의 모습은 결코 버려도 좋은, 없어도 좋은 십대가 아닌 것입니다.

# 울타리 없는 학교

## 『거창고등학교 이야기』

거창고등학회 전성은 감수 | 배평모 씀 | 1995 | 종로서적

고교 교육 평준화 정책 이후에 이른바 '야간 자율학습'이 각 학교에 다투어 생겨났습니다. 경쟁적인 시간 늘리기 때문에 새벽 별을 보고 등교하여 저녁달을 보며 하교하는 풍속이 나타난 지 오래입니다. 지금은 고등학교 교육도 많이 자율화되어 전만큼 강제적인 자율학습은 사라지고 있지만 그래도 여전히 그 비슷한 풍토는 존재합니다.

내가 전에 근무하던 고등학교에서도 여느 학교처럼 '자기주도학습'이라고, 방과 후 혹은 공휴일에 3학년 학생들을 중심으로 스스로 학습하는 시간이 있었습니다. 그럴 때면 가끔 휴식과 시작을 알리는 타종소리를 변경해야 하기 때문에 기존의 방송 종소리 대신 우리는 교무실에 비치한 '두부종'으로 타종하는 경우가 있었습니다. 처음에는 관습적으로 그 종을 들고 울리다가, 어느 날

문득 두부종을 치면서 나는 생각에 잠겼습니다.

나는 두부장사인가? 나는 혹시 두부를 만들어 세상에 팔기 위해 여기서 아이들을 숙성시키고 있는 것은 아닌가? 똑같은 크기의 교실에 가로세로 줄을 맞춰 학생들을 앉혀 놓고, 이리저리 두부판에 칼질하듯, 아이들을 낱낱의 두부로 칼질하고 있는 것은 아닌가? 담임인 나는 각 반으로 나뉘어진 두부판 중에서 한 판을 건네받아 다시 한 모씩 세상의 쓰임에 맞게 내다 팔려는 장사꾼은 아닌가?

이런 생각이 들 때 '과연 학교란 어떠해야 하는가' 하는 자문을 해보지 않는 교사와 학생은 없을 것입니다. 여러분은 두부를 사러 심부름 간 적이 있습니까? 한 모 한 모 낱개로 포장된 두부도 있지만, 넓은 두부판에서 가로세로로 칼질된 채 한 모씩 팔려 나가길 기다리는 두부를 본 적이 있습니까? 혹시 여러분의 학교는 두부공장이 아닌가요? 혹시 여러분 각자는 똑같은 맛과 크기를 강요당하는 한 모씩의 두부는 아닌가요? 마치 우리들 머리카락 모양처럼 말입니다.

우리들 대부분은 흔히 제도권 밖에 있다는 '대안학교'가 아닌, 제도권 안의 학교<sub>일반적인 중고등학교</sub>에 다닐 수밖에 없는 처지입니다. 그리고 우리들 학교가 중학교든 고등학교든 대학입시라는 틀에서 그리 자유롭지 않다는 것도 자명합니다. 그렇다면 비록 대학입시를 염두에 둔 공부를 할 수밖에 없지만, 보다 전인적인 교육을 통해 자율적으로 공부할 수 있는 역량을 이끌어낼 수는 없는 것인가요?

인구 4만 명이 채 안 된다는 작은 농촌, 경상도 거창읍 중앙리에 있는 거창고등학교는 샛별초등학교, 샛별중학교와 함께 있는 일반적인 인문 고등학교입니다. 『거창고등학교 이야기』라는 책이 발간된 1995년에 졸업생 95.5퍼센트가 4년제 대학에 진학했고, 4개반 평균 15등 이내에 드는 학생들은 모두 서울 지역 대학에 들어갔다고 합니다. 대도시 지역에 있는 여느 고등학교에 못지않은 대학 진학률입니다. 그러나 정작 이 학교가 주요 일간지를 비롯한 전국의 신문에 20여 차례나 소개된 까닭은 다른 데에 있습니다.

교장실이나 학급을 알려주는 팻말이 없는 학교, 구속감과 거리감에서 벗어나기 위해 울타리가 없는 학교, 첫눈 내리는 겨울날 전교생이 인근 아홉산으로 토끼몰이를 나서는 전통이 있는 학교. 학생이 주인인 자율성을 바탕으로 한 전인적 교육과 함께, 선생님들의 헌신적인 노력과 자율적인 지도 책임이 철저히 지켜지는 학교. 그러면서도 이미 오래전부터 능력별 반편성을 실시하여 학력 증진을 함께 꾀하는 학교. 재단 내의 '샛별초등학교'도 다큐멘터리 〈들꽃은 스스로 자란다〉로 방영되어 네 번이나 앙코르 방송을 했다는 학교.

책의 중반부터 소개되는 내용에서 우리는 진정 이 학교의 참모습을 알 수 있습니다. 거창고등학교의 여러 가지 행사를 소개합니다. 특히 봄, 가을 두 번에 걸친 예술제가 얼마나 다양하게 학생회 자율적으로 이루어지는지에 대한 갖가지 묘사. 봄예술제가 끝나고 전교생이 지리산에서 야영하며 보내는 1박 2일의 봄소풍. 25

개 동아리별로 2박 3일간 야영하며 졸업한 선배까지 함께 어울리는 여름방학 동아리 활동. 봄, 가을 두 차례씩 낮을 쥐고 잡초를 베는 노작 교육이 이루어지는 거창고 농장. 그 농장 야산에서 벌이는 겨울철 토끼몰이 행사 등은 신바람 나는 학교가 우리나라에도 있다는 뿌듯함을 줍니다.

그들은 예술제의 개회 선언도, 대회사도 학생회장이 합니다. 각 경기종목의 진행도 학생회본부의 지시에 따라 선임 학생이 하고, 심판도 물론 학생들이 합니다. 예술제 예산 편성과 집행, 진행과 시상 모두 자율적으로 합니다. 토의를 거쳐 학생회에서 결정된 사항이 교직원회의에서 부결반대되면 다시 학생회에서 검토합니다. 반대로 학생회에서 부결한 것은 교직원회의에서 가결찬성했다 하더라도 다시 학생회로 넘어가 최종 결정을 학생회에서 합니다. 학교는 학생이 주인이어야 한다는 당연한 논리 앞에 '학생이 주인이다.' 라는 이 학교의 주장이 더 큰 울림으로 다가오는 것은 무슨 까닭일까요?

이 책의 지은이인 배평모 씨는 소설가입니다. 동시에 그는 하나뿐인 아들을 거창학원에 있는 샛별초등학교에 다니도록 하기 위해 서울에서 거창으로 이사했던 사람이기도 합니다. 그가 일 년 넘게 학교의 모든 행사에 참석하여 학생들 속에서 직접 보고 들은 일들을 써내려 갔고, 거기에 학교의 간략한 훈화를 덧붙여 '거창고등학교 이야기'를 탈고하였습니다.

몇 년 전 아주 우연히 그를 만난 적이 있습니다. 문학회 모임을 갖는 대학로에서 뒤풀이 장소로 간 곳이 지금 그분이 운영하는 〈작가 폐업〉이라는 역설적 상호를 한 카페였습니다. 거기서 나는 그와 그의 부인께 샛별초등학교를 다녔던 그의 아들 이야기를 들을 수 있었습니다. 아들이 초등학교 시절 쓴 동시를 모아 출간한 동시집 『시를 쓰는 아이』와 그의 소설 『지워진 벽화』를 건네받으며, 아들이 다녔던 학교를 자랑스럽게 여기는 그분들의 마음을 흠뻑 느낄 수 있었습니다.

샛별초등학교를 다니며 공부했던 아들 이야기가 책의 후반부에 기술되어 있거니와, 그 외의 이야기, 초등학교 시절 천자문, 사자소학으로 이어지는 한자 공부 이야기, 일기 대신 시를 썼던 이야기 등을 들려 줄 때 부인의 확신에 찬 말씨가 생생합니다. 녀석이 4학년 때 쓴 동시에 이런 것이 있습니다.

손전등

손전등을 해부해 보았다.

건전지, 전구, 전선, 소켓,
반사경, 렌즈, 스위치, 껍데기

모두 다 필요한 것이로구나.
　　　　　　　　　　　　　－「시를 쓰는 아이」 중에서


초등학교 4학년 아이의 사고력입니다. 무엇이 아이를 그렇게 만들었을까요? 상급 학교에 대한 기대와 걱정을 함께 갖고 있는 여러분께, 그리고 미래에 대한 꿈을 마음 한 구석에서 키워가고 있는 여러분께, 그 학교의 강당 뒷벽에 씌어 있다는 다음 구절을 음미해 볼 것을 권합니다.

## 직업 선택의 십계

1 월급이 적은 쪽을 택하라.

2 내가 원하는 곳이 아니라 나를 필요로 하는 곳을 택하라.

3 승진의 기회가 거의 없는 곳을 택하라.

4 모든 조건이 갖추어진 곳을 피하고 처음부터 시작해야 하는 황무지를 택하라.

5 앞을 다투어 모여드는 곳을 절대 가지 마라.

6 장래성이 전혀 없다고 생각되는 곳으로 가라.

7 사회적 존경 같은 것을 바라볼 수 없는 곳으로 가라.

8 한가운데가 아니라 가장자리로 가라.

9 부모나 아내나 약혼자가 결사반대를 하는 곳이면 틀림없다. 의심치 말고 가라.

10 왕관이 아니라 단두대가 기다리고 있는 곳으로 가라.

70

# 건축으로 보는 세상

## 『세상에서 가장 아름다운 집』

서윤영 지음 | 2003 | 궁리출판

한적한 근교에 새집을 짓겠다는 이와 대화를 한 적이 있습니다. 그는 집 대문에서 현관에 이르는 길을 약간 에돌아가도록 만들겠다고 했습니다. 그때 나는 그의 안목에 새삼 탄복하면서 종묘 안의 '정전'을 향하는 길을 떠올렸습니다. 우리네가 자연을 바라보는 방식은 직선이 아니라 굽이굽이 돌아가는 길에서 대상을 바라보는 방식입니다. 그래서 종묘 안은 모퉁이를 돌고 돌아 주 건물인 '정전'에 이르도록 길을 냈습니다. 그러고 보니 우리네 산들이 그렇습니다. 산은 물결처럼 유연하고 길게 능선을 이어 이 마을에서 저 마을로 뻗어 있습니다. 마을에서 나온 길도 역시 구불구불 들을 지나 이웃마을에 닿습니다.

그 후 나는 한 여류 건축가가 쓴 책 『세상에서 가장 아름다운 집』을 읽다가 일부러 진입 동선문이나 복도를 지나 건물의 핵심으로 걸어가는 움직

<sub>임 선</sub>을 길게 하는 건물의 비밀을 알게 되었습니다. 사찰이나 성당 건물이 그것입니다. 그런 건물들은 일반 사람들의 접근을 일부러 어렵게 하여 엄숙한 분위기를 자아내는 효과를 극대화합니다. 그 진입 과정은 또한 속俗에서 성聖으로 변화하는 정화 과정을 상징하기도 합니다. 어둡고 긴 복도를 지나 밝고 빛나는 주교좌를 찾아가는 전통적 성당의 구조, 깊고 깊은 산길을 올라야 만날 수 있는 사찰의 모습은 바로 그런 비밀을 안고 있었던 것입니다. 이렇듯 모든 건물은 나름대로 비밀을 숨기고 있습니다. 그렇다면 우리가 그 비밀의 일부를 슬쩍 들여다보는 것도 현대를 살아가는 안목 중하나가 될 터입니다. 왜냐하면 현대는 건물과 떨어져 생활한다는 것은 상상할 수 없는 시대이기 때문입니다.

건물을 보면 시대가 보입니다. 세계 4대 문명 중 가장 민주적인 문명이 어디였을까요? 민주주의 하면 우리는 흔히 그리스의 도시 국가부터 떠올립니다. 그러나 현재 남아 있는 건축물을 보면 인더스 문명이 가장 민주적이었을 것으로 학자들은 추정합니다. 어느 시대를 막론하고 서민의 집은 값싼 재료와 저급한 기술이 사용되기 때문에 곧 낡아 없어지기 마련입니다. 그런데 인더스 문명이 융성했던 갠지스 강 유역에서는 왕궁이나 신전 대신 서민들의 주거 유적지가 대규모로 발굴되었습니다. 그것들이 아직 남아 있다는 것은 당시 서민 주택에 고급 재료와 정교한 기술이 사용되었다는 증명이기도 합니다. 그리고 그것은 생활의 중심이 서민에게 있는 민주적 성향을 보여주는 증거입니다.

반면에 분수는 제국 권력의 상징입니다. 분수는 본디 로마 시민

72

이 물을 마시던 음수대라고 합니다. 로마 제국은 어느 지역을 점령하면 제일 먼저 분수를 설치하여 시민들에게 물을 마시게 하는 것으로 시혜를 베풀며 제국의 권위를 상징했다고 합니다. 당시 분수가 설치된 곳은 모두 로마 제국의 권력이 미치는 곳이라는 표시인 것입니다. 이런 습관은 현대에도 이어져 일제 강점기에 일제는 시청 앞에 분수를 세웠습니다. 지금은 시청 앞이 푸른 광장으로 변했지만 분수가 우리에게 주는 의미가 상황에 따라 여러 가지임을 되새겨 볼 필요가 있습니다.

어떤 사람이 죽어 저승에 갔습니다. 저승사자는 천국과 지옥의 모습을 보여주며 어느 곳으로 가고 싶냐고 물었습니다. 천국을 보니 모든 사람들이 흰옷을 입고 기도를 드리고 있었습니다. 그런데 지옥을 보니 다들 환호성을 지르며 캠프파이어를 하고 있는 것이었습니다. 그는 지옥에서 살고 싶다고 했습니다. 그런데 막상 도착해 보니 모두들 지옥의 불길 속에서 비명을 지르고 있었습니다. 그 사람이 어째서 미리 보여주었던 모습과 다르냐고 따져 묻자 저승사자는 간단히 대답했습니다.

"그건 모델하우스였어."

모델하우스는 실제와 같다고 착각하지만 사실은 다소 차이가 있는 건물입니다. 그 차이는 우리가 알지 못하는 비밀에서 비롯됩니다. 모델하우스 내부에 사용하는 색상은 시각적으로 최대한 넓어 보이는 효과를 주는 색을 선택합니다. 그리고 베란다를 확장하고 바닥재를 거실과 동일하게 해서 거실을 실제보다 크게 만들어 놓습니다. 물론 '실제로는 베란다로 시공됩니다'라고 작은 표지

판을 붙입니다. 작은 아이들 방의 경우 확장한 베란다에, 특히 출입문에서 대각선 방향에 책상을 딱 하나만 둡니다. 시선을 그쪽으로 유도하여 방이 넓어 보이도록 하는 방법입니다. 사용하는 가구도 실제보다 조금 작은 가구입니다. 게다가 소비자는 어김없이 납작한 실내화를 신고 들어가 키 큰 도우미를 만나게 됩니다. 이것은 공간 심리학을 이용한 것으로 낯선 공간에서 자기 자신이 위축되어 주변이 실제보다 크고 장엄하게 느끼는 경향을 이용한 것입니다.

백화점이나 대형 할인점은 창문이 없는 집입니다. 창이 없는 이유는 다른 일에 신경 쓰지 말고 상품 구입에만 집중하라는 뜻입니다. 그래서 백화점 내부에는 시계가 걸려 있지 않습니다. 그리고 내부 공간은 어지럽게 설계된 미로 공간이며 같은 건물 안에 반드시 식당가가 있습니다. 고객들은 좀처럼 밖으로 빠져나가지 못하고 내부를 빙빙 돌며 쇼핑을 하고 그러다 배고프면 음식을 사먹습니다. 또한 백화점은 많은 비용을 지불하면서도 일부러 에스컬레이터를 설치하여 사람들을 들뜨게 하고 소비 심리를 자극합니다. 대형 할인점은 쇼핑수레를 끌고 가서 계산하는 계산대 바닥이 안쪽 바닥보다 잘 느끼지 못할 만큼 높다고 합니다. 그렇게 함으로써 소비자들을 더 오랜 시간 매장에 머물게 하려는 것입니다.

여러분의 학교 건물은 어떻습니까? 초등학교를 보면 늘 정형화된 형태가 있습니다. 교문을 들어서면 운동장이 있고 운동장 정면에는 구령대와 국기 게양대 그리고 그 뒤로 대칭형 건물이 있습니다. 건물 한가운데는 교장 선생님 등 몇몇 분이 출입하는 크고 넓

은 현관이 있고 각종 트로피와 상패로 장식된 중앙 현관 옆으로 교장실이 있습니다. 교장실 옆에는 교무실과 서무실 등 중요하다고 생각되는 방들이 순서대로 늘어서 있습니다. 교실은 대부분 2층부터 있습니다. '교육을 평등하게'라는 구호를 건축에도 적용하여 학교 건물을 전국적으로 똑같이 만든 결과입니다.

운동장은 규율과 훈련의 상징입니다. 그래서 군대나 훈련소 같은 단체 시설에는 운동장이 빠지지 않습니다. 그런 의미에서 교실은 축소된 운동장이기도 합니다. 교실의 구성은 운동장과 같습니다. 중앙에 태극기가 휘날리고 그 앞에 구령대가 있는 것처럼, 교실 중앙 윗부분에는 태극기 액자가, 전면 중앙에는 교탁이 있습니다. 줄을 맞춰 있어야 하는 것도 운동장 조회와 같습니다. 그래서 필자는 운동장에서 광장으로 나아가는 학교, 나란히 줄 맞춘 책상보다는 원탁의 탁자가 놓인 교실을 기대하기도 합니다.

사찰이나 성당 건물 등 종교적인 건물들은 사람으로 하여금 신비로움과 경외감을 주어야 합니다. 그 안에 들어서면 사람들은 왜소해지고 중압감을 느낍니다. 건물은 그런 장치들을 곳곳에 해 놓고 있습니다. 그리스 신전처럼 수직 기둥이 여러 개 늘어선 열주는 그런 느낌을 주는 가장 효과적인 장치 중 하나입니다. 또는 신비로움을 확대하여 돔 형식의 둥근 천장을 중앙 높이 만들고 천상의 모습을 나타내는 온갖 그림들을 그려 넣기도 합니다. 까마득히 높은 곳에 그려진 천상의 모습은 사람들로 하여금 그것이 실제 천국처럼 보이게 만듭니다. 사찰의 굵은 기둥도 예외는 아닙니다. 그리고 사찰의 돌계단은 일반 건물의 그것보다 폭이 좁고 높이도

76

높습니다. 거기를 오르내리려면 누구나 조심스러워지고 공손해지기 마련입니다.

극동 아시아에서는 예전에 주로 나무로 집을 지었습니다. 그러나 5천 년 전 메소포타미아 문명과 인더스 문명은 진흙 벽돌로 집을 지었습니다. 고대 그리스는 석조로, 로마 시대에는 콘크리트로 지었습니다. 같은 인간이라도 문화에 따라 서로 다른 건물을 짓습니다. 그뿐만 아니라 인간이 아닌 다른 생명체도 나름대로 집을 짓습니다. 개미는 사회성이 강해서 공동으로 커다란 집을 짓고 삽니다. 개미 한 마리와 개미집 크기를 비교해보면 그것은 63빌딩이나 코엑스 빌딩과 맞먹는다고 합니다. 인간이 겨우 20세기 들어 그런 건축물을 지었지만, 개미는 이미 몇 만 년 전부터 그런 집을 짓고 살았던 것입니다.

이처럼 거의 대부분의 생명체는 나름대로 특성을 가진 건물을 짓고 거기서 생활합니다. 그러나 과연 '세상에서 가장 아름다운 집'이란 어떤 것일까요? 그것에 대한 필자의 생각은 책 말미 '닫는 글'에 담겨 있습니다. 필자는 어렸을 적 열어놓은 현관 탓에 잃어버린 운동화를 예로 듭니다. 그리고 이런 말을 합니다.

오늘 나는 이십 년 동안 닫아두었던 현관문을 다시 열었다. 언제나 무거운 침묵 속에 갇혀 있던 현관의 풍경風景이 처음으로 청량한 소리를 내기 시작한다. 바람이 들이쳐 거실을 넘어 베란다 창문의 커튼 자락을 흔들었을 때 문득 깨달았다. '세상에서 가장 아름다운 집'은 아무 때고 마음껏 현관문을 열어둘 수 있는 집이라는 것을.

# 궁궐 도편수가 말하는 고건축과 삶

## 『천년 궁궐을 짓는다』

신응수 지음 | 2002 | 김영사

우리나라를 대표하는 정궁은 1395년 태조 4년에 완공된 경복 궁입니다. 거기에 1398년 궁성을 쌓으면서 지어진 남문이 광화 문이며 그것은 경복궁의 정문으로 왕실과 국가의 권위를 상징적 으로 대변하는 건물이 되었습니다.

이후 광화문은 임진왜란 때 불에 타 없어졌으나 1865년 흥선 대원군이 경복궁을 중건하면서 다시 지어졌습니다. 그러다가 1927년 일제에 의해 문화말살정책의 일환으로 경복궁 동문인 건 춘문 옆에 강제로 옮겨졌습니다. 그것이 한국전쟁 때 불에 타 석 축만 남은 것을 1968년 현재 위치에 다시 복원해 놓았습니다. 그 러나 박정희 전 대통령의 명에 의해 급하게 복원하느라고 목재 대 신 철근과 콘크리트를 사용하고 현판도 대통령의 한글 글씨로 만 들어 붙여 놓아서 본래의 모습과 거리가 멀었습니다. 더구나 자리

78

가 옮겨지며 방향도 동남 방향으로 5~6도가 틀어졌고 원래 위치에서 14.5미터 가량 뒤쪽으로 물러앉아 궁궐과 조화를 이루지 못한 어정쩡한 상태로 남게 되었습니다.

그런 광화문이 지금 한창 복원 작업 중입니다. 이제라도 잘못을 바로잡고 후세에 우리 유산을 길이 전해 줄 책임을 수행하고 있는 것입니다. 그 책임을 맡은 총감독이 바로『천년 궁궐을 짓는다』의 지은이 신응수입니다. 그가 현재 맡고 있는 공사는 1991년부터 시작한 경복궁 복원 사업입니다.

광화문을 포함한 경복궁 복원은 1990년 발굴 작업을 시작으로 2009년까지 목재 450만 재, 기와 150만 장 등 총비용 1789억 원을 들여 전각 총 93동 약 3,200여 평을 복원하는 공사입니다. 그러나 일제에 의해 훼손된 경복궁은 이렇게 대규모 복원을 한다고 해도 옛 경복궁 건물의 40퍼센트도 채 회복되지 못한다고 합니다. 일제는 경복궁 내의 200여 동에 달하던 전각을 대부분 허물고 경회루와 근정전 등 10여 동만 남겨 놓았습니다. 게다가 근정전<sub>임금이 국가의 중요 행사를 치르는 건물로 궁궐의 핵심</sub> 앞 흥례문을 없애고 거기에 조선총독부 청사를 지음으로써 경복궁으로 상징되는 민족정신을 말살했습니다.

일제에 의한 만행 흔적은 아직도 곳곳에 방치되어 있습니다. 덕수궁은 구한말 일제에 의해 팔리거나 헐려서 그 부지에 다른 용도의 건물이 들어서 버렸습니다. 현재는 본래 건물터의 30퍼센트도 채 되지 않는다고 합니다. 창경궁은 마지막 황제 순종을 그곳에 유폐시키고 위로 명목으로 동물원과 식물원으로 만들어 놓았습니다. 궁궐 곳곳에 일본의 국화인 벚나무를 심어 일반인들의 휴식 공간으로 비하시켰습니다. 명칭도 창경원으로 바꾼 것을 1983년에 와서야 겨우 창경궁으로 회복하였습니다.

궁궐은 최고 실력을 지닌 장인들에 의해 제일 좋은 자재를 사용하여 지어졌습니다. 따라서 다른 어떤 건물보다 기능적, 미적인 면에서 최고 수준을 자랑합니다. 게다가 나라의 중심인 임금이 살며 집무를 보는 곳으로 민족 자존심의 상징이기도 합니다. 그래서 궁궐과 같은 문화유산을 회복하고 잘 보존하여 천 년 후까지 자손에게 전해 주는 것은 막중한 시대 사명이기도 합니다. 저자인 신응수는 그런 소명감을 몸소 시행하는 '궁궐 목수'입니다. 이 책은 전통건축과 함께 살아온 그의 삶을 담고 있습니다. 그는 우리나라 대목장의 계보를 이어 오는 사람입니다. 중요무형문화재 제74호 대목장 기능 보유자이기도 합니다.

대목장은 한마디로 건축계의 총감독입니다. 전통건축 여러 전문 직종 가운데 으뜸인 대목<sub>건물의 중심을 이루는 공사를 맡아 집 짓는 일을 담당하는 사람</sub> 분야의 총책임자로 건축물의 기본 틀에서부터 전반에 걸쳐 공사를 총감독합니다. 흔히 도편수라고도 합니다. 원래는 대목장 중에서 도편수를 선발하여 나라에서 벼슬을 내렸던 것이나 조선 후기 위상이 격하되어 대목장을 지칭하는 말로 쓰기 시작했습니다. 그래서 그를 궁궐 도편수라고 합니다. 도편수는 궁궐뿐만 아니라 사찰, 성곽 등을 건축합니다.

저자는 불국사 복원 공사 때 스승 이원재 도편수 밑에서 부편수로 발탁된 이래 도편수로서 수원성, 창경궁, 경복궁, 수원 장안문,

경복궁 홍례문, 경주 안압지 등 굴지의 복원 사업을 담당해 왔습니다. 뿐만 아니라 사찰 건물도 여러 개 지었는데 그 중 이 시대의 국보를 짓겠다는 각오로 올린 충북 단양 구인사의 '조사전'을 첫째로 꼽습니다. 조사전은 1998년 국내 문화계를 떠들썩하게 한 화젯거리였으며 누가 봐도 한눈에 감탄이 나올 만한 국내 최고의 목조 건물입니다. 그런 건물을 짓기 위해, 건축을 의뢰한 불교 천태종 스님들의 지극한 뒷받침으로 가장 좋은 재료를 구해 국내 최고의 장인들이 석공, 벽화, 기와, 탱화, 옻칠 등 각 분야에서 심혈을 기울인 역작을 탄생시켰습니다. 더불어서 당대 최고의 한옥으로 꼽는 이태원 이병철 삼성 회장의 집 '승지원' 등도 그의 역작으로 꼽고 있습니다.

책에는 그런 건물들을 보수하고 건축하는 과정에서 겪은 여러 일화와 함께 전통건축을 대하는 저자의 진한 애정 그리고 우리 문화 전승에 대한 사명감 등이 두루 담겨 있습니다. 저자는 스스로 목수임을 그것도 전통건축 장인임을 자랑스러워합니다. 목수란 나무를 다스리는 사람입니다. 그리고 죽은 나무에 두 번째 목숨을 주는 사람이라고도 합니다. 살아 있는 나무를 베어 다시 집이나 물건으로 만들어 생명을 불어넣어 줍니다. 그래서 그는 집을 지을 때 천 년 앞을 생각하고 천 년 이상을 버틸 수 있는 집을 지으려고 합니다. 수백 년 된 나무를 잘라서 다시금 천 년의 생명을 불어 넣는 일을 자신의 사명으로 여기고 있습니다.

그는 궁궐 보수 등 문화재 관련 일을 하면서 좋은 자재 확보에 숱한 어려움을 겪었습니다. 그래서 그는 평상시에 직접 산을 오르

내리며 좋은 재목감을 찾아 헤매고 비축해 두고 있습니다. 지금도 일주일에 2~3일 태백산맥 줄기 곳곳을 누비고 다닙니다. 뿐만 아니라 몇 백 년 후 나라의 큰 공사에 재목감으로 쓰일 나무 확보를 위해 강원도에 20만 평 정도의 소나무 임야를 구입해 소나무를 키우고 있습니다. 생전에는 절대 베지 않기로 다짐하고 후대에게 물려주기 위해 키우고 있는 것입니다. 한옥을 지을 때 우리 나라에 서식하는 소나무인 적송과 육송이 가장 좋기 때문입니다.

전통건축은 자연에서 채취한 재료를 사용함으로써 보다 친근하게 다가옵니다. 손때를 입어 반질반질 윤이 난 나무 기둥과 마룻바닥에서 느껴지는 정겨움. 세월의 풍상에 약간 내려앉은 처마선이 주는 편안함. 요란하지 않는 소박함과 넉넉함이 보이는 실내 장식. 이것이 전통건축의 아름다움이요 매력입니다. 그런 아름다움을 간직하고 있는 전통건축 문화재를 최대한 원형에 가깝게 복원하여 과거의 모습을 현재에 재현시키고 후대에 물려주는 일은 누군가가 반드시 담당해야 할 보람 있는 일입니다.

과거에 비해 지금은 전통건축 문화 부흥기라고 할 만합니다. 흥선대원군의 경복궁 복원을 끝으로 거의 중단되었고 일제 침략기와 한국 전쟁으로 더욱 침체되었던 문화재 복원 사업이 바야흐로 기지개를 펴고 있는 것입니다. 서서히 전통건축 문화의 부흥기가 시작되고 있습니다. 이것은 우리 문화를 총체적으로 정리해야 하는 중대한 시점에 와 있다는 것을 의미하기도 합니다. 이런 때, 우리 문화의 전통을 되살려 후대에 전한다는 긍지를 갖도록 선대 장인들의 맥을 이어가는 전문인들의 위상 또한 높아져야 할 것입니다.

사람은 가도 집은 그 창건주의 이름과 함께 영원히 남는다고 했습니다. 설령 주인이 바뀐다고 해도 집은 평생 이 땅을 지킵니다. 특히 나무가 숨을 쉬는 한옥은 그 자체로 하나의 생명체입니다. 그래서 진정한 목수는 땅에 씨를 뿌리는 마음으로 한옥을 짓습니다. 저자는 말합니다.

> 나는 누구에게도 겸손하려 애썼지만 일만큼은 대충 넘어가지 못했다. 문제가 있다고 생각되면 주저 없이 내 생각을 말했고, 고집을 피웠다. 앞으로도 크게 달라지지 않을 것이다. 그것이 언제나 나를 지켜주었다. 내가 정말 두려워한 건 주위의 감독자가 아니라 먼 후대의 후손들이었다. 천 년이 지난 후에도 인정받는 우리의 건축물을 짓고 싶었다. 오로지 그 꿈 하나로 오늘까지 살았고 그 꿈은 지금도 변함이 없다.

평생을 나무와 함께 고건축에 매달려 온 궁궐 도편수 신응수. 그는 오늘도 천 년 궁궐을 짓고 있습니다.

# 11

# 도시민의 삶의 애환

## 『천변풍경(川邊風景)』

박태원 지음 | 1994 | 깊은샘

찬성과 반대로 말도 많았던 청계천 복원 공사가 이루어지고 꽤 오랜 시간이 흘렀습니다. 물론 청계천을 콘크리트로 덮어 길을 만들었던 복개 공사도 모두 그 시대의 필요성에 의해 행한 것이었습니다. 청계천 복개와 더불어 그 주변이 새로운 삶의 터전이 되었던 사람들도 생겨났습니다. 그래서 복원 공사에는 여러 가지 다양한 이해관계가 맞물려 찬반 논란이 많았습니다. 그러나 어떤 문제가 있었던, 이 복잡하기 이를 데 없고 오염 많은 서울이라는 거대한 도시가 조금이라도 맑고 깨끗한 옛 모습을 찾을 수 있었다는 점만큼은 참 반가운 일이 아닐 수 없습니다. 그래서 박태원의 소설을 통해 청계천에서 빨래를 하던 시절을 잠시 돌아보기로 했습니다. 『천변풍경』은 청계천 주변의 풍경을 말합니다.

청계천은 본래 이름이 개천開川이고 서울 서북쪽의 인왕산과 남산의 북쪽 기슭이 발원지라고 합니다. 이 두 물줄기가 서울 중심부에서 만나 동쪽 방향으로 흘러가다가 마장동을 지나면서 북쪽에서 남쪽 한강으로 흐르는 서울 동쪽 편 하천인 중랑천과 만나 합쳐져 한강으로 흘러들어갑니다. 조선 왕조 시절에는 청계천이 지리적으로 정치, 사회, 문화 경계선이 되기도 하였답니다.

이러한 청계천을 덮어 도로로 쓸 복개 계획이 처음 수립되었던 시기는 일제강점기였습니다. 그들의 수탈과 군사적인 물류 이동로 확보가 주요 목적이었지만 이 계획이 실행되어 첫 번째로 복개공사를 실시한 것은 광복 후 1955년에 광교 상류의 135.8미터 구간에서였습니다. 이후 본격적인 복개 공사는 1958년 5월에 착공하여 1961년 12월에 완공한 광교에서 동대문 오간수다리<sub>지금의 평화상가 부근</sub>까지 총 길이 2,358.5미터, 폭 16~54미터 규모였습니다. 그러던 것이 1965년에 동대문의 오간수다리에서 제2청계교까지의 구간 복개를 한 번 더 한 후 1978년에 오늘날의 마장동까지 복개가 마무리되었습니다.

청계천 복개 공사가 완료된 후 복개 도로를 중심으로 좌우에 상가가 밀집하게 되고 교통량이 폭주하게 되면서 그 위에 청계고가도로가 건설되었습니다. 서울 시내에서 고가도로가 제일 먼저 가설된 것이 1968년에 준공된 아현고가도로인데 청계고가도로는 1967년 8월에 공사에 착공하여 1971년 8월에 완성되었습니다. 총 연장 5,650미터 길이에 폭이 16미터에 이르는 이 고가도로는 청계천 복개 도로 위 공중을 달리는 또 하나의 길로 나란히 설치되었던 것입니다. 이렇게 하여 청계천 물과 다리와 주변 풍경이 콘크리트에 묻혀버리고 어떤 색깔의 물과 악취가 흘러가는지 모르는 어둡고 추한 굴로 변한 청계천이 서울 복판의 아래를 지나가고 있었던 것입니다.

그렇다면 철근 콘크리트로 덮여지기 전의 청계천은 어떤 모습일까요? 박태원의 장편 소설인 『천변풍경』은 1930년대의 청계천변을 중심으로 한 서울의 모습을 풍부하고 흥미롭게 전달해 주고 있습니다. 책표지를 넘기면 먼저 『천변풍경』의 무대가 된 당시의 청계천 빨래터 모습을 오래된 사진으로 볼 수 있습니다. 하천 물 양편으로 네모난 큰 돌들<sub>빨랫돌이라고 부른다</sub>이 나란한 간격으로 촘촘히 놓여 있고 그 돌을 하나씩 차지한 아낙네들이 열 지어 쪼그리고 앉아서 빨래를 합니다. 어떤 이는 돌 위의 빨래를 손으로 비벼대며 문지르기도 하고 어떤 이는 흘러가는 물에 빨래를 휘저어 헹구기도 합니다. 더러는 긴 치맛단을 잡고 맨발로 서 있기도 하고 빨래 방망이로 빨랫감을 두드리기도 합니다. 그 중에는 나이 어린 소녀들도 보입니다. 아낙네들 뒤로는 빨래를 넣어놓고 말리는 긴 줄 위에 걸쳐져 바람에 흔들리는 빨래들이 보입니다. 갖가지 빨래를 담은 빨래 바구니도 걸려 있습니다. 빨래터 위로는 천변 길이 있고, 양산을 쓰고 고운 한복을 입은 여인이 지나가는 모습이 있습니다. 조무래기 아이들이 길에 몰려 있고, 어린것들은 빨래하는 엄마를 바라보는 듯 빨래터를 내려다보기도 합니다. 70여 년 전 맑은 물이 흐르던 청계천 풍경입니다.

『천변풍경』은 1936년 8월부터 10월까지 그리고 1937년 1월부터 9월까지 「조광<sub>朝光</sub>」이란 잡지에 연재된 박태원의 대표적인 장편 소설입니다. 도시 풍속의 세밀한 세태 묘사 때문에 '세태 소설'이라고 부르기도 합니다. 이 소설은 전체를 50개의 장으로 나누어서 1930년대 어느 해 2월 초부터 다음 해 정월 말까지 1년간 청계천변을 중심으로 일어난 다양한 서민들의 삶을 그렸습니다. 약 70여 명의 인물들이 등장하고 그들의 일상사가 주요 내용입니다. 그래서 특별한 주인공도 없습니다. 일정한 줄거리도 없습니다. 특정 화자가 이야기를 이끌어나가는 것도 아닙니다. 다만 청계천변을 중심으로 그곳에 사는 여러 인물들이 여인들의 집합소인 빨래터, 남성들의 사교장인 이발소에 초점을 맞춰 일상적 생활양식과 생활을 재현했습니다. 그들의 다양한 삶 속에는 전통적인 인습과 근대적인 문물 변화가 서로 혼합되어 나타납니다. 1930년대 우리나라의 혼란함과 다양성이 드러난다고 볼 수 있습니다.

『천변풍경』에는 1930년대 서울에 살던 각종 직업의 인물들이 다양하게 등장합니다. 이발사, 포목전 주인, 한약국 주인, 부의회 의원, 사법 서사, 금은방 주인, 카페 여급, 기생, 미장이, 전매청 직원, 첩, 신전 주인, 행랑살이 어멈 등등입니다. 그들이 서로 다른 장소에서 동시에 벌이는 사건들을 삽화 식으로 그리고 있습니다. 전체 50개 각 장이 독립성을 띠며 서술되고 있는 것입니다. 그러면서도 전편에 걸쳐 등장하는 인물들은 그 동네와 그 시대에 함께 살아가는 사람들입니다. 이 소설에서 작가는 단순하고 미묘한 것까지도 다채롭고 섬세하게 이야기하고 있습니다. 그것은 작가의 생가가 그 작품의 중심 무대인 '천변'이었음과 무관하지 않을 것입니다.

　일정한 줄거리와 특정 화자가 없는 이 소설은 점룡이 어머니, 이쁜이 어머니, 귀돌 어멈을 비롯한 동네 아낙네들이 모여 수다를 떠는 빨래터 장면에서 시작합니다. 그리고 이발소 소년 재봉이 이야기로 넘어갑니다. 재봉이는 15~16세 가량 먹은 이발소 사환으로 이발소와 빨래터 주변 그리고 천변으로 오가는 사람들의 모습을 호기심으로 바라봅니다. 그들이 어디로 어떤 태도로 가는지를 관찰하는 취미를 가지고 있습니다. 그러면서도 이런 바깥 풍경들에 대해 결코 지루함을 느끼지 않습니다.

　그의 이런 관찰에는 어떤 목적도 의식도 없습니다. 그런 면에서 재봉이라는 소년은 이 소설에 등장하는 인물 중 유일하게 소설 전체를 지배하는 서술자의 눈 또는 작가의 시각과 흡사합니다. 여러 에피소드들이 파노라마식으로 그려지고 있다는 점에서 이 소설은 마치 서로 다른 장소에서 동시에 일어나는 영화의 한 장면 장면을 표현하는 카메라아이 기법과 흡사합니다. 그 카메라의 눈과 같은 역할을 재봉이라는 소년이 담당하고 있다고도 말하기도 합니다.

　소설의 마무리는 재봉이라는 이발소 사환이 소설 앞부분에서 기대했던 일<sub>포목점 주인의 중산모가 벗겨져 개천에 떨어지는 일</sub>이 마침내 일어나는 풍경으로 끝을 맺습니다. 어느 날 개천가에서 동네 아이들이 난데없이 '아하하하' 웃고 떠드는 소리가 납니다. 놀란 재봉이가 부리나케 문을 열고 내다보니 그가 그렇게도 벼르고 기다리던 광경이 펼쳐집니다. 포목점 주인의 중산모가 마침내 바람에 날려 떨어져 새벽에 살얼음이 얼었다가 막 풀린 개천물 속에 빠져 있는 것입니다. 그래도 중산모가 머리에서 굴러 떨어지는 현장을 직접 목격하지 못한 것이 아무래도 유감이었던 재봉에게 바로 등 뒤에서 점룡이 어머니가 말합니다.

"인석아. 니가 그렇게 밤낮 축수를 허드니, 그으예 그 어른이 모자 하나 버리구 말았구나."

이런 정도의 연관성이 소설의 중심 사건이 없음으로 인해 생길 수 있는 느슨함을 잡아주는 정도라고 볼 수 있습니다.

『천변풍경』은 이처럼 1930년대 도시의 주변에 대한 관찰이었습니다. 그러나 지금은 서울 중심을 흐르는 하천이고 따라서 지금의 청계천을 중심으로 한 사람들의 모습은 서울 변두리가 아닙니다. 하지만 예나 지금이나 다를 바 없는 것은 '천변풍경'이 서울 중산층과 하층민들의 삶과 애환이 깃들인 곳이라는 점입니다. 청계천이 콘크리트로 덮여 있던 개발 우선 시대의 컴컴한 유산을 걷어내고 맑은 물이 있는 하천으로 복원된 것은 우리 사회가 그만큼 수준 높아졌다는 기분 좋은 증거이기도 합니다. 이제 또 한 편의 『천변풍경』을 이루어 언젠가 이 시절을 회상하게 될지도 모릅니다.

그러나 시간이 흐르더라도 결코 우리가 잊지 말아야 할 것이 있습니다. 그것은 1930년대가 되었든 2000년대가 되었든 당대의 현실을 받아들이며 나름대로의 삶을 열심히 꾸려나갔던 청계천변 도시민들의 애환입니다. 그들의 삶은 비단 '천변풍경'만이 아니라 서울의 서민들, 더 나아가 도시 중심이 되어가는 우리나라 서민들의 삶 그 자체일 것이기 때문입니다.

# 12

# 고집 센 장인의 예술 정신과 한

## 『잔인한 도시』

이청준 지음 | 2006 | 열림원

최근 몇 년 사이 우리는 한국문단의 거목인 두 작가를 잃었습니다. 작고한 평론가 김현이 생전에 '가장 존경할 만한 작가'로 뽑은 두 사람. 박경리와 이청준입니다. 이들은 독자의 비위를 맞추는 것보다 순교자적 태도로 작품에 매달려 살았던 거장입니다. 두 분의 타계는 한국문단의 큰 아쉬움으로 남을 것입니다. 그래서 그중 이청준 소설 선집 『잔인한 도시』를 통해 위대한 작가의 삶과 문학 흔적을 되새겨 보고자 합니다.

작가 이청준1939. 8. 9~2008. 7. 31이 오롯이 문학에 헌신한 까닭은 "소설가의 책임을 다하기 위해서였다"고 합니다. 그 말 속에는 소설을 시간 보내기 위한 소일거리 정도로 생각하는 현대인의 가벼운 풍토에서 저만치 벗어난 고집이 들어 있습니다. 그는 진지하고 깊이 있게 소설을 다루는 것으로 유명합니다. 실제로 이런 작가정신은 그의 작품 속에 수많은 지적 축적물로 담겨 있습니다. 그래서 그를 한국 현대 소설사를 빛낸 지성적인 작가로 평가하는 것입니다.

그러나 한편으로 우리는 그를 대중적으로도 기억합니다. 특히 영화나 드라마를 통해서 알게 된 작품들이 많습니다. 소록도 이야기를 다룬 『당신들의 천국』, 작가의 노모 장례식이 작품 동기가 되었던 『축제』가 영화화 되었습니다. 칸 영화제에서 여우주연상을 수상한 이창동 감독의 〈밀양〉은 작가의 작품 『벌레 이야기』가 원작입니다. 임권택 감독의 영화로 국내에서 큰 호응을 얻었던 〈서편제〉 역시 작가의 작품 「서편제」 「소리의 빛」 「선학동 나그네」 이야기를 한데 묶어 영화화 한 것입니다.

특히 「서편제」는 『남도 사람』이라는 연작 소설집 중의 한 편입니다. '연작 소설' 이란 비슷한 주제를 다루고 있는 단편들을 모아 놓은 작품을 말합니다. 그래서 『남도 사람』에는 「서편제」 외에도 「소리의 빛」 「선학동 나그네」 「새와 나무」 「다시 태어나는 말」 등이 실려 있습니다. 『남도 사람』 연작은 남도의 소리와 그 소리에 담겨 있는 한, 그리고 예술적 승화를 담고 있습니다.

작품에 담긴 '한'恨을 말할 때 평자들은 그것이 작가의 어려운 삶과 관계가 깊다고 합니다. 그는 전남 장흥 진목리에서 5남3녀 중 넷째로 태어났습니다. 서울대 독어독문학과를 졸업했지만 그때는 이미 어려서부터 겪은 가난과 가족사의 불행이 한의 정서로 몸에 밴 후였습니다. 한恨의 속성을 작가는 「서편제」에서 등장인물을 통해 이렇게 밝힙니다. 소리꾼 아비가 소리를 위해서 어린 딸의 눈을 일부러 멀게 했다는 대목입니다.

> "좋은 소리를 가꾸자면 소리를 지니는 사람 가슴에다 말 못할 한을 심어줘야 한다"는 주막집 여자의 말에 의붓오라비인 사내가 말합니다. "사람의 한이라는 것이 그렇게 심어주려 해서 심어줄 수 있는 것은 아닌 걸세. 사람의 한이란 건 그런 식으로 누구한테 받아 지닐 수 있는 것이 아니라, 인생살이 한평생을 살아가면서 긴긴 세월 동안 먼지처럼 쌓여 생기는 것이라네. 어떤 사람들한텐 사는 것이 한을 쌓는 일이고 한을 쌓는 것이 사는 것이 되듯이 말이네……."

등장인물의 말처럼 작가도 오랜 세월 먼지처럼 한을 쌓아 온 삶이었는지 모릅니다. 비슷한 맥락에서, 이청준의 철학이 고스란히 담긴 산문집 『이청준의 인생』에도 한恨을 연상케 하는 '상처의 철학'이 있습니다. 이청준은 고고학을 공부해 온 친구로부터 받은 깨진 토기 한 점을 소개하면서 '깨어진 것이 완성된 형태'라는 이야기를 꺼냅니다. 옛날의 매장 문화는 사람과 함께 그릇들을 함께 묻는데, 그릇들을 온전하게 묻는 것이 아니라 깨서 묻는다고 합니다. 그릇은 깨짐으로서 묻히는 역할을 다한다는 것입니다. 그런데 도굴꾼들은 깨진 것들은 놔두고 가고, 고고학자들은 그 깨진 그릇들의 조각을 붙여 보관합니다. 즉 상처를 입음으로서 비로소 완성된다는 것입니다. 이청준의 철학은 개인의 삶도 인류의 역사도 상처와 상처의 내력으로 이루어져 가고, 오히려 상처가 완성된 형태일 수 있다는 결론에 이릅니다.

한편 「서편제」는 '소리'라는 예술에 집착하는 장인으로서의 면모가 나타납니다. 예술의 최고 경지를 추구하고 그것을 스스로 지키고 승화하는 모습입니다. 소리의 완성을 위해 현실과 타협하지 않고 모든 것을 희생하는 소리꾼의 삶이 나타납니다. 그러나 안타깝게도 이런 것들은 이미 현실에서 잊혀져가는 것들입니다. 그런 장인들의 모습을 다룬 「줄」이나 「과녁」에도 역시 줄타기 광대나 궁사 이야기가 담겨 있습니다. 그런 면에서 소설 선집에 담긴 「매잡이」도 상통하는 점이 있습니다. 거기에도 어김없이 현실 사회와 주위 사람으로부터 더 이상 인정받지 못하면서도 자신의 일에 평생을 걸고 살아가는 주인공이 등장합니다.

'매잡이'는 매를 부리는 사람입니다. 사나운 날짐승인 매를 길들인 다음 그 새를 이용해서 사냥을 하는 사람입니다. 이때 매를 놓아 잡은 꿩을 '매치'라고 해서, 그것은 절대 돈을 받고 팔지 않았다고 합니다. 그것으로 마을 잔치에 부조를 하고 부조를 받는 사람은 떡시루나 술말로 보답하는 게 상례였습니다. 매사냥에도 서로 생각해 주는 관례가 있고 풍속이 있었습니다. 매잡이가 매를 놀아주는 동네에서는 동네사람들이 자진해서 몰이꾼 노릇을 해주고 매잡이를 손님 대접해주곤 했습니다. 그러나 그런 풍속은 어느덧 사라졌습니다. 그런 사회 변화 중에 매잡이는 하나 둘 사라지고 마지막 남은 매잡이 곽 서방은 자기가 사랑하는 매 번개쇠와 함께 굶어죽는 최후를 택합니다. 이런 장인 정신은 물질로 모든 것을 평가하려는 우리네 세태 속에서 작가가 죽음 직전까지 놓지 않았던 소설에 대한 집념과 다르지 않습니다. 그는 진정한 의미의 소설가란 무엇인가에 대한 고민을 작품 속 장인들에게 옮겨놓았습니다.

이 외에 선집에 실린 작품들은 각각 작가의 다양한 지적 성취를 나타냅니다. 「병신과 머저리」와 「소문의 벽」은 사회 현실에 대한 통찰을 담고 있습니다. 「병신과 머저리」는 6·25전쟁의 참화가 의사인 형과 화가인 동생에게 어떻게 내면의 아픔으로 남아 괴롭히는 것인지를 보여줍니다. 내면의 아픔에 귀 기울이며 끊임없이 삶의 방식과 태도를 고민하는 등장인물의 태도는 자기 자신마저 잊어버리고 적당히 외부 현실에 맞춰 살아가려는 현대인들의 태도를 반성하게 합니다.

「소문의 벽」은 1970년대 이청준 소설의 경향을 가장 잘 반영한 작품입니다. 진실이 받아들여지지 않는 현실, 개인이 집단의 힘에 무기력하게 짓밟히는 모습이 나타납니다. 1970년대 폭압과 독재의 시대 현실의 부조리를 비판하고 있습니다. 현실에 적응하지 못하는 광인을 주인공으로 세워 부당한 현실에 간접적으로 저항했다고 볼 수 있습니다. 이 소설의 주인공 박준도 진실을 말하고 싶어 했던 소설가입니다. 그러나 작품 발표조차 하지 못하는 현실을 견디다 못해 정신병원을 찾아가지만 의사마저 자신만의 잣대로 병세를 마음대로 해석합니다. 그는 더욱 미쳐버릴 수밖에 없습니다. 이때의 '미침'은 그 시대를 살아가는 지식인들이 부당한 현실에서 겪어야 했던 갈등의 다른 표현일 것입니다.

「눈길」은 작가가 겪은 경험담을 소설화한 것이라고 합니다. 작가는 이 소설을 혼자 쓴 것이 아니라고 말합니다. 어머니와 아내를 포함해 셋이서 쓴 작품이라고 말합니다. 자전적인 소설인 셈입니다. 이 작품에는 학창 시절 어려웠던 환경에서 자라 자수성가한 주인공이 등장합니다. 그런 까닭에 주인공은 어머니에 대해 빚이 없다고 생각합니다. 그러나 과거를 회상하는 어머니의 말씀 속에서 자신이 알 수 없었던 어머니의 마음을 깨닫게 됩니다. '어머니'라는 가슴 저린 그 무엇, 죄스러움 혹은 미안함, 애틋함 등이 나타납니다. 그런 감정은 모두 우리네 어머니들의 사랑에서 비롯됩니다.

「침몰선」은 성장소설입니다. 성장소설이란 미성숙한 어린 주인공이 일련의 경험과 시련을 통해 어른들의 세계로 편입되어 가는 과정을 그린 것을 말합니다. 주인공은 동네 앞바다에 언젠가부터 놓여 있는 침몰선을 보며 호기심을 갖고 그 의미를 해석해 갑니다. 그런 과정에서 자기도 모르게 내적인 성숙을 경험하게 됩니다. 세상에 눈을 떠가는 과정이 나타나는 것입니다.

작가 이청준이 작품을 통해 추구하고 남긴 것은 여러 가지입니다. 그러나 그것들은 넓게 '인간 존재의 의미'라고 볼 수 있습니다. 그는 떠났습니다. 다만 그가 남긴 작품으로 그 의미가 무엇인지 웅변하고 있을 뿐입니다. 작가는 고향인 전남 장흥 고향 땅에 백발성성한 모습으로 잠들었습니다. 같은 고향의 후배 시인인 김영남은 조시에서 통곡했습니다. "선생께서는 선학동 학으로 돌아가셨다"고, 그리고 "남겨진 우리는 이제 그 학울음 소리도 받아 적게 되리"라고.

part2

나

세상에서 가장
소중한 존재

# 책 밖에서 만나는, 책 속의

## 『어린 왕자』

쌩떽쥐뻬리 지음 | 이상희 옮김 | 2002 | 신라출판사

『어린 왕자』는 1900년 프랑스 리용에서 태어난 앙또안느 드 쌩떽쥐베리의 소설입니다. 사하라 사막에 비행기 고장으로 불시착한 조종사와 아주 작은아침 조반을 덮히기에 꼭 알맞은 정도의 무릎밖에 안 차는 작은 활화산 두 개와 사화산 하나, 그리고 어디선가 날아온 꽃씨가 피어난 장미꽃 한 송이가 있는, 몇 발자국만 걸으면 둘레를 한 바퀴 다 도는 크기 소혹성 B 612에서 철새들의 이동을 이용해서 날아온 '어린 왕자'와의 만남과 대화가 그 내용입니다. 글 사이사이에 작가가 직접 그린 그림이 들어 있는 동화책 분위기의 짧은 소설입니다.

나도 『어린 왕자』를 처음 만난 것이 아마 중학생이거나 고등학생 때였을 것입니다. 그러나 그 이후에도 몇 번에 걸쳐 『어린 왕자』를 되풀이하여 읽곤 했습니다. 참 묘하게도 그럴 때마다 『어린 왕자』는 숨어 있는 의미를 반짝반짝 내게 내보이곤 했습니다. 그

만큼 『어린 왕자』는 여러 가지 의미를 구절마다 갖고 있습니다. 그리고 그것들은 세상을 살면서 가슴으로 느끼고 깨닫게 되는 것들이 생길 때 비로소 그 의미가 더 다가옵니다. 좋은 글은, 특히 두고두고 새겨볼 수 있는 좋은 글은 적절한 비유와 함축성을 갖고 있기 때문입니다.

가령 이런 때에 나는 '어린 왕자'를 만납니다. 아파트 엘리베이터 안에서 어린 아이를 만났습니다. 아이에게 이웃집 아저씨로서 친근해져 보려고 묻습니다.

"몇 호에 사니?"

"몇 살이니?"

그러다가 문득 '어린 왕자' 생각이 나서 다시 속으로 생각합니다.

'이 아이에게 무엇을 물어야 하지?'

'혹시… 오늘 네가 탄 놀이터의 그네는 무슨 색깔이었니? 하고 물으면 이 애가 날 이상하게 생각하지 않을까?'

또는 학생들에게 "네 점수가 몇 점이지?" 하는 물음을 습관적으로 하게 되는 나 자신을 발견하게 될 때 나의 이런 일상에 각성을 주는 것은 『어린 왕자』 속의 구절입니다.

> 내가 소혹성 B 612에 대해 이렇게 시시콜콜 이야기를 하는 것은, 그리고 그 번호까지 일러 준 것은 어른들 때문이다. 어른들은 숫자를 좋아하는 법이다. 여러분은 어른들에게 새 친구에 대해 말할 때, 그 어른들이 본질적인 것에 대해 물어보는 것을 봤는가? "그 애 목소리는 어떠니? 그 앤 어떤 놀이를 좋아하니?

나비를 모으지는 않니?" 따위의 말을 하는 법이란 결코 없다. 그 대신 "그 앤 몇 살이니? 형제가 몇이고? 몸무게는? 아버지 수입은 얼마니?" 따위만 묻는다. 그래야만 어른들은 그 애를 속속들이 알게 됐다고 믿는 것이다.

어디 이뿐인가. 어린 딸아이가 내게 자기가 그린 그림을 보여줄 때 "이 새는 모양이 우습구나." "이 집은 창문이 굉장히 크네?"라고 묻다가 또 '어린 왕자'를 만납니다. 책 속에서 불시착한 조종사인 '내'가 어린 시절 그렸던 제1호 그림과 제2호 그림. 그것은 코끼리를 소화시키고 있는 보아 구렁이를 그린 그림입니다. 소년은 어른들에게 그의 걸작품을 보여주고 겁이 나지 않느냐고 물으면 어른들은 "모자가 왜 겁나니?"라고 대답할 뿐입니다. 그래서 소년은 다시 속이 보이는, 구렁이 뱃속에 코끼리가 들어가 있는 것이 보이는 제2호 그림을 그립니다. 그러면 어른들은 속이 보이고 안 보이고 하는 보아 구렁이를 때려치우고 차라리 역사, 셈, 문법에 관심을 가져 보라고 소년에게 충고합니다. 그래서 그는 여섯 살에 꿈꾸었던 화가라는 직업 대신 다른 직업을 선택하지 않을 수 없었고, 비행기 조종을 배웁니다.

소년은 성장해서 머리가 좋은 것같이 보이는 사람을 만날 때마다 자신의 제1호 그림을 보여줍니다. 그러나 항상 어른들은 "모자로구먼"이라고 대답합니다. 그러면 그가 보아 구렁이니 별이니 하는 얘기는 꺼내지 않고 골프니 정치니 하는 이야기를 하면 그 어른들은 아주 사리 밝은 사람을 알게 되었노라고 대단히 만족해

합니다.

그러나 사막에서 만난 '어린 왕자'는 그 그림을 단번에 알아봅니다. 이어서 '어린 왕자'는 그에게 양을 그려달라고 부탁합니다. 한 번, 두 번, 세 번째까지 그린 양은 모두 '어린 왕자'의 마음에 들지 않습니다. 이 양은 벌써 병이 들어서, 이 양은 뿔이 나서, 이 양은 너무 늙어서. 마지막으로 양 대신 상자를 하나 그려 주었을 때 '어린 왕자'는 비로소 만족합니다. "바로 이거야. 이 양은 풀을 많이 주어야 할까?"

"그렇게 작지도 않은데… 이봐! 잠을 자고 있네…"

이 책에서 담고 있는 소중한 의미 중의 하나인, '아름답게 하는 것은 눈에 안 보이는 것이야.' '중요한 건 보이지 않아.' 하는 구절은 우리가 어떤 눈으로 세상을 보아야 하는지 알려줍니다.

위에 든 몇 가지 예외에도 이 책 속에서 만날 수 있는 것들은 사고의 깊이에 따라 여러 가지입니다. 가령 '어린 왕자'가 자신의 별을 떠나 지구로 오기 전 들렀던 여섯 개의 소혹성에서 만난 이들인 왕, 허영꾼, 술꾼, 상인, 점등인, 지리학자 등은 권위, 숭배, 망각, 소유, 명령, 기록이란 것들로 인해 타인과의 통로를 폐쇄하고 살아가는 현대인들의 모습을 보여주기도 합니다. 그러나 이런 복잡하고 어려운 문제보다 더 절실하게 다가오는 것은 '어린 왕자'가 들른 일곱 번째 별 지구에서 만난 것들입니다. 지구에 온 '어린 왕자'는 사막에서 조종사를 만나기 전, 정원에 핀 오천 송이의 장미꽃과 뱀과 여우와 전철 역무원과 상인 등을 만납니다.

'어린 왕자'가 정원에서 만난 장미꽃들은 아주 비슷한 모양이었고 그 숫자도 대단히 많았습니다. 더구나 그것들은 자기 별에 피어 있는 단 한 송이 꽃, 자기 하나밖에 없는 줄 알고 부자인 척했던 꽃, 여기 와 보니 그저 흔한 꽃에 불과한 것임을 알게 된 꽃, 그런 줄도 모르고 자기 별에 있을 때 그 꽃의 투정을 받아주느라 물을 주고 병풍으로 바람을 막아주고 고깔을 씌워 밤의 찬바람으로부터 보호해 주었던 꽃과 다름이 없었습니다. 엎드려 울고 있는 '어린 왕자' 앞에 여우가 나타납니다. 친구가 되자는 '어린 왕자'의 말에 여우는 친구가 되려면 '길들임'이 필요하다고 말합니다. '길들임'이란 '관련을 맺는다'는 뜻임을 설명하는 여우는 이런 말들을 남깁니다.

> 넌 아직까지 나에게는 다른 수많은 꼬마들과 똑같은 꼬마에 불과해. 그러니 나에겐 네가 필요 없지. 물론 너에게도 내가 필요 없겠지. 네 입장에서는 내가 다른 수많은 여우와 똑같은 여우에 지나지 않을 테니까. 그러나 만일 네가 날 길들이면 우린 서로를 필요로 하게 돼. 나에게는 네가 세상에 하나밖에 없게 될 거구, 너에게는 내가 세상에 하나밖에 없게 될 거야…
>
> 내 생활은 단조로워. 그래서 약간 심심해. 하지만 네가 날 길들이면 내 생활은 환해질 거야. 여느 발자국 소리와는 다르게 들릴 발자국 소리를 알게 될 거야. 다른 발자국 소리는 나를 땅 속으로 들어가게 하지만 네 발자국 소리는 음악 소리처럼 나를 굴밖으로 불러 낼 거야. 그리고 저걸 봐! 저기 밀밭이 보이지? 난 빵을 먹지 않아. 나에겐 밀이 소용없는 거야. 밀밭을 봐도 난 떠

오르는 게 없어. 그게 슬프단 말이야! 하지만 넌 금발이니까 네가 날 길들이면 기막힐 거야. 밀밭도 금빛이니 네 생각을 나게 할거야. 그렇게 되면 밀밭을 지나가는 바람 소리를 좋아하게 될 거야…

사람들은 이제 무얼 알 시간조차 갖고 있지 못해. 그들은 상점에서 다 만들어 놓은 걸 사니까. 하지만 친구를 파는 상점은 없으니까 사람들은 친구가 없지. 친구를 원하거든 날 길들여!

이렇게 해서 여우의 조언대로 '어린 왕자'는 여우를 길들입니다. 맨 처음에는 좀 멀리 떨어져서 하지만 매일 조금씩 더 가까이 다가가는 시간을 들여가면서, 때론 약속을 정해놓는 행복한 의식을 행하면서 여우를 길들입니다. 그리고 '어린 왕자'가 여우 곁을 떠날 시간이 다가왔을 때 여우가 말합니다.

장미밭을 다시 가 봐. 그러면 네 꽃이 세상에 하나밖에 없다는 걸 알게 될 거야. 그리고 돌아와 작별해 다오. 비밀을 선물해 줄게.

어린 왕자는 장미꽃들을 다시 보러 갔습니다.

너희들은 내 장미와 닮은 데가 없어. 너희들은 아직 아무것도 아니야. 아무도 너희들을 길들이지 않았고 너희들도 길들인 사람이 없어. 너희들은 옛날 길들이기 전의 여우와 같아. 다른 수많은 여우와 똑같은 여우였었지. 하지만 내 친구를 삼았으니까, 이제는 세상에 하나밖에 없는 거야.

여우가 말한 비밀이란 이런 것이었습니다.

"내 비밀은 이거야. 아주 간단한 거지. 마음으로 보아야 잘 보인다. 본질적인 것은 눈에 안 보인다." "네가 네 장미에게 소비한 시간 때문에, 네 장미가 그토록 중요하게 된 거야."
"언제나 네가 길들인 것에 책임감을 느껴야 해. 넌 네 장미에 대해 책임감을 가져야 해…"

나는 『어린 왕자』를 다시 읽을 때 언제나 이 대목에서 가슴이 저립니다.
"네가 네 장미에게 소비한 시간 때문에, 네 장미가 그토록 중요하게 된 거야."
그런 때 김춘수 시인의 「꽃」이 어려운 철학적 의미를 지닌 시로 읽히지 않고, 절절한 연애시로 읽힙니다.

내가 그의 이름을 불러 주기 전에는
그는 다만
하나의 몸짓에 지나지 않았다.

내가 그의 이름을 불러 주었을 때,
그는 나에게로 와서
꽃이 되었다.

– 김춘수, 「꽃」 중에서

사람과 사물이 서로 관련을 맺는다는 것이 이런 것 아닐까요.

의미를 부여하는 것. '어린 왕자'가 자기의 꽃에게 했듯이 물을 주고 병풍으로 막아주고 고깔을 씌워주는 것. 그것이 '길들임'의 과정처럼 조금씩 다가가는 '소비하는 시간'을 필요로 한다는 것. 누군가를 사랑하게 된다는 것은 결국 '길들임'이라는 의미를 부여하는 것 아닐까요? 평소에는 비슷비슷해서 알지 못하던 것이 어느 순간부터 '다른 발자국'이란 의미로 다가오는 것 아닐까요?

「꽃」이 주는 이런 '길들임' 때문에 나는 사소함이 사소함으로 다가오지 않을 때 비로소 어떤 대상에 대한 의미 부여가 시작된다고 믿고 있습니다. 사랑의 시작이 그렇습니다. 그래서 장마는 먹구름이나 세찬 바람부터가 아니고 평소엔 사소하다고 느꼈던 '풀잎의 작은 흔들림'이 남다른 의미로 다가오면서 시작됩니다. 바로 그때 황동규 시인의 「즐거운 편지」에 나타나는 '사소함'이란 시어도 단지 반어적인 표현이 아니라 사랑의 소중한 속성으로 생각되는 것입니다.

> 내 그대를 생각함은 항상 그대가 앉아 있는 배경에서 해가 지고 바람이 부는 일처럼 사소한 일일 것이나 언젠가 그대가 한없이 괴로움 속을 헤매일 때에 오랫동안 전해오던 그 사소함으로 그대를 불러보리라.
>
> － 황동규, 「즐거운 편지」 중에서

자, 여러분! 여러분이 살아가면서 '어린 왕자'를 문득문득 만나게 된다면, 여러분은 기억하겠는가. 사랑이라는 장마가 어디서부터 시작되는가를….

# 2

# 나를 찾아가는 길, 자신에 이르는 길
## 『데미안』

헤르만 헤세 지음 | 전영애 옮김 | 1997 | 민음사

황동규 시인의 작품에 「기항지寄港地」라는 시가 있습니다. 어느 곳에도 안주하지 못하고 방황하는 젊음을 겨울 항구의 풍경 묘사를 통해 나타낸 시입니다. '기항지' 는 항해 중인 배가 목적지가 아닌 항구에 잠시 들려 임시로 머무르는 항구입니다. 언제나 우리 삶은 어디론가 항해 중인 것입니다.

걸어서 항구에 도착했다.
길게 부는 한지寒地의 바람

(…중략…)

항구의 안을 들여다보고 있었다.
어두운 하늘에는 수삼 개數三個의 눈송이

하늘의 새들이 따르고 있었다.

– 황동규, 「기항지寄港地」 중에서

하늘에 떠도는 눈송이는 방황하는 젊음의 표상입니다. 그 눈송이를 새가 뒤따릅니다. 젊음의 방황. 시대와 민족을 초월해 젊음이라면 누구나 건너가는 통과 의례. 『데미안』은 그런 통과 의례의 대표적인 기록입니다. 거기에도 이런 새가 나옵니다. 역시 새로운 세계로 나아가려는 방황과 도전 의지의 새입니다.

> 새는 알에서 나오려고 투쟁한다. 알은 세계이다. 태어나려는 자
> 는 하나의 세계를 깨뜨려야 한다. 새는 신에게로 날아간다. 신
> 의 이름은 압락사스

'압락사스'는 주인공인 싱클레어가 자신의 존재를 일깨워주는 데미안을 만나 알게 된 신입니다. '압락사스'는 신적인 것과 악마적인 것이 결합된 상징적 신입니다. 이것은 책의 제목인 데미안과 관련됩니다. 데미안 Demian 은 독일어 단어 중 데몬 Damon 을 연상시킨다고 합니다. 데몬은 '악령'으로 번역될 수도 있지만 선이든 악이든 한 인간 속에 들어 있는 초인적인 힘을 가리키기도 합니다. 선을 종용하는 규범 속에 길들여지면서도 내면에 있는 다른 충동, 이른바 선의 측면에서 본다면 악이라고 할 수 있는 힘에 쌓이기도 하는 것이 성장입니다.

『데미안』은 노벨상 수상 작가인 헤르만 헤세 Hermann Hesse,

09

1877~1962가 제2차 세계대전 중인 1916년에 쓰고 전쟁 직후인 1919년에 출판한 소설입니다. 헤르만 헤세는 이 작품 출판 당시 자기 이름을 에밀 싱클레어라는 필명으로 발표했습니다. 당시에 이미 작가로서 유명했던 그이었기에 작품성만으로 평가받고 싶었다고 합니다. 이 작품으로 에밀 싱클레어라는 가공의 작가는 독일의 권위 있는 문학상인 폰타네상 수상자로 지명되기도 했습니다. 헤세는 이 상을 사양했다고 한다 그 이후 『데미안』은 젊은이들에게 가장 중요한 작품의 하나로 꼽히며 독일어권의 작품 중 오늘날까지 가장 많이 읽히는 작품으로 자리잡는 '고전'이 되었습니다.

　『데미안』은 싱클레어라는 등장인물이 10살 무렵 소년기에서부터 청년이 되어 전쟁터에 나가 부상을 당하고 치료받는 중까지의 고통스런 자아 찾기 혹은 정신적 과정의 기록입니다. '자신에 이르는 길'이며 '나를 찾아가는 길'인 것입니다. 소설의 머리말은 암시적입니다. 인간 한 사람 한 사람의 삶은 모두 자기 자신에게로 이르는 길이라고 합니다. 아울러 '우리가 서로를 이해할 수는 있다. 그러나 의미를 해석할 수 있는 건 누구나 자기 자신뿐이다.'라고 말합니다.

　주인공 싱클레어의 자기 자신에 이르는 길은 낡은 규범, 예컨대 자기를 둘러싼 도덕, 종교, 가정 등을 새로운 시각과 충동으로 부딪히고 점검하며 진행됩니다. 그런 그의 정신적 여정에 밝은 인도자 역할을 하는 사람이 몇 살 위의 형뻘인 '막스 데미안'과 데미안의 어머니 '에바 부인'입니다. 주인공 싱클레어와 이 두 사람은 이마에 '표적'을 지닌 사람입니다. 표적을 지닌 사람들이란 세상

110

의 눈에는 이상한 사람들, 위험한 광인들로 비칠지도 모르지만 깨어난 사람들, 혹은 깨어나는 사람들을 말합니다. 그리고 이런 사람들은 새로운 것 그리고 미래의 것을 향한 자연의 뜻을 제시하는 사람들이라고 합니다.

이마의 표적은 작품 전반을 시종일관 지배하는 새로운 사고방식 즉 카인과 아벨에 대한 새로운 해석과 시각에서 나옵니다. 그 표적은 이마에 찍힌 카인의 표지입니다. 구약성서 창세기 4장에 등장하는, 아담과 하와 사이에서 난 두 아들 카인과 아벨. 여호아의 사랑을 받는 동생 아벨을 시기한 카인이 동생을 죽이고 마침내 여호아에 의해 그 땅에서 쫓겨날 때, 만나는 누구에게든지 죽임을 면케하시려고 여호아께서 주었다는 표지입니다.

카인은 악, 아벨은 선이라는 식의 무비판적인 이해에 대해 막스 데미안은 "우리가 배우는 대부분의 것들은 분명 완전히 진실이고 올바른 것이지만, 그것들 모두를 선생님들이 보시는 것과는 다르게 볼 수도 있어. 그러면 대체로 훨씬 나은 뜻을 갖게 되지." 하고 카인과 그의 이마에 찍힌 표적에 대한 새로운 해석을 싱클레어에게 들려줍니다.

"어떤 사람이 싸우다가 자기 형제를 때려죽이는 일은 분명 일어날 수 있어. 그리고 그 사람이 나중에는 더럭 겁이 나 굴복하게 된다는 것도 있을 수 있는 일이야. 그러나 그의 비겁함에 대하여 일부러 훈장을 주어 표창하였는데 그 훈장이 그를 보호하고, 다른 모든 사람들에게 겁을 준다니, 그거 정말 이상하잖니?"
"어떤 사람이 있었는데 그는 얼굴에 다른 사람들을 겁나게 하는 무엇인가가 있었어. 사람들은 감히 그를 건드리지 못했어. 그가 그들을 압도했던 거야. 그 표적은 정말로 이마에 찍힌 것은 아니었을 거야. 아마 그것은 비범한 정신과 담력이었을 거야. 사람들은 그런 카인의 자손들이 무서웠어. 그래서 사람들은 그것을 원래 모습인 우월함에 대한 표창으로 설명하지 않고 반대로 설명한 거야. 사람들은 말했지, 이 표적을 가진 녀석들은 무시무시하다고, 또 그들이 실제로 그렇기도 했어. 용기와 나름의 개성이 있는 사람들은 다른 사람들한테 늘 몹시 무시무시하거든."

"응. 그러니까 카인은 전혀 나쁜 사람이 아니었단 말인 거야?"

"그렇기도 하고 아니기도 해. 그렇게 오래된, 해묵은 이야기들은 늘 사실이야. 그러나 언제나 사실대로 기록되어 있지도 않고, 언제나 사실대로 설명되지도 않지. 그러나 카인과 그 자손들이 정말로 일종의 〈표적〉을 지녔고 대부분의 사람들과는 달랐다는 것은 완전히 사실이야."


소년 싱클레어와 비범하고 성숙한 소년 데미안의 대화에서 알수 있는 표적의 의미는 분명 낡은 규범 또는 인식을 거부하는 새로운 눈입니다. 그렇게 자신만의 시각으로 세상을 다시 보려는 의지를 가진 인물들이야말로 이마에 표적을 지닌 사람들입니다. 그래서 싱클레어가 청년이 된 훗날 자신의 마음속 이상으로 품고 있는 영상인 에바 부인데미안의 어머니을 만나게 되었을 때 부인은 말합니다. "당신이 어린 소년이었을 때, 싱클레어, 그때 어느 날 내 아들이 학교에서 오더니 말했지요. 이마에 표적을 지닌 소년이 하나 있어. 그 애는 분명히 내 친구가 될 거야, 라고요. 그것이 당신이었어요." 이미 오래전에 데미안은 어린 싱클레어에게서 자아를 탐색해 가는 용기 있는 정신의 싹을 보았던 것입니다.

대학에 가기 전까지 소년 싱클레어는 라틴어 학교를 거쳐서 김나지움에 진학해 성○○시에서 도시 생활을 하게 됩니다. 그러면서 그는 정신적 방황을 합니다. 술집 출입, 냉소적 태도, 퇴학 직전의 학교생활 이런 것을 거쳐 어느 봄날 공원에서 마주친 소녀 베아트리체를 숭배하면서 그림을 그리게 됩니다. 처음엔 그녀를 그리기 위해서. 그러다 그리게 된 그림이 매 그림입니다. 지각을 뚫고 나오려고 몸을 솟구치고 있는 황금빛 매의 머리를 가진 새 그림. 이 그림을 데미안에게 보내고 데미안에게서 답장을 받는데 그 속에 '압락사스'라는 신에 관해 메모가 있었습니다. 그 후 싱클레어는 신학 대학을 다니다 중퇴한 특이한 음악가인 피스토리우스를 만나게 되는데 그로부터 '압락사스'에 대해 다시 알게 됩니다. 더불어 그로부터 자신의 영혼 속 울림에 귀 기울이는 법을 배우게 됩니다.

대학을 진학하고 싱클레어는 데미안의 옛집에 들립니다. 거기서 옛 앨범 사진을 통해 데미안의 어머니가 자기가 그토록 그리는 가슴속 꿈의 영상과 일치하는 인물임을 알고는 데미안을 찾는 여행을 나섭니다. 그 후 데미안과 그의 어머니 에바 부인을 만나게 된 싱클레어. 거기서 이마에 표적을 지닌 사람들과 교유하며 자신의 자아를 찾아 헤매다가 전쟁에 징집되어 가서 부상을 당하게 됩니다. 몽롱한 의식 속에서 비로소 자신의 친구이자 인도자인 그

113

와 닮은 나를 보게 됩니다.

『데미안』에는 다분히 관념적인 내면 의식 표현 구절이 자주 나타납니다. 고대 신화와 결합된 신비적인 요소들이 많습니다. 명료하지 못한 상징성, 우연성들 때문에 비판을 받기도 합니다. 그래서 유년기부터 청년까지의 정신적 방황과 자아에 이르는 과정을 그렸지만 당장 청소년들이 읽고 깊이 인식하기에는 다소 어렵게 느껴지는 부분들이 있습니다. 그러나 고전은 시간이 흘러 되풀이해서 읽으면 자기 인식의 크기만큼 작품에서 찾을 수 있는 의미도 또한 달라집니다. 중학생 때 읽었던 『데미안』과 대학생 때 읽는 『데미안』은 다릅니다.

『데미안』에서 우리가 만나게 되는 것은 인류의 보편적 관심사입니다. '자신에게 이르는 길' '나를 찾아가는 길'입니다. 젊음의 방황과 열정, 낡음의 거부와 새로움의 추구, 기존 규범과 자신만의 시각이 서로 충돌하는 절실한 성장기는 아름답습니다. 에바 부인이 오랜 추구 끝에 자신에게 온 싱클레어에게 말합니다.

"그건 늘 어려워요, 태어나는 것은요. 아시죠, 새는 알에서 나오려고 애를 쓰지요. 돌이켜 생각해 보세요, 그 길이 그렇게 어렵기만 했나요? 아름답지는 않았나요?"

"그래요. 자신의 꿈을 찾아내야 해요. 그러면 길은 쉬워지지요."

꿈을 가져라, 방황하라 젊음이여! 이렇게 말한다면 너무 통속적

114

인가요? 그렇다면 이것은 어떤가요?

"젊은이여! 우리가 새로움을 추구하며 나를 찾아가는 한 우리
는 모두 '이마에 표적을 단 특별한 능력의 사람'이다."

이렇게 말입니다.

# 3

# 방황하는 청소년의 자화상

## 『호밀밭의 파수꾼』

J.D.샐린저 지음 | 김재천 옮김 | 1992 | 소담출판사

『호밀밭의 파수꾼The Catcher In The Rye』은 샐린저가 32세 때1951 년 펴낸 자전적 장편소설이며 출세작입니다. 이 작품에서 그는 1950년대 미국 사회를 파헤치고, 당대 미국 청년의 고뇌를 실감 있게 다루었습니다. 그 결과 이 작품은 청소년들에게 강한 호소력 을 주었고 상업적인 성공도 거두어 베스트셀러가 되었습니다. '샐린저 신화' 또는 '샐린저 산업'이라는 용어까지 등장하였다고 합니다. 그러나 일부에서는 이 작품이 외설적이며 부도덕적이라 고 비난하기도 했습니다. 그러나 이 소설은 오히려 도덕적으로 타 락한 현대 미국 사회가 안고 있는 여러 가지 문제점을 소년의 시 각으로 날카롭게 해부하면서 정신의 순수성과 사랑의 중요성을 강조하여 미국 문학의 걸작으로 남았습니다.

스펜서 선생님께, 제가 이집트에 대해 알고 있는 것은 이것이 전부입니다. 선생님 강의는 매우 재미있었지만 저는 이집트인에게 그다지 큰 관심을 가질 수 없었습니다. 선생님께서 저에게 낙제점을 주셔도 괜찮습니다. 하긴 영어 이외엔 모두 낙제점을 받고 있으니까요. 이만 줄이겠습니다. 홀든 코울필드

주인공 홀든 코울필드가 역사 과목 시험 답안에 적어놓은 내용입니다. 요즘 우리들로 말하면 역사 과목의 서술형 답안지에 정답 대신 과목 선생님께 편지를 써 보낸 셈입니다. 홀든은 영어를 제외한 나머지 과목의 낙제로 팬시 고등학교 3학년에서 퇴학당합니다. 그것은 벌써 네 번째 고등학교 퇴학입니다.

그는 뉴욕의 집으로 돌아가지 않고 학교 기숙사를 빠져나와 가출합니다. 사흘 동안 이곳저곳을 돌아다니며 여러 가지 일들을 겪기도 하고, 많은 사람들을 접하기도 합니다. 누군가와 참된 인간적 교류를 하고 싶지만 끝내 절망하고 맙니다. 그래서 아무도 자신을 알아보지 못하고 자신도 아는 사람이라곤 아무도 없는 먼 서부로 가서 벙어리 행세를 하며 살기로 작정합니다. 그러나 그는 그가 사랑하는 열 살짜리 어린 누이 동생 피비의 순수한 사랑으로 결국 다시 귀가하기로 마음먹습니다. 이렇게 이 소설은 서두프롤로그와 결말에필로그을 빼면 가출 사흘간의 행동과 회상과 상념의 기록입니다.

주인공 홀든은 어른 이상으로 키가 크지만 힘이 세거나 난폭하지는 않습니다. 오히려 자기 스스로를 비겁하다고 생각합니다. 그

리고 비판적이며 냉소적이고 빈정거림도 많습니다. 상습적으로 담배를 피우고 어른 흉내를 내며 나이트클럽에서 술을 마시기도 합니다. 자기에게 능력이 있다면 그것은 술이 강하다는 점이라고 생각합니다.

그는 오며 가며 만난 여자들에게 술을 마시자고 유혹하기도 하고 함께 춤을 추고 한편으로는 그녀들을 성적인 대상으로 바라보기까지 합니다. 심지어 기차에서 우연히 만난, 동급생의 어머니조차 성적으로 매력 있는 여자라고 생각할 정도입니다. 한편 그는 "사실 나는 숫총각이었다. 이건 정말이다. 총각 딱지를 뗄 기회는 꽤 많이 있었지만 아직 거기까지는 가지 않았다."라고 고백하기도 합니다. 그는 그를 훈계하는 선생님에게 "저는 지금 하나의 시기를 지나가고 있을 따름입니다. 누구나 여러 가지 단계를 거치는 것이 아니겠습니까?"라고 말할 정도로 사리 분별이 분명한 이성을 지니기도 합니다.

그의 눈에 비친 세상은 온통 섹스에 미쳐 있거나 온갖 위선과 가식의 가면을 쓰고 있다고 생각합니다. 대부분의 사람들은 자동차 따위에 미쳐 있고 새 차를 손에 넣으면 곧 그것을 더 새것과 바꿀 생각에 골몰한다고 생각합니다. 학교에서 학생들이 하는 일이라고는 장차 캐딜락을 살 수 있는 신분이 되기 위해 공부하거나 더러운 파벌을 만들어 굳게 뭉치는 일 따위에 정신 팔고 있다고 생각합니다. 그가 다니는 기숙학교 이름도 팬시 스쿨입니다.팬시는 영문 fancy, 즉 공상, 상상을 뜻하여 풍자적인 명칭이기도 하다

주인공의 눈에 비친 세상의 모습은 1950년대의 미국 사회만을

비판하는 것이 아닙니다. 그것을 비유적으로 본다면, 주인공 홀든이 생각하는 학교는 오늘날 우리 사회의 학교 모습이 되기도 합니다. '캐딜락을 살 수 있는 신분'을 얻기 위해 공부에 매달리는 것, 파벌을 만들어 뭉치는 따위 등등은 조금만 깊이 생각하면 학벌 만능의 우리 현실과 크게 다르지 않습니다. 수단과 방법을 가리지 않고 출세에 유리한 쪽을 쫓아가는 진학이나 직업관. 절대 손해 보지 않겠다는 식의 계산적인 사고방식. 끼리끼리 집단적 이해관계에 자신을 맡겨버리는 덜떨어진 주관. 이런 것들은 사회 전반의 부정적인 모습이 압축되어 있는 것이라고 보아도 과언이 아닙니다.

이렇게 순수와 꿈이 멍들고 진실과 가식, 희망과 절망이 뒤섞여 부딪히고 있는 현실에서 작가가 나름대로 제시한 이상적인 인간상은 어린이의 순수한 심성인 것 같습니다. 주인공 홀든이 진실된 얘기를 나누는 유일한 상대는 열 살 먹은 자기의 누이동생 피비뿐입니다. 홀든은 가출 중에 동생에게만은 자신의 처지를 말하고 싶어서 몰래 동생 방에 숨어 들어가 잠든 동생을 깨웁니다. 학교에서 또 퇴학당했을 것이라고 눈치 챈 동생이 오빠는 어느 학교든 다 싫어한다며, 오빠가 싫어하는 것은 백만 가지는 될 거라고 화를 냅니다. 홀든의 이어지는 변명에 동생은 오빠가 무진장 좋아하는 것, 앞으로 되고 싶은 것을 말해 보라고 다그칩니다. 홀든은 말합니다.

내가 뭐가 되고 싶은지 말해 줄까? 만일 내가 선택할 권리를 갖고 있다면 말야. 바로 내가 되고 싶은 것은…… 아무튼 나는 넓은 호밀밭 같은 데서 조그만 어린애들이 재미있게 놀고 있는 것을 항상 눈에 그려본단 말야. 몇 천 명의 어린애들만이 있을 뿐 주위에는 어른이라곤 나밖엔 아무도 없어. 나는 까마득한 낭떠러지에 서 있는 거야. 내가 하는 일은 누구든지 낭떠러지에서 떨어질 것 같으면 얼른 가서 붙잡아 주는 거지, 애들이란 달릴 때는 저희가 어디로 달리고 있는지 모르잖아? 그럴 때 내가 어디선가 나타나서 그 애를 붙잡아야 하는 거야. 하루 종일 그 일만 하면 돼. 이를테면 호밀밭의 파수꾼이 되는 거지. 바보같은 짓인 줄은 알고 있어. 그러나 내가 정말 되고 싶은 것은 그런 거야.

주인공이 되고 싶은 '호밀밭의 파수꾼'은 어떤 인간일까요? 청소년의 방황은 언제까지 유효한 것일까요? 학교를 포기하려는 홀든에게 앤톨리니 선생은 이렇게 말합니다.

네가 현재 겪는 것과 똑같이 도덕적으로나 정신적으로 고민한 사람은 수없이 많아. 다행히 그 중 몇몇 사람들은 자기 고민의 기록을 남기기도 했지. 너도 원한다면 거기서 얼마든지 배울 수 있어. 그리고 장차 네가 남에게 줄 것이 있다면 네가 그들에게서 배운 것과 마찬가지로 다른 사람도 네게서 배울 수 있다는 거야. 이것이 아름다운 상호 원조가 아니겠니? 그런데 이건 교육이 아냐. 역사야, 시야. (…중략…) 교육이 있고 학식이 있는 사람만이 이 세상에 가치 있는 공헌을 할 수 있다고 말하려는

게 아냐. 내가 말하려는 것은 교육 있고 학식이 있는 사람이 발랄한 재능과 창조력을 가지고 있다면 그것은 단지 발랄한 재능과 창조력만을 가진 사람보다 훨씬 가치 있는 기록을 남기기 쉽다는 거야. 그리고 가장 중요한 것은 십중팔구 그러한 사람들은 학식이 없는 사상가들보다 겸손하다는 점이야.

# 4

# 돈을 버는 의사?
# 자긍심을 버는 의사
## 『의사가 말하는 의사』

김선 외 20인 지음 | 인도주의실천의사협의회 엮음 | 2004 | 부키

　혹시 '이공계 기피 현상'이라는 말을 들어본 적이 있습니까? 대한민국의 모든 자연계 대입 수험생들 중 가장 우수한 상위 1퍼센트 안에 드는 학생은 이공계가 아닌, 의대 진학을 꿈꿉니다. 이공계대학에 진학해 열심히 공부한 후 남극의 기지처럼 세상과 떨어져 연구에 매진하는 연구원은 그저 미담의 주인공일 뿐입니다. 세상에는 수많은 직업들이 존재하지만 그 종사자들의 목표는 한결같습니다. 바로 '돈 버는 것'입니다. 사정이 이렇다 보니 보다 안정적이고 보다 보수를 많이 받는 직업을 선호하게 됩니다. 이런 세태가 이공계 기피 현상을 일으키고 있는 것입니다. 자본주의 사회인 대한민국에서 보다 나은 대우를 받기 위해 의과대학을 지망하겠다는 것을 누가 말릴 수 있겠습니까?

　『의사가 말하는 의사』는 진로에 고민하는 학생과 학부모에게

의사라는 직업의 모습을 가감 없이 전달해, 정말로 자신에게 맞는 직업인지 미리 가늠해 볼 수 있는 기회를 제공하고자 기획한 책입니다. 여기에 등장하는 필자들은 유명한 의사가 아닙니다. 의대의 본과 학생부터 시작해서 인턴, 레지던트, 일반의, 개업의, 의학 전문 기자, 사회단체 의료부문 종사자 등 다양하면서도, 의사 사회에서는 오히려 평범한 의사들입니다. 그래서 이들의 글에서는 의사들의 생활을 진솔하고 담백하게 들을 수 있습니다. 더구나 그들은 적어도 의사다운 의사에 가까운 사람들이기도 합니다.

흔히 말하기를 의사가 되는 과정은 멀고 험하다고 합니다. 의대 공부는 고3 때 수험 생활을 하던 시절보다 더 고달픈 수련의 연속이라고 말하기도 합니다. 과연 그런가? 결론부터 말하자면 그렇게 말할 만합니다. 수련 과정을 봅시다. 예과2년, 본과4년, 인턴1년, 레지던트3년, 그 사이에 병역 의무인 공중보건의3년 혹은 군의관3년을 거쳐야 개업의사가 되거나 대학 병원의 봉직 의사가 됩니다. 의학전문 대학원의 경우는 일반 대학 학부4년를 마친 후 국가시험인 MEET를 통과해 대학원본과 4년을 거치는 과정이 차이점입니다.

개업을 해서도 한동안 자리 잡을 때까지는 진료실 안에서 꼼짝없이 세상과 담쌓고 지내야 합니다. 게다가 새로운 의술 수련을 위해 평생 쉼 없이 공부를 해야 합니다. 물론 의사자격증이 주어지는 국가고시는 본과까지의 과정을 마치면 응시 자격이 있습니다. 그러나 우리나라처럼 전문의레지던트를 마쳐야 인정을 받고 환자들이 찾는 풍토에서는 거의 모두가 전문의 과정까지 마쳐야 합니다. 전문의 과정을 마치지 않은 의사는 '일반의'입니다.

의대생들이 비교적 여유 있게 대학 생활을 하는 시기는 예과 2년 동안입니다. 본과가 시작되기 전 의예과 2학년 겨울방학에 실시하는 '골학骨學 스터디'는 본과부터 이어질 수련 과정의 혹독함을 조금 맛보는 행사에 불과하다고 합니다. '골학 스터디'는 선배들 앞에서 두개골을 비롯한 인체 뼈들의 이름을 의학 용어로 모두 외우는 과정입니다. 일주일 동안 진행되는 이 스터디는 생소한 라틴어와 그리스어 그리고 영어로 빽빽한 노트 60페이지 분량입니다. 이런 것들을 외우고 또 외워야 하는 것이 의대 공부입니다.

본과를 마치고 의사자격시험에 합격하면 인턴 시험, 인턴이 끝나면 레지던트 시험, 이렇게 레지던트 1년차까지는 병원에서 지내며 비번흔히 off라고 한다일 때만 밖에 나올 수 있습니다. 그것도 응급 호출이면 다시 달려가야 합니다. 최근 대한전공의협의회에서 전국 전공의레지던트 2,492명을 대상으로 실시한 설문조사 결과 전공의 중 51.4퍼센트가 주당 100시간 이상을 근무하고 있다고 답했습니다. 120시간 이상 일한다는 전공의도 30퍼센트이상이었으며 140시간 이상 근무자도 6.8퍼센트에 달했습니다. 또 63퍼센트가 야간 당직을 주당 3회 이상 하고 있으며 주당 7회 야간 당직을 서는 전공의도 5.5퍼센트나 됐습니다.

이렇게 고생스럽고 긴 수련 과정을 거쳐야 하는데도 불구하고 거의 모든 학생들의 꿈이 의사이기나 한 것처럼 의사 지망생들은 넘칩니다. 그렇다면 이런 현상은 그만큼 의사라는 직업이 매력이 있거나, 아니면 대단한 사회적 지위가 보장되거나, 또는 엄청난 부를 누릴 수 있는 혜택이 주어지기 때문에 나타나는 것이 아닐까요? 그러나 『의사가 말하는 의사』에서 우리가 만나는 의사들은 한결같이 예전의 의사들이 누리던 부와 권위는 더 이상 기대하기 힘들다고 말합니다. 분명한 것은 앞으로 의사의 수입은 줄면 줄었지 늘지는 않을 것이라는 게 그들의 전망입니다.

최근 의대가 많이 신설되어 의사 수가 급증하고 있고 의료보험 재정의 악화로 인한 의료보험수가 삭감과 같은 문제 때문에 획기적으로 경제 성장이 되지 않는 한 의사의 수입은 줄어들 수밖에 없다고 생각합니다. 실제로 개원의들은 2년 전에 비해 수입이 절반으로 줄었다고 입을 모으고 있으며, 문을 닫는 의원이나 병원도 늘어나고 있다고 합니다. 개원을 하지 않고 교직의대학교수나 봉직 의종합병원에 고용된 의사로 남는 경우에는 개원의에 비해 수입이 더 적은 편입니다.

결국 많은 돈을 벌기 위해 의사직을 택하는 것은 이미 구시대적 발상인 셈입니다. 그렇지만 의사는 아직도 우리 사회에서 분명 존경 받는 존재입니다. 가장 중요한 인간의 생명을 다룬다는 점, 인간의 고통을 치유해 준다는 점 등 인간 생활에 가장 필요한 역할을 수행하는 사람들이기 때문입니다. 의료는 모든 이가 함께 간직하고 누려야 할 필수품입니다. 그런 만큼 의사라는 직업은 이 사회에 꼭 필요한, 가치 있는 직업입니다. 가치 있는 삶을 산다는 것, 사회에서 타인에게 필요한 존재로 살아간다는 것, 그것만큼 보람된 삶의 의미는 흔치 않습니다. 그래서 많은 의사들은 의사로서 자긍심을 가지고 삽니다.

의사가 되어 사회에 기여하는 분야는 일반적인 생각보다 훨씬 다양합니다. 보통 우리는 의원이나 종합병원, 대학병원의 각 과 의사들을 떠올리지만 그 외에도 임상병리, 해부병리, 진단방사선, 핵의학, 치료방사선 등 보이지 않는 곳에서 일하는 분들이 있습니다. 제약회사나 공직에 진출할 수도 있고 세계보건기구who 등 국내외 보건기구에서 일할 수도 있습니다.

의사로서의 전문성은 사회 각 분야에서 그 효용 가치를 인정받습니다. 사회복지, 법조계, 언론계, 제약 분야뿐 아니라 환경, 인권, 생명윤리, 재난구호 등 다양한 사회운동 분야에서 의료인의 역할을 필요로 하고 있습니다. 이렇듯 사회 여러 분야에서 꼭 필요로 하고, 거기서 나름대로 의미를 추구하는 삶을 살 수 있는 전문 직업이 의사인 것입니다.

그러면 이렇게 다양한 분야에서, 그것도 사회에서 꼭 필요한 의사라는 직업을 갖기만 하면 삶의 보람을 얻을 수 있을까? 아무래도 그것만으로는 부족합니다. 한 발 나아가 '좋은 의사'가 되어야 합니다. 그래야 사회에서 존경 받으며 보람과 자긍심을 느끼는 의사로 살아갈 수 있습니다.

『의사가 말하는 의사』 필진 중 한 사람은, 좋은 의사가 되려면 인간과 사회와 문화에 대한 이해가 있는 사람이어야 한다고 말합니다. 학문으로서 의학은 과학이지만 환자를 대하는 의사는 기본적으로 인간에 대한 이해를 바탕으로 해야 하기 때문입니다. 그리고 끈기와 함께 성실할 필요가 있다고 합니다. 10여 년간의 교육과정을 거쳐야 하고 의사가 되어서도 평생 공부하며 노력해야 하기 때문입니다. 마지막으로 이 모든 것은 사람에 대한 사랑에 바탕을 두어야 한다는 점이 가장 중요한 요소입니다. 그래서 이렇게 비유하기도 합니다. '황소처럼 우직하고 사람을 위해 눈물을 흘릴 줄 아는 사람이야말로 좋은 의사가 될 수 있는 사람이다.'

세상에는 세 종류의 의사가 있다고 합니다. 소의小醫, 중의中醫, 대의大醫. 병을 치료하는 의사는 소의이고, 인간을 치료하는 의사는 중의이며, 사회를 치료하는 의사가 대의라고 합니다. 돈 버는 것이 최상의 목표인 삶에서 벗어나서 돈 대신 자긍심을 벌겠다는 마음으로 의사가 될 때, 비로소 병을 다스려 환자를 변화시키고 마침내 건강한 사회를 만드는 진정한 의사가 될 수 있을 것입니다. 그런 의사가 될 수 있는 사람은 다른 사람이 아닌 바로, 그대입니다.

# 5

# 노벨상 수상자가 들려주는
# 실험실의 비밀

## 『과학자를 꿈꾸는 젊은이에게』

산티아고 라몬 이 카할 지음 | 김성준 옮김 | 2002 | 지식의풍경

고3 담임을 맡게 되면서 수년 동안 맞닥뜨렸던 풍경이 있습니다. 자연계에서 가장 우수한 학력을 지닌 학생이라면 으레 의예과나 한의예과를 지망하는 현상입니다. 학생들은 자신의 진로를 정할 때에 대부분 현실적인 안위에 주로 집착합니다. 그래서 지극히 당연하게, 어느 쪽이 사회에 진출할 때 전망이 더욱 좋은 것인지 묻곤 합니다. 이런 것은 분명 사회적인 풍토를 반영합니다. 우리 사회가 지극히 현실적인 가치에 매달리고 있다는 증거입니다.

정부에서는 이공계 학생들에게 장학금을 지급하는 등 이공계 육성책을 내놓고 있지만 실효성은 아직 의문입니다. 그래도 공과대학은 자연과학대학에 비하면 조금 나은 편입니다. 이른바 순수과학으로 통하는 자연과학 분야는 현실적인 가치에 밀려 우선순위에서 밀려난 지 오래입니다.

그러나 호기심 많고 침착하게 자연 현상을 탐구하는 데 기나긴 시간을 기꺼이 바치려는 사람들도 있습니다. '과학 연구에서 돈을 비롯한 부차적 수단들은 아무것도 아닌 반면, 사람은 거의 모든 것'이라고 믿으며 실험실의 불빛에 열정을 태우는 사람들이 있습니다. 그들이 바로 과학자입니다.

실질적 가치를 중시하게 되면서 갖게 된 편견이 하나 있습니다. 응용과학을 숭배하고 이론과학을 업신여기는 데서 오는 순수과학과 응용과학 사이의 잘못된 구별입니다. 이런 잘못은 알게 모르게 젊은이들에게 널리 퍼져서 사심 없는 연구 과정을 멀리 하게 합니다. 그리고 변호사, 작가, 기업가 등 영향력이 큰 사회 구성원들마저 종종 이런 생각을 하고 있습니다. 어떤 경우 저명한 정치가까지 포함되기도 하는데 그것은 국가 문화 발전에 심각한 결과를 낳을 수 있습니다. 이런 사고는 이해력 부족이나 이기적인 태도에서 비롯된 것입니다. 달콤한 열매만을 중시하고 열매가 열릴 때까지의 과정은 그저 누군가가 해줄 것이기 때문에 그리 급한 것은 아니라는 안일함입니다. 그들은 시냇물이 그 발원지에서 흘러나오는 것처럼 공장을 실험실과 연결시키는 신비스런 끈을 보지 못합니다.

『과학자를 꿈꾸는 젊은이에게』를 쓴 과학자 산티아고 라몬 이 카할Santiago Ramon Y Cajal, 1852~1934은 1906년 노벨 생리 의학상을 받은 에스파냐의 조직학자입니다. 현대 신경 해부학과 신경 생물학의 아버지라고 불리는 인물이기도 합니다. 그는 당시 과학적으로 후진국이었던 에스파냐의 과학자로서 온갖 어려운 여건을 극복하고 세계적인 석학이 되었습니다. 처음에 『과학 연구를 위한 조언』<sub>1896</sub>으로 발간된 이 책의 저작 동기는 이렇습니다.

"내가 이 조언을 하는 이유라면 단지, 내 자신을 실험실의 '종교'에 바치겠다는 무모한 열정을 키워 가던 때에 친지나 선생님에게 그런 조언을 받아 보지 못했기 때문이다."

이런 이유 때문에 100여 년이 지난 지금까지 이 책은 세계 여러 나라에서 개정 증보를 거치며 번역되었습니다.<sub>우리가 지금 접하는 것은 1999년 MIT에서 발간한 영어판입니다</sub> 이렇게 라몬 이 카할의 조언은 오랜 세월 동안, 어려운 처지에서 과학자가 되려는 사람들과 특히 에스파냐처럼 후진국의 젊은이들에게 더 소중한 격려가 되었습니다.

물론 저자가 조언을 하던 당시 상황과 지금은 비교할 수 없을 만큼 상황이 변했습니다. 그러나 과학자의 핵심 덕목인 '과학 정신'은 변하지 않았습니다. 과학자는 어떠해야 하는가라는 근본적 성찰은 예나 지금이나 다를 바가 없습니다. 저자에 따르면 과학 활동에 걸맞은 사람들은 일반적으로 생각하는 것보다 훨씬 폭이 넓다고 합니다. 꼭 재능이 뛰어나야만 하는 것은 아니라고 합니다.

적응력이 뛰어난 사람, 명성을 얻으려는 야망이 있는 사람, 중대한 발견을 자신의 이름으로 해 내려는 열망이 있는 사람, 평범한 지적 능력을 지녔지만 솜씨가 있는 사람, 자연이 펼치는 아름다움을 통찰할 수 있는 예술적 재능을 타고 난 사람, 호기심 많으며 사소함을 소중하게 생각하는 사람 등이 모두 해당된다고 합니다.

그리하여 그들이 설령 평범한 지적 능력을 가진 사람일지라도 교육의 창조적 힘을 굳게 믿고 충분한 시간을 들여 관심 있는 주제를 완전히 분석하는 데 몰두한다면, 상당한 성과를 거둘 것이라고 말합니다. 많은 스승과 사상가들이 말했듯이 발견은 뛰어난 재능의 열매가 아니라 기술 교육과 과학 문제를 생각하는 습관에 의해 증진되고 강화되는 상식의 열매이기 때문입니다.

능력에 대해 말하자면, 우리가 어떤 사람들을 특별한 재능이 있다고 말할 때, 흔히 질적인 탁월함보다는 빠르기에서의 탁월함을 가리키는 경우가 많다고 합니다. 즉 평범한 사람들도 곧잘 하긴 하지만 느리게 하는 일을, 특별한 재능이 있는 사람들은 재빨리 멋지게 해냅니다. 그러나 저자의 주장에 따르면, 과학 연구에서는 느린 사람도 빠른 사람만큼 유용하다고 합니다. 그러면서 평범한 사람과 뛰어난 지성을 가진 사람을 구별하는 대신 느린 사람과 빠른 사람으로 구별하는 것이 더 바람직하고 정확하다고 주장합니다. 왜냐하면 과학자들은 예술가처럼 결과의 질로 평가받지 속도로 평가받지는 않기 때문이라고 합니다. 느린 사람의 두뇌는 그에 대한 보상으로 오히려 오래 지속되는 집중력이 뛰어난 경향이 있습니다.

저자는 연구자에게 없어서는 안 될 지적 특성으로 독립적 판단, 지적 호기심, 인내심, 애국심, 명예욕 등을 들고 있습니다. 그 중 '애국심'은 지금 전 세계적인 추세가 총성 없는 전쟁<sub>경제 전쟁, 정보 전쟁 등등</sub>을 겪고 있는 현실로 볼 때 현재의 과학자들에게도 시사하는 바가 큽니다. 저자는 말합니다.

"애국심은 과학자에게 영감을 주는 감정 중의 하나로 특별히 주목받을 만하다. (…중략…) 과학에는 조국이 없다. 이것은 진실이다. 그러나 파스퇴르가 일찍이 종교 행사에서 말했듯이 과학자는 조국이 있다."

    이밖에도 과학자가 갖추어야 할 것들은 많습니다. 과학자는 자신이 선택한 분야와 직접·간접으로 관련된 과학의 모든 분야에서 일반 지식을 얻는 것이 중요하다고 합니다. 예를 들어 생물학자는 해부학과 생리학에 연구를 한정하지 않고 심리학, 물리학, 화학의 기초도 알아야 합니다. 사실의 발견이나 의미 있는 생물학적 현상은 흔히 물리학이나 화학에서 도출된 원리를 응용하는 데 있기 때문이라고 합니다. 그리고 외국어도 과학자가 꼭 갖추어야 할 것으로 들고 있습니다.

    저자가 활동하던 당시에는 독일이 가장 과학 기술이 뛰어나던 시절이라 최근의 과학 뉴스를 따라가는데 독일어를 적절히 번역할 수 있는 것은 필수였습니다. 이른바 학술어<sub>당시 기준으로 볼 때 독일어 영어 프랑스어 이탈리아어, 지금은 영어가 거의 공용으로 사용</sub> 중 하나쯤은 쓰고 말할 수 있어야 자신의 연구를 알리고 전문가에게 평가를 받을 수 있다는 것입니다.

    『과학자를 꿈꾸는 젊은이에게』는 특히 과학자를 꿈꾸는 학생이 아니라면 자칫 지루한 잔소리쯤으로 들릴 수도 있습니다. 그러나 자신의 삶을 더욱 가치 있는 것에 두고자 하는 사람, 그래서 과학자의 길에서 그 가치를 찾겠다는 사람들에게는 가장 현실적인 조언이 될 것입니다. 결국 삶의 소중함을 결정하는 것은 가치의 문제입니다. 우리에게도 일류 대학을 나와서 안정적인 삶을 마다하고 남극의 고립된 연구 기지에서 연구 활동을 하다가 목숨을 바친 젊은이가 있습니다. 지금도 세상에서 떨어진 어느 실험실에서는 자신의 정신을 예리하게 갈아서 오직 한 곳에 집중하는 과학자가 있습니다. 그들이야말로 세상을 밝히는 빛입니다.

> "연구하는 정신은 전쟁에서 사용하는 칼과 같다. (…중략…) 우리 정신도 잠재적인 칼이다. 공부로 잘 벼리고 갈고 닦으면 단단하고 예리한 과학의 메스가 될 것이다. 분석력을 유지하고 문제의 중심을 꿰뚫고 싶으면, 한쪽 날만 세운 칼을 지니도록 하자."

과학자에게 집중력과 전문화를 강조한 저자의 말입니다. 그 정신이 섬뜩, 나태함을 깨웁니다.

# 운명을 넘어 우주의 신비를 넘어

## 『스티븐 호킹의 삶과 사랑』

마이클 화이트, 존 그리븐 공저 | 과학세대 옮김 | 1992 | 동아일보사

태양을 중심으로 하여 운행하고 있는 천체의 집단을 태양계라고 합니다. 태양계는 수성 금성 지구 등 아홉 개 행성과 이에 딸린 32개의 위성 및 1,600개 이상의 소행성 등을 통틀어 말하는 개념입니다. 이런 태양계가 일천 억 개 이상 모여서 은하계Milky Way Galaxy 하나를 이룹니다. 은하계의 크기를 상상하는 것만으로도 벅찬데 우주의 크기는 그런 은하계를 수천 억 개 합친 정도랍니다. 더 기가 막힌 것은 그런 우주가 지금도 점점 더 커져가고 있다는 것이지요. 그렇다면 우주 안에 존재하는 지구 그 지구에 살고 있는 인간은 얼마나 작은 존재일까요?

우주가 계속 팽창할 것이냐 아니면 어느 순간 자체 중력에 의하여 다시 수축을 시작해 빅뱅이라는 폭발 상태를 맞이할 것이냐는 판단은 수 년 후면 과학자들에 의해 밝혀진다고 합니다. 그에 따

라 인간들이 우주에 대해 갖게 되는 우주관이 달라지는 셈이지요. 이렇게 우주의 미래를 예측하려면 우주의 밀도를 측정해야 하는데 그때 중요한 것이 우주 전체의 질량 계산입니다.

얼마 전 우주를 구성하고 있는 업쿼크, 참쿼크, 타우 등 12종류의 기본 입자 중 하나인 중성미자라는 입자에 질량이 있다는 사실이 한·미·일·유럽 공동연구팀에 의해 세계 최초로 실험 검증되었습니다. 중성미자는 전기를 띠지 않는 중성 아주 작은 입자미자라고 하는데 우주에는 1제곱센티미터에 약 102개 꼴로 중성미자가 가득 차 있는 것으로 추정되고 있습니다. 이 중성미자가 질량을 갖고 있다는 것은 우주의 질량 상당 부분을 중성미자가 차지하고 있다는 뜻이 됩니다. 따라서 앞으로 이 계산을 정확히 할 수 있게 되면 우주의 팽창과 수축 여부를 알 수 있게 되는 것이랍니다.

이렇게 우주의 궁극적인 운명에 대해 연구하는 학문이 우주론입니다. 그뿐만이 아니라 우주의 기원과 그 진화과정 등을 다루는, 개념상으로 말하자면 우주론은 과학 중에서도 가장 큰 분야을 다루는 과학이라고 할 수 있습니다. 이때 우주론의 정수는 수학입니다. 그것은 우주론적 사고가 연필과 종이를 사용한 수학공식의 형태를 빌어 표현될 수 있다는 것을 의미하기도 합니다.

과학의 어느 영역보다도 우주론에 대한 연구는 거의 사람의 정신에만 의존하는 학문이라고 할 수 있습니다. 『스티븐 호킹의 삶과 사랑』을 읽으면 우리는 우주론 연구에 명성을 날리고 있는 이론물리학자 스티븐 호킹Stephen Hawking을 만날 수 있습니다.

스티븐 호킹은 이 시대의 가장 위대한 물리학자의 한 사람으로 꼽히고 있습니다. '아인슈타인의 후계자' '20세기 후반의 가장 위대한 천재' '살아 있는 사람들 중에서 가장 뛰어난 인물' 등으로 평가 받고 있는 인물입니다. 그는 우주론을 비약적으로 발전시킬 수 있는 근본적인 돌파구를 마련했으며 생존해 있는 어떤 학자보다도 우리가 몸담고 살고 있는 우주에 대한 이해의 지평을 넓혀 주었습니다. 또한 대중 과학서적인 『시간의 역사A Brief history of Time』를 저술하여 수백만 부를 판매한 베스트셀러 저자이기도 합니다. 그러나 그 무엇보다도 그의 업적들을 더욱 값지게 하는 것은 그가 정상인의 육신을 가지고 있지 않다는 점입니다.

스티븐 호킹은 케임브리지 대학에서 공부하던 스물한 살 청년 시절 몸의 이상을 느낍니다. 진단 결과 ALSAmyotropic Lateral Sclerosis라 불리는 희귀한 불치병에 걸렸다는 통보를 받게 됩니다. 루게릭병이라고도 불리는 그 병은 일반적으로 운동근육신경질환이라는 이름으로 알려져 있습니다. ALS는 척수신경과 뇌의 일부에 영향을 미치는 병으로 일정한 시간이 지나면 세포 숫자가 점차 줄어들고 온몸의 근육이 퇴화되는 것과 같은 마비 상태를 가져옵니다.

이런 증상에도 불구하고 전반적인 두뇌 작용에는 아무런 영향도 입지 않으며 사고나 기억과 같은 고도의 기능들도 온전하게 유지됩니다. 후에는 점차 몸을 움직이기 어렵게 되다가 종국에는 호흡기 근육이 움직임을 멈추게 되어 질식이나 폐렴으로 사망에 이른다고 합니다.

138

스티븐 호킹이 이론물리학을 연구하겠다는 결심을 굳힌 것은 그의 생명을 위협하는 심각한 병마와 무관하지 않습니다. 이론물리학은 연구에 필요한 도구로 당사자의 정신만이 요구되는 몇 안 되는 분야 중 하나입니다. 양양한 미래가 펼쳐져 있는 스물한 살 청년에게 의사들은 2년 정도 살 수 있을 것이라고 최후통첩을 했습니다. 그러나 그로부터 몇 십 년이 지나 몸의 대부분이 마비되어 말도 할 수 없고 고개가 앞으로 숙여지면 들어 올릴 힘도 없는 상태가 되면서도 그는 연구를 계속해왔습니다. 휠체어에 의지한 채 머리 뒤쪽은 강철로 만든 지지대로 받치고 힘줄 붉어진 목 바로 밑에는 지름이 2인치 정도 되는 플라스틱 호흡 장치를 달고 있습니다.

그가 하는 한 마디 한 마디 말은 휠체어에 부착된 컴퓨터의 음성합성장치를 통해 어렵사리 한 단어씩 기계음으로 발음되는데 그 음은 간신히 움직일 수 있는 한쪽 손의 두 손가락으로 조작됩니다. 신체의 나머지 부분은 모두 퇴화되어 있습니다. 그러므로 우리가 『스티븐 호킹의 삶과 사랑』에서 볼 수 있는 것은 위대한 과학적 인식이자 위대한 인간 승리이기도 합니다.

스티븐 호킹은 1942년 1월 8일 갈릴레오 갈릴레이가 태어난 지 300주년 되는 날 태어났습니다. 어머니 이사벨 호킹은 옥스퍼드를 졸업해 의학 연구소 비서직을 했고 아버지 프랭크 호킹은 의사로서 국립의학연구소 기생충학 분과장을 지냈습니다. 아버지는 스티븐을 퍼블릭 스쿨기숙사 제도를 가진 영국의 사립 중·고교에 보내고 싶어 했습니다. 퍼블릭 스쿨은 영국에서 손꼽히는 명문 중·고등학교들입니다.

스티븐은 1952년 9월 지방 퍼블릭 스쿨인 세인트올반스 학교에 입학합니다. 당시 스티븐의 이미지는 회색 교복과 교모를 쓴 공부벌레 모습 그대로였다고 합니다. 키만 삐쭉하게 커서 털 빠진 타조처럼 괴상하고 볼썽사나운 모습을 하고 있었습니다. 친구들의 말에 따르면 그는 발음을 또렷하게 하지 못하고 대대거리는 편인 학생이었답니다. 세인트올반스 학교는 고도의 지적 수준을 자랑했는데 덕분에 스티븐 호킹은 타고난 천성적인 자질을 갈고 닦는 데에 나무랄 데 없는 환경에서 지내게 됩니다.

학교만이 아니라 호킹의 가족들도 그런 면이 있었습니다. 그의 가족들은 한결같이 괴짜였는데 여러 가지 면에서 그들은 전형적인 책벌레 가족이었고 당대 사람들에 비해 독창적이고 한 발 앞선 사회의식을 소유하고 있었습니다. 아버지 프랭크는 스티븐의 어린 시절에 상당히 중요한 영향을 미쳤지만 스티븐은 청년기를 아버지 없이 보내는 경우가 많았습니다. 아버지는 의학 연구를 위해 1년에 몇 달 동안은 정기적으로 아프리카로 떠났기 때문입니다. 그래서 스티븐과 그의 여동생 메리의 양육은 어머니 이사벨이 온통 떠맡다시피 했습니다. 어머니는 스티븐의 정치적 사고에 중요한 영향을 미쳤는데 데모나 정치집회 등에 참석할 때 스티븐을 꼭 데리고 다녔다고 합니다.

1959년 10월, 열여덟 살 소년 스티븐 호킹은 옥스퍼드대학에 입학하였습니다. 옥스퍼드에서의 학업은 이 천재에게는 지루할 정도였다고 합니다. 그는 교수들이 내준 물리학이나 수학 문제를 하나도 힘들이지 않고 척척 풀어냈고 골치를 썩는 일은 거의 없었습니다. 대학 시절 여러 과목에서 그가 보여주었던 탁월한 재능에 대한 여러 일화가 있습니다. 호킹과 같은 지도교수 밑에 있던 네 명의 학생에게 다음 주까지 풀어오라고 여러 개의 문제가 과제로 주어졌습니다. 리포트를 제출하는 당일 날 아침 다른 세 명은 휴게실에서 팔걸이의자에 꾸부리고 앉아 SF소설을 읽고 있던 호킹과 마주쳤습니다. 과제로 받은 문제를 하나도 풀지 않았다는 호킹의 말에 그들이 말합니다.

"그래? 그러면 빨리 서둘러야 할 걸. 우리 셋이서 지난 주 함께 문제를 풀려고 애썼는데 겨우 하나밖에는 풀지 못했거든."

그날 세 학생은 소그룹 지도를 받으러 가는 길에 다시 호킹을 만났습니다. 그들은 호킹이 문제를 풀었는지 다시 물었습니다. 그러자 호킹이 이렇게 대답했다고 합니다.

"풀긴 풀었는데, 아홉 문제를 풀 시간밖에는 없었어."

옥스퍼드 이후 스티븐 호킹은 세계적 명성을 갖고 있던 프레드 호일 박사가 있는 케임브리지대학에서 우주론 박사과정을 밟겠다는 지원서를 냅니다. 그리고 케임브리지에서 호일 박사가 아닌 데니스 시야마라는 지도교수 아래 연구를 하게 됩니다. 그러나 케임브리지에서 보낸 첫 학기에 그는 자신이 웬만큼 우수한 학부생 수준만큼도 수학을 공부하지 못했다는 사실을 발견하고 곧 일반상대성이론에 포함된 복잡한 수학계산과 씨름을 벌리게 됩니다. 세상에 태어난 이래 두 번째로 모든 노력을 기울여 공부에 몰두할 수밖에 없었다고 합니다.

바로 이 무렵 1962년 겨울 방학을 맞아 크리스마스를 보내기 위해 그가 세인트올반스시에 돌아왔을 때 그는 그의 인생에 중요한 역할을 하게 되는 여인 제인을 만납니다. 그녀는 당시 고등학교 졸업반이었고 이듬해 가을에 런던의 웨스트필드대학에서 현대 언어학을 전공할 예정인 학생이었습니다. 21세의 케임브리지 대학원생은 그렇게 인생의 반려를 만나고 동시에 일련의 정밀진단을 받기 위해 병원에 가야만 했습니다. 그리고 2년 정도 살 수 있으리라는 최후통첩과 함께 루게릭병이 시작됩니다.

그가 병마라는 절망에서 빠져나와 삶과 연구에 대해 다시금 신뢰를 가질 수 있었던 것은 제인을 발견하고 나서였습니다. 호킹에게 있어서 제인과의 약혼은 그가 살아오면서 일어났던 가장 중요한 일이었다고 합니다. 그 자신이 이렇게 말했습니다.

"약혼이 내 인생을 바꾸어놓았습니다. 그것은 뭔가 살아야 할 이유를 준 것이었습니다. 즉 반드시 살아야겠다는 단호한 결심을 준 셈이지요. 제인이 내게 베풀어준 도움이 없었다면 저는 아무것도 이룰 수 없었을 것이고 그렇게 할 만한 의지도 없었을 것입니다."

두 사람은 1965년 7월 호킹이 학부시절을 보냈던 트리니티올 단과대학의 예배당에서 결혼식을 올렸습니다. 한편으로 그때 벌써 호킹의 블랙홀에 관한 연구는 상당한 진척을 보이고 있었습니다. 그러면서 동시에 그의 병세도 악화되었고, 수명이 2년밖에 남지 않았다는 진단을 받은 지 4년이 되어가고 있었습니다. 동시에 물리학자로서의 그의 명성은 나날이 높아갔고 상당히 독자적인 경지를 이룰 수 있었습니다. 그의 연구 업적인 블랙홀이 대중들에게 널리 알려지고 호킹의 공적은 여러 과학기관의 주목을 받기 시작했습니다.

1974년에는 서른둘이라는 어린 나이에 영국학술원의 최연소 회원으로 임명되어 과학자로서 받을 수 있는 최고의 영예를 누리게 됩니다. 1970년대는 그가 세계적인 물리학자로 발돋움하는 확실한 발판을 마련한 시기였으며, 이후 난해한 연구와 대중적 저술이라는 전혀 다른 두 세계에서 놀랄 만한 성공을 거둔 20년간이 시작되는 시기이기도 했습니다.

1985년 호킹이 제네바에 있는 유럽핵연구센터에 머물 때 갑자기 기관지 폐색으로 쓰러졌습니다. 곧이어 기도를 절개한 다음 목에 호흡장치를 심어 목숨을 연장하게 되었습니다. 그는 입과 코를 통해 더 이상 호흡할 수가 없었던 것입니다. 구사일생으로 목숨을 건지기는 했지만 그의 목소리는 되살릴 수 없었습니다. 그렇지 않아도 호킹의 병세는 육성을 통한 의사소통이 거의 불가능한 상황이었습니다.

지금의 그의 목소리는 캘리포니아에 살고 있던 컴퓨터 전문가 월트 월토즈라는 사람이 '이퀄라이저'라는 손수 제작한 프로그램을 보내와서 만들어진 것입니다. 그 프로그램은 3천 단어의 메뉴에서 단어를 뽑아 스크린 위에 나타날 수 있도록 만든 것인데 단어의 선택으로 만들어진 문장은 음성 합성장치로 보내져 그의 입을 대신해서 말을 할 수 있었습니다. 연습의 결과 호킹은 1분에 약 10 단어 정도를 표현할 수 있다고 합니다.

이 컴퓨터 합성음은 수술 받기 전보다 훨씬 자유롭게 의사소통을 할 수 있게 해 주었습니다. 그 전에는 의사소통 방법이 눈을 깜박거리거나 앞에 놓인 카드에 적혀 있는 단어를 눈짓으로 가리키는 것이 고작이었습니다. 지금은 눈에 띄지 않는 미세한 손가락 놀림으로 휠체어 한쪽 팔걸이에 있는 컴퓨터를 작동하여 의사를 전달하는 것으로 강연회에서 질의응답도 한다고 합니다.

우리는 단순히 한 위대한 과학자의 삶을 듬성듬성 따라가 본 정도였지만 책을 읽다 보면 이론물리학이라고 하는 학문과 그 도구가 되는 수학에 대한 인식이 조금씩 바뀌게 됩니다. 일반인에게 난해한 이 학문 분야가 얼마나 인간 존재 의식과 밀접한 것인지, 지겹다고 생각하는 수학 역시 우주의 근원을 파헤치는 데 얼마나 중요한 도구인지, 그것들이 추구하는 것이 우주 안에 살고 있는 우리들에게 얼마나 궁극적인 것인지 어렴풋 느끼는 것입니다. 그러면서 과학도 철학과 같은 존재로 다가오게 됩니다.

# 7

# 제발, 학교가
# 지겹지 않을 수 있을까요?

## 『모래밭 아이들』

하이타니 겐지로 지음 | 햇살과나무꾼 옮김 | 2003 | 양철북

중학교 3학년 학생이 있습니다. 그 학생은 짧은 스포츠머리를 거부하고 자연스레 머리를 기르고 있는 학생입니다. 그는 짧은 스포츠머리에 반대하는 것이 아니라, 그런 머리를 강제로 강요하는 학교의 처사에 반대하고 있습니다. 그래서 그는 '등교 거부'라는 막다른 투쟁도 벌였습니다. 그의 생각에는 짧은 머리가 청결하고 산뜻하다고 생각하는 사람은 머리를 짧게 깎으면 되고, 자기에게 긴 머리가 어울린다고 생각하는 사람은 머리를 기르면 된다고 생각합니다. 개개인의 개성과 표현의 자유는 인류 문화가 발전하는 원동력이 되었다고 생각하는 것입니다.

학교 측이 한쪽만의 편의를 위해 규칙을 만들고 적용할 뿐이지 다른 쪽의 사정은 들어보지 않았다고 학생은 주장합니다. 짧은 스포츠머리 강제는 학교가 안고 있는 수많은 문제 가운데 하나일

145

뿐, 이런 일방적인 사고방식은 학교의 모든 문제 속에 내포되어 있다고 말하기도 합니다. 그래서 그는 학교생활이 즐겁고 또 배우는 것에 기쁨을 느끼는 학교로 만들기 위해 전교생에게 제의합니다. 토요일 오후, '뭐든지 하자 모임'을 갖자는 것이지요. 그 모임에서는 뭐든지 자유롭게 할 수 있습니다. 무엇을 하든 아무것도 안 하든 자유입니다. 아무튼 규칙으로 꽁꽁 얽매인 학교라는 세계 안에 자유로운 세계 또 하나를 만들어 균형 있는 세계를 만들어 보자고 호소합니다.

몇 년간 몸담았던 방송계를 그만두고 유기농 공동체에 참여하다가 교사로 직업을 바꾼 신참 국어 선생님이 있습니다. 그는 가르치는 사람은 배우는 사람보다 더 많이 공부해야 한다고 생각합니다. 그래서 좀 더 주위를 유심히 둘러보고 독서량도 늘려 교과서 수업 이외의 '특별 방송' 같은 수업을 되도록 많이 하려고 노력합니다.

어느 국어 수업 시간. 교과서 지문을 읽고 난 후, 교과서 글에 전혀 흥미 없어하는 학생들에게 그 지문의 필자가 쓴 다른 책의 글을 읽어줍니다. 아이들은 교과서와 다르게 매우 흥미 있어 합니다. 선생님이 의문을 제기합니다.

"이 필자의 글은 아주 재미있는데도 교과서에 실렸다는 사실만으로 너희들이 거부감을 느끼는 까닭이 무엇이지?"

답은 이렇습니다. 학생들은 교과서에 실린 글을 재미나 감동을 주기 위한 것이 아니라고 생각한다는 것. 점수를 얻기 위한 재료라고 치부해 버린다는 것.

146

그런데 문제는 학생들이 나빠서 그리 생각한 것이 아니고 학교에서 선생님들이 교과서를 그런 식으로밖에 다루지 않기 때문이라는 점입니다. 국어 선생님과 함께 수업을 하고 있는 학생들이 항변합니다. 참고서를 꺼내 수업 시간에 읽었던 짧은 지문으로 얼마나 많은 문제를 만들어 놓았는지 보여줍니다. "빈칸을 채우시오. 의미를 글 속에서 찾으시오. 단어의 뜻에 맞는 것은?" 등등……. 같은 글을 읽어도 머릿속에 이런 문제가 끊임없이 떠오른다면, '재미나 감동'을 기대하기 힘들 것이란 점은 당연합니다. 또 그 뒤에는 '입시제도'라는 엄연한 현실이 버티고 있다는 것도 당연합니다.

　선생님은 말합니다.

　"그래도 우선은 현실을 잊고 마음을 비우고 자신의 즐거움을 위해서 글을 읽어봐. 글을 이해하려는 흥미가 생기면 그 글을 이해하려는 과정에서 모르는 게 생기기 마련이야. 그 때 누구에게 묻거나 사전이나 책을 찾아보는 습관을 들이면, 이런 식의 시험문제쯤은 절반 이상 자연스레 맞힐 수 있을지 몰라. 내 독단과 편견일지 모르지만, 내가 볼 때 시험에서 만점을 받는다는 것은 정상적인 일이 아닌 것 같아. 문제에 문제가 있는 경우도 종종 있고, 다른 식으로 해석할 수 있는 문제도 있고, 문장을 이해하는데 아무런 의미도 없는 문제도 있어, 저자 자신도 그런 문제를 보면 무슨 짓을 하는 거냐고 화낼만한 것들도 있을 테니까. 만점을 맞았다는 건 불필요하거나 이상한 문제들까지 죄다 맞혔다는 거니까 그야말로 비정상이 아닐까? 그러니까 점수가 나쁘다고 한탄하지

147

말고 오히려 만점을 받으면 진지하게 고민해 보라고."

아이들의 박수가 이어집니다. 선생님에게 보내는 박수라기보다는 만점에 대한 집착을 추방하자는 건배와 같은 의미의 박수입니다.

이 인물들은 『모래밭 아이들』에 등장하는 학생과 선생님입니다. 소설의 배경은 일본의 어느 중학교. 우리나라의 교육환경과 닮은꼴인 것이 일본이기 때문에물론 다른 부분도 있다. 같은 부분이 매우 많다는 뜻 정도로 이해하시길―필자 우리에게 전혀 생소하지 않습니다.

이 학교 3학년 3반 담임으로 새로운 국어 선생님 구즈하라 준이 부임하며 아이들과의 마음열기가 시작됩니다. 그 선생님은 '선입견을 갖고 아이들을 보지 말 것. 아이들한테 이렇게 해 주자, 저렇게 해 주자 하고 미리부터 생각하지 말 것.'이란 소신을 가진 사람입니다. 그리고 그 반 학생들은 벌써 몇 번째 담임선생님이 바뀐 '문제아 반'입니다. 학생들은 하나같이 학교나 선생님에 대해 마음을 닫고 있습니다. 그러나 이 학생들은 선생님과 학교 측에서 볼 때 '문제아 집단'일 뿐 가슴을 열고 들어가 보면 실상 교사의 예측을 초월한 진정한 가능성을 지닌 아이들로 묘사됩니다. 이들과 새로운 담임선생님과 겪게 되는 사건들을 통해 서로가 교육 문제에 대해 일종의 희망적 가능성을 제시한다는 내용입니다.

이런 정도로만 보면 이 소설은 일부 감동적인 영화에서 보는 것처럼, 예를 들면 홀랜드 오퍼스Mr. Holland's Opus의 경우처럼 문제

있는 학생들을 잘 이끌어주고 훌륭한 성장을 도운 좋은 선생님과 그의 뜻을 기리는 제자들이 이루어내는 감동의 어울림 등과 별반 다를 것이 없을 것입니다. 그러나 『모래밭 아이들』이 같은 교육 문제를 다루고 있고, 같은 교육 현장이 소재라고 할지라도 확연히 다른 점은 학생과 선생님 각각의 이야기라는 점입니다. 선생님에게는 선생님이란 위치를 돌아보게 하고, 학생에게는 학생의 현실을 살펴보게 하는 그런 현장 비판 성격이 강하고 후련해서 서로를 반성하게 합니다.

교직원 회의에서 구즈하라 준 선생님은 아이들을 규칙으로 통제하는 학교의 질서에 대해 아이들을 믿고 금지 사항을 모두 없애버리자고 주장합니다. 담임 반 아이들이 말한, "규칙을 지켜야 하는 것도 싫지만, 아주 사소한 것까지 지도해야 할 만큼 선생님들이 우리를 믿지 못한다고 생각하면 암담한 기분이 든다." 이런 말들을 교사가 곰곰이 곱씹어 봐야 한다고 말합니다. 이렇게 다소 파격적인 의견에 대해 선생님들 간의 의견이 분분하고, 이에 대해 젊은 오가와 선생님이 발언합니다.

저는 구즈하라 선생님이 말씀하신, 학생들에게 온전한 자유를 주는 일에는 주저합니다. 주저한다기보다 반대합니다. 학생들은 미숙하고 아직 완성되어 있지 않습니다. 중학생들은 아직 자신을 완전히 규제할 수 없는 나이이므로, 적당한 틀을 정해 주고 그 안에서는 얼마든지 자유롭게 행동할 수 있도록 하는 것이 이상적이지 않을까요? 그 적당한 틀이 바로 규칙이라고 생각합니다. 구즈하라 선생님 반 학생들은 발표력은 좋지만, 저는 무질서하다는 느낌을 받습니다.

물론 중학생의 입장에서는 이 선생님이 말한 중학생에 대한 평가에 이의를 제기할 수도 있으리라. 그러나 한편으로는 오가와 선생님의 의견 또한 매우 합리적인 것이라고 볼 수도 있습니다.

하지만 동료인 시게노부 선생님의 발언은 선생님들에게 교육의 본질이 무엇인가 생각하게 합니다. 그리고 학생들에게는, 선생님에 대한 부정적인 인식이 결코 전체일 수는 없다는 것을 보여주기도 합니다.

> 나는 그렇게 생각하지 않아요. 오가와 선생은 좀 전에 자유를 준다는 식으로 말했는데, 자유는 모든 인간 속에 있는 것이지 누가 주거나 허용할 수 있는 것이 아니라고 생각해요. (…중략…) 자유나 평화를 입에 올리면서 수십 명이나 되는 학생들 앞에 섰을 때의 은밀한 우월감. 이런 행동은 옳지 않다고 학생들을 타이를 때의 숨기기 힘든 우쭐함, 그것은 모든 인간의 약점이라고 생각합니다. (…중략…) 나는 교사가 된 뒤로 교사라는 직업에 조금은 절망하고 있습니다. (…중략…) 사실 누구에게도 교사의 자격은 없습니다. 남에게 뭔가를 가르칠 자격. 그런 거 없어요. 하지만 교사는 필요합니다. (…중략…) 나의 유일한 양심이라면, 자신은 학생들보다 한 단계 위에 서 있는 인간이니까 명령을 해도 괜찮다는 우쭐한 생각만은 갖지 말자는 소극적인 것뿐입니다.

150

'그래도 교사는 필요하다'는 명제가 자꾸 되뇌어집니다. 소설 속에는 오늘날 우리 학교의 모습을 돌아보게 하는 면모들이 삽화처럼 들어 있기도 합니다. 군대식의 학교 조회, 복장 상태, 두발 상태 등등의 아주 세세하기 이를 데 없는 지도를 매일 아침마다 받아야 하는 등교지도, 분단별 조별 경쟁을 통한 단체 벌주기……. 이런 속에서 머리 묶는 고무줄 색깔이 다르다는 이유로 전교생이 지나가는 교문 옆에서 벌을 서야 했던 어린 여학생이 받은 심리적 충격과, 항상 꼴찌 하는 조에 편성되어 늘 벌청소와 함께 비아냥거림을 받아야 했던 여학생의 심리적 상실 등은 지금 우리의 현실이기도 합니다.

다만 우리는 이 소설 속 담임 선생님이 말하듯, "어떤 약속이나 규범 속에 처음부터 몸담고 있으면, 설사 약속이나 규범 자체가 억지스럽고 불합리한 것이더라도 그걸 따져 보기 이전에 무의식적으로 인정해 버리기 쉬워. 뭐가 옳고 그른지, 뭐가 인간을 행복하게 하는지 불행하게 하는지 따져 보는 비판 정신을 잃어버린다는 점이 무서운 거야." 이렇게 처음부터 몸담아 그저 길들여진 것은 아닌지…….

이 소설의 작가 하이타니 겐지로는 17년 동안 초등학교 교사 생활을 했다고 합니다. 그가 쓴 소설 중 교육 현장을 다룬 것들에는 아이들의 세계가 구체적이고 생생하게 살아 있으며, 각박하고 소외된 현실 속에서도 빛을 잃지 않는 희망의 메시지가 숨 쉬고 있다고 합니다. 그런저런 이유로 교육 현장에서 일하는 사람들로부터 아무 말이나 함부로 하지 말라는 비난도 받지만 교육과 교육 현장에서 숨 쉬고 있는 교사와 학생들과 함께 하는 소설을 쓰는 것이 그의 바람이라고도 합니다.

그는 현재 그의 소설 『태양의 아이』 인세를 기금으로 1983년 설립한 '태양의 아이 유치원'을 통해 자신의 교육관을 몸소 실천하는 데 힘을 쏟는다고 합니다. 그의 교육관은 한마디로 '아이들에게서 배운다' 입니다. 아이들과 함께 배우는 선생님이 그리워지는 오늘날입니다. 선생님의 역할은 가르치는 것만이 아닌 까닭입니다.

# 8

# 명상이 주는 선물

## 『15분 집중 공부법』

혜거 스님 지음 | 2007 | 파라북스

명상은 내면의 참모습을 탐구하는 종교적인 수행법입니다. 그러나 지금은 종교를 떠나 일상생활에도 여러 가지 효용을 주는 수련법으로 활용되고 있습니다. 명상은 복잡한 현대 문명에 의해 왜곡된 몸과 마음을 바로 세워줍니다. 그리고 우리의 모든 가능성을 열어줍니다. 그래서 어떤 이는 명상을 하늘이 준 큰 배려이며 선물이라고도 합니다.

『15분 집중 공부법』의 저자인 '혜거 스님'은 금강선원 원장이며 불교 TV에서 좌선을 강의합니다. 그는 1988년부터 청소년들에게 참선을 지도하며, 보다 흥미롭게 참선에 다가가는 계기를 마련하기 위해 명상을 집중력과 연계하는 훈련을 개발했습니다. 책에는 종교적인 색채가 전혀 없습니다. 오히려 공인된 기관의 과학적인 두뇌계발 실험들을 자주 인용하며 객관성을 높이고 있습니다. 그리고 청소년들에게 흥미와 실질적 도움을 더해주기 위해 집중력 키우기를 주된 내용으로 구성하고 있습니다. 그것을 명상학습법이라고 이름을 붙입니다. 청소년들은 일반적으로 공부에 관심이 크고 그 공부를 잘 할 수 있는 방법 가운데 가장 으뜸이 집중력이기 때문입니다.

명상학습법은 3단계로 진행됩니다.

1단계 기초 명상 훈련에서는 7일간 하루 15분씩 기초 명상을 합니다. 이른바 기본적인 명상 자세를 갖춰 지구력과 인내력을 기르는 것입니다.

그 다음 2단계 7일간은 20분 명상 후 5분간 집중력 잔상 훈련을 합니다. 이때 집중력 잔상훈련이란 글자나 그림을 짧은 시간 집중해서 응시한 다음 흰 여백에 그 잔상을 남기는 것입니다. 궁극적으로 이 훈련은 머릿속에 뚜렷한 잔상을 남겨서 기억력을 높이는 데 목표가 있습니다.

3단계 7일은 25분 명상과 5분간 오감 감각 훈련 그리고 10분 집중력 잔상훈련으로 심화합니다. 그리고 각 단계를 거치는 사이사이 '생활 명상'을 삽입했습니다. 그것은 생활 속에서 다양한 방법으로 명상을 활용하는 방안을 제시한 것입니다. 특히 명상할 때 전 세계 정신과학자들의 공동체인 미국 캘리포니아의 〈나무대학〉이 제공하는 명상표를 이용하는 점이 흥미롭습니다. 동시에 단계별로 다양한 실험표로 잔상 훈련 성과를 직접 체험할 수 있게 한다는 것도 명상학습법을 수련하는 재미이기도 합니다.

명상은 우리에게 많은 선물을 줍니다.

첫째, 명상은 뇌파의 파동을 떨어뜨려 집중력과 기억력을 높입니다. 뇌세포가 활동할 때 생기는 전기적 신호가 '뇌파'인데 집중력은 이 뇌파의 파동과 밀접하게 관련되어 있다고 합니다. 즉 뇌파의 파동수가 줄어들어 알파파 상태가 되면서 집중력이 높아집니다. 그러나 일상생활 중에 뇌파를 알파파 상태로 유지하는 것은 쉽지 않은데 명상이 그것을 가능하게 해줍니다.

둘째, 명상은 두뇌가 완전한 휴식을 취하게 도와줍니다. 뇌는 일정 시간 이상 계속 자극을 받으면 반응을 하지 않는 단계에 이릅니다. 이것은 뇌가 스스로 휴식을 취하기 위한 일종의 자기 방어 작용입니다. 이를 '불응기'라고 하는데 이때는 아무리 공부를 해도 학습 효과를 볼 수 없습니다. 불응기에 빠진 뇌를 위한 가장 좋은 휴식 방법은 잠을 자는 것입니다. 그래서 수면이 뇌기능에 미치는 영향은 큽니다. 잠을 깊게 잘수록 피로도 빨리 풀리고 뇌가 충분한 휴식을 취할 수 있습니다. 명상은 깊은 수면 상태에 들어갈 수 있도록 도와줍니다.

셋째, 명상은 스트레스를 없애 학습 효과를 높여줍니다. 스트레스는 뇌세포를 죽여 기억력과 집중력을 떨어뜨립니다. 스트레스는 뇌 손상의 중요한 원인 가운데 하나이기도 합니다. 일반적으로 스트레스를 받으면 혈압이 높아집니다. 동시에 스트레스 호르몬인 코르티졸의 혈중 농도가 증가합니다. 또한 뇌 속에서도 스트레스 호르몬인 노르아드레날린이 분비됩니다. 그런데 명상을 하면 호흡이 느려지고 심장 박동수가 줄어들면서 혈압이 떨어집니다. 그리고 코르티졸의 혈중 농도도 감소합니다. 동시에 뇌 속에는 노르아드레날린 대신 기분 좋을 때 분비되는 베타엔도로핀이 나와 심리적인 안정을 줍니다. 스트레스를 없애는 데 명상이 기여하는 것입니다.

넷째, 명상은 두뇌에 풍부한 산소를 공급합니다. 사람의 신체에서 뇌가 차지하는 비율은 2퍼센트에 불과하지만 산소 소비량은 가장 높습니다. 몸속에 들어오는 전체 산소의 30퍼센트 이상을 소비합니다. 뇌는 그만큼 산소에 민감합니다. 이렇게 뇌가 제대로 기능하는 데 절대적인 영향을 미치는 산소는 호흡을 통해 공급됩니다. 따라서 호흡을 어떻게 하느냐에 따라 뇌 기능도 달라질 수 있습니다. 그런데 현대인의 호흡 방법에는 여러 가지 문제가 있습니다. 인간은 엄마 뱃속에 태아로 있을 때 탯줄로 숨을 쉽니다. 다시 말해 배로 숨을 쉽니다. 갓 태어난 아기들도 여전히 배로 호흡합니다. 이러한 호흡 방식은 자라면서 점점 바뀌어 청소년기부터는 가슴으로 숨을 쉽니다. 그러다 나이 들어 청·장년이 되면 어깨로 숨을 쉬고, 세월이 더 흘러 노인이 되면 목으로 숨을 쉽니다. '목숨이 끊어졌다' 라는 표현은 '목으로 쉬는 숨' 을 더 이상 쉬지 않는다는 뜻입니다.

이처럼 호흡 위치가 점점 올라간다는 것은 그만큼 호흡이 얕아져 호흡량이 부족해진다는 뜻입니다. 동시에 이런 현상은 점점 노인의 호흡 방식으로 바뀌어 점점 죽음에 가까워지는 변화라고 볼 수 있습니다. 그렇다면 호흡의 위치를 아래로 끌어내리는 것이야말로 최선의 호흡 방식일 것입니다. 호흡을 아래로 끌어내리는 대표적인 방법이 '복식호흡' 과 '단전호흡' 입니다. 명상할 때는 평소보다 훨씬 천천히 그리고 깊게 호흡을 하게 하여 폐 전체가 공기를 빨아들였다가 내보내는 완전 호흡이 이루어집니다. 즉 자연스럽게 배로 숨 쉬는 복식호흡을 하게 되는 셈입니다. 그것은 뇌에 충분한 산소 공급을 해서 뇌기능을 높여줍니다. 호흡법 개선은 뇌기능 향상에 큰 몫을 합니다.

다섯째, 명상하는 행위 자체는 두뇌를 계발하는 과정과 동일합니다. 사람의 뇌는 약 150억 개의 세포로 이루어져 있고 각각의 세포는 시냅스라는 신경섬유로 거미줄처럼 연결되어 있습니다. 시냅스는 하나의 뇌세포에서 적게는 1,000개에서 많게는 20만 개까지 뻗어 나오는 데, 뇌가 기능하는 동안 끊임없이 생겼다가 없어지는 과정을 되풀이합니다. 뇌기능을 한다는 것은 시냅스가 다른 뇌세포와 유기적으로 결합하는 것입니다.

 즉 시냅스는 각각의 뇌세포를 깨워 활동하게 하는 명령선입니다. 그런데 사람은 성장하는 동안 시냅스가 점점 퇴화되어 어른이 되면 뇌의 특정 부위에서만 발달하고 나머지는 사라져 버리고 맙니다. 이것은 자라면서 환경에 따라 비슷한 자극을 되풀이해서 받기 때문입니다. 따라서 뇌기능을 원활하게 하기 위해서는 시냅스를 발달시켜 뇌세포 사이의 정보 교류가 효과적으로 이루어지도록 해야 합니다. 뇌를 자주 사용할수록 시냅스가 많아지고 그 굵기도 더 두꺼워집니다. 명상은 평소 반응하지 않는 뇌 부위를 자극하는 데 가장 효과적인 방법입니다. 명상할 때 뇌가 활발하게 반응하는 현상은 뇌 속에 혈류량이 늘어나는 것으로 확인

할 수 있습니다.

여섯째, 명상은 우뇌를 계발해 잠자고 있는 천재성을 일깨웁니다. 일반적으로 좌뇌는 입력된 정보를 문자 상태로 저장하고 우뇌는 그림 상태로 저장합니다. 그림은 문자보다 훨씬 많이 더 정확하게 저장할 수 있습니다. 게다가 우뇌는 거의 무한대로 지식을 모아 놓을 수 있습니다. 가령 어떤 내용을 외웠을 경우 그 내용은 일시적으로 좌뇌에 저장됩니다. 그러다가 시간이 지나면 자동적으로 지워집니다. 그리고 다시 외우기를 반복하면 또 일시적으로 좌뇌에 저장되었다가 다시 사라집니다. 이런 작업을 몇 번 되풀이해서 완전히 외우면 저장 장소가 좌뇌에서 우뇌로 바뀝니다. 이른바 영구 저장되는 것입니다. 이때 우뇌는 그 정보를 문자와 그림 상태로 중복해서 저장합니다. 아주 오래된 기억을 떠올릴 때 무의식적으로 이미지부터 생각나는 것은 이 때문이라고 합니다. 더 놀라운 사실은 이 우뇌에 영구 저장된 정보는 인간의 유전자에도 영향을 끼쳐 후손에게도 이어진다는 점입니다.

결국 우뇌에는 자신이 학습한 정보뿐 아니라 조상들이 모아 놓은 정보도 있는 셈입니다. 그래서 사람의 잠재력이란 우뇌에 저장된 엄청난 정보를 가리킵니다. 우뇌에 들어 있는 지식을 꺼내 쓸 수만 있다면 누구나 무한한 능력을 발휘할 수 있습니다. 그 여부가 천재와 둔재를 나눕니다. 명상은 이러한 우뇌를 계발하고 그 안의 정보를 끌어내 자기 것으로 만듦으로써 내면에 있는 천재성을 깨울 수 있는 강력한 열쇠입니다.

학자들은 명상이 두뇌를 계발하고 집중력과 기억력을 높인다는 사실을 과학적으로 증명했습니다. 또한 스트레스로 인한 온갖 질병에도 구체적인 효과를 발휘한다는 것도 속속 밝혀내고 있습니다. 명상학습법은 그 응용 방법일 뿐입니다. 이 학습법을 잘 활용할 수 있다면 집중력을 높여서 수업태도를 개선하고 성적을 향상하는 효과를 볼 수 있을 것입니다. 그러나 이것은 부수적인 효과입니다. 만일 이 방법이 자신에게 효과 있는 방법임을 느낀다면 명상 훈련이 주는 궁극적인 목적에 한 걸음 더 나아가시기 바랍니다. 명상은 궁극적으로 자신을 다스리는 힘을 기르고 자신과 주변에 대해 긍정적인 시각을 갖게 하여 삶의 자세와 사고방식을 변화시킵니다.

# 9

# 숫자가 풍기는 인간애

## 『박사가 사랑한 수식』

오가와 요코 지음 | 김난주 옮김 | 2004 | 이레

우리는 종종 자기 자신을 나타내는 상징 기호로 숫자를 사용합니다. 이름 대신 학급 번호를 부르기도 하고 고객 이름 대신 대기 번호로 지칭합니다. 심지어 이 나라 국민이라는 자격도 태어나면서 주민등록번호라는 숫자로 부여받습니다. 이런 숫자들은 언제부터 생겨나 인류와 더불어 살아가는 것일까? 도대체 누가 이런 것을 만들어 낸 것일까?

숫자는 어느 누가 발명한 것이 아니라고 합니다. 숫자는 인류 출현 이전부터 있었고 세상이 탄생하기 이전부터 이미 자연계에 존재하고 있었다고 합니다. 그래서 숫자는 발명이 아니라 발견이라고 합니다. 수학적 증명은 우주의 신비를 밝히는 데 매우 중요한 도구이기도 합니다. 실생활에서도 그 증명들을 응용하여 여러 가지 편리한 문명의 이기를 만들기도 합니다. 그러나 제아무리 천

재적인 수학자가 발견한 수학적 증명일지라도 그것은 본래부터 자연계에 존재하는 증명의 발견에 불과하다고 합니다. 마치 신의 수첩을 슬쩍 들여다보고는 그 한 페이지를 베낀 것처럼 말입니다.

"신은 존재한다. 왜냐하면 수학에 모순이 없으니까. 그리고 악마도 존재한다. 왜냐하면 그것을 증명할 수 없으니까."

『박사가 사랑한 수식』에 등장하는 박사가 소설의 서술자인 등장인물에게 인용해 준 어떤 수학자의 말입니다. 아마도 수학자들이란 숫자가 전해주는 말들을 통해 신의 목소리를 듣는 존재들인지도 모릅니다.

『박사가 사랑한 수식』에도 숫자들을 어루만지고 함께 놀고 친구처럼 자라 숫자와 대화하는 수학자가 등장합니다. 그러나 박사는 17년 전의 교통사고로 뇌세포 일부분에 장애가 생겨 기억하는 기능이 불완전한 사람입니다. 그래서 그의 기억은 1975년에 멈춰 서 있고, 새로운 기억이란 아무리 노력해도 80분밖에는 지속되지 않습니다. 30년 전에 자신이 발견한 수학의 정리는 기억해도 엊저녁에 뭘 먹었는지 누구를 만났는지는 기억하지 못합니다. 이런 박사는 폐쇄된 공간에서 오직 숫자들과 더불어 살아갈 뿐입니다. 수학 잡지사에 수학 현상문제를 풀어 보내는 것이 유일한 취미인 박사는 세상의 모든 것을 숫자와 연관하여 생각하고 대화하는 사람입니다.

그런 그가 그를 멀리서 돌보는 형수17년 전 박사와 함께 교통사고를 당해 한쪽 다리 장애가 된 미망인의 주선으로 새 파출부와 만나게 됩니다. 이로부터 소설 속 등장인물 간의 특별한 관계는 시작됩니다. 초로의 수

162

학자와 자식이 있는 20대 후반의 파출부, 그리고 파출부의 초등학생 아들. 이 세 사람이 매번 80분간만 지속되는 기억력 속에서 숫자를 매개로 대화하고 함께 숙제하고 함께 이런저런 사건을 겪게 됩니다. 이러는 동안에 서로 공감대를 발견하고 인간애를 쌓아가는 따스한 이야기가 펼쳐집니다.

박사의 집에 파출부가 출근할 때마다 박사에게 파출부는 늘 새로운 사람입니다. 이미 어제의 기억은 없기 때문입니다. 그래서 그는 자신의 양복 깃에다가 누덕누덕 메모지를 달아놓고 기억을 보강하려고 노력합니다. 그가 연구하는 수학에 관한 알지 못할 기호들 투성이인 메모지들 중에서도 가장 눈에 잘 띄는 곳에 가장 중요한 메모를 해놓습니다. "내 기억은 80분간만 지속된다." 그래서 박사는 항상 파출부를 만날 때마다 이전에 그가 물었던 인사를 매번 다시 건넵니다. 그러나 그 인사는 언제나 숫자로 전하는 인사입니다. 가령 이런 식의 인사말이 오갑니다.

"자네 신발사이즈는 몇인가?"

"24인데요."

"오오, 실로 청결한 숫자로군. 4의 계승이야."

"계승이 뭐죠?"

"1에서 4까지의 자연수를 모두 곱하면 24가 되지."

혹은

"자네 전화번호는 몇 번인가?"

163

"576에 1455예요."

"5761455라구? 정말 멋진 수가 아닌가. 1에서 1억 사이에 존재하는 소수의 개수와 정확히 일치하는군."

숫자로 이루어지는 대화 속에서도 마음 착하고 사려 깊은 파출부는 박사를 진심으로 이해하고 보살펴 줍니다. 박사가 습관처럼 가르쳐 주는 숫자에 대한 애정을 몸소 느끼기도 합니다. 파출부의 생일 2월 20을 나타내는 숫자 220과 박사가 대학 때 초월수론에 관한 논문으로 학장상을 탔을 때 받은 손목시계의 학장상 번호 284간의 기막힌 인연도 알게 됩니다. 바로 '우애수' 입니다.

모든 자연수는 반드시 1과 자기 자신을 약수로 합니다. 약수란 나누어 떨어지는 수입니다. 그러니까 220의 약수는 1과 220 외에도 2, 4, 5, 10, 11, 20, 22, 44, 55, 110이 있습니다. 마찬가지로 박사의 손목시계 숫자 284도 2, 4, 71, 142란 약수가 더 있습니다. 이 220과 284의 약수들 중 자기 자신을 뺀 약수들을 합하면, 220의 약수 합은 284, 284의 약수 합은 220이 됩니다. 서로 상대방 수가 되는 것입니다. 이게 바로 박사가 설명해 준 '우애수' 입니다. 기원전 6세기에 피타고라스가 처음 발견했다는 이 숫자의 쌍은 쉽게 존재하지 않는 쌍이라고 합니다. 페르마도 데카르트도 겨우 한 상씩밖에 발견하지 못한, 신의 주선으로 맺어진 숫자라고 합니다.

이렇게 박사로부터 '우애수' 에 대한 얘기를 들은 파출부는 자기 스스로도 우애수를 발견해 보려고 약수들을 더하다가 '완전수' 의 존재도 알게 됩니다. 28의 약수를 모두 더하니 28이 되는 것입니다. '완전수' 도 박사의 설명에 따르면 완전의 의미를 체현하는 귀중한 숫자라고 합니다. 완전수가 아니면 약수의 합이 수자신보다 커지는 과잉수, 작으면 부족수가 됩니다. 이렇게 박사가 들려주는 숫자 이야기를 따라가면 그 숫자들은 박사의 지극한 애정 속에서 그저 기호가 아닌 생명체처럼 다가옵니다. 그것은 박사의 숫자에 대한 애정만큼 박사의 아이에 대한 헌신적이고 순수한 마음을 통해서도 잘 전달됩니다.

파출부의 10살짜리 아들은 엄마와 단 둘이 삽니다. 엄마가 파출부 일을 나가 있는 동안 초등학교에서 돌아온 아이는 혼자 지내야 합니다. 이런 사정을 우연히 알게 된 박사는 아이는 엄마와 있어야 한다며 학교 끝나고 엄마가 일하는 박사의 집에 오게 합니다. 집에 처음 방문한 말라깽이에 머리는 밋밋한 소년에게 박사는 딱 어울리는 애칭을 지어주는데 그것은 '루트' 입니다. 그러면서 '루트' 는 어떤 숫자든 꺼려하지 않고 자기 안에 보듬는 실로 관대한 기호라는 설명을 덧붙입니다. 어떤 숫자든 따뜻하게 감싸 안아 그에 합당한 신분을 부여하는 루트라는 기호처럼 아이는 박사의 기억력 장애를 이해하고 밝게 감쌉니다. 그래서 엄마와 함께 할아버지 박사를 배려하는 자세로 박사의 친구가 됩니다.

친구가 된 그들 셋은 함께 식사하고 함께 숙제를 풀고 오래된 라디오를 수리해 함께 프로야구 중계를 듣기도 합니다. '루트' 와 박사는 서로 17년이란 시간차를 두고 같은 프로야구팀을 응원하는 공통점을 소유하기도 합니다. 그래서 좀처럼 외출을 해 본 적이 없는 박사와 함께 난생 처음 야구장에 응원을 가기도 합니다.

166

그리고 아이가 아팠을 때 박사가 손수 아이를 업고 병원에 달려가는 일도 생깁니다. 그러나 아이의 치료를 기다리는 동안에도 박사는 엑스레이실 문에 붙어 있는, 방사선 위험을 알리는 삼각 마스크를 보고는 파출부에게 까만 동그라미를 삼각형 모양으로 죽 이어 그려 보이며 '삼각수'라는 수의 성질과 공식을 보여 줄 정도로 숫자에 대해 여전히 지극합니다.

나중에 박사의 기억력이 80분도 유지 못하는 상태가 되고 사고를 당하던 1975년에서 꼼짝도 하지 못하자 박사는 전문 의료시설에 들어가게 됩니다. 그 때부터 몇 년간 파출부와 '루트'는 두어 달에 한 번 정도씩 박사를 면회하며 시간을 보내주게 됩니다. 야구를 좋아하던 '루트'는 대학에 가서 무릎 부상으로 야구를 그만두고 중학 교원시험에 합격하여 수학 선생님으로 갈 예정입니다. 그것이 그들 모자와 박사의 만남의 전부입니다.

『박사가 사랑한 수식』은 무엇보다 등장인물의 상황 설정과 소재가 독특합니다. 또한 숫자를 매개로 하지만 그것들을 단순한 기호가 아닌 따뜻한 정이 통하는 수식으로 변화시키는 전개력도 뛰어납니다. 그래서 우리는 그 속에서 훈훈한 인간애를 느낍니다. 물론 이때의 숫자는 그냥 지겨운 수학의 산물이 아닙니다. 애정을 기울이기에 따라 좋은 친구가 될 수 있는 숫자입니다.

# 내면의 풍경
## 『시와 소설을 찾아가는 여 · 행 · 길』

글 · 사진 임동헌 | 1996 | 아세아미디어

꽃이
피는 건 힘들어도
지는 건 잠깐이더군
골고루 쳐다볼 틈 없이
아주 잠깐이더군

그대가 처음
내 속에 피어날 때처럼
잊는 것 또한 그렇게
순간이면 좋겠네

멀리서 웃는 그대여

산 넘어 가는 그대여

꽃이
지는 건 쉬워도
잊는 건 한참이더군
영영 한참이더군.

– 최영미, 「선운사에서」

최영미 시인의 「선운사에서」라는 시입니다. 잊는다는 것이 영영 한참이어서 우리는 여행길을 나서는지도 모릅니다. 그렇게 길을 떠나 동백꽃으로 유명한, 전라북도 고창 선운사에 가면 그곳이 고향인 서정주 시인의 가락도 만날 수 있습니다.

선운사 골짜기로
선운사 동백꽃을 보러 갔더니
동백꽃은 아직 일러 피지 않았고
막걸릿집 여자의 육자배기 가락에
작년 것만 상기도 남았습니다
그것도 목이 쉬어 남았습니다.

– 서정주, 「선운사 동구」

같은 장소이지만 시간의 거리가 있습니다. 동백꽃이 아직 일러 피지 않은 때와 이미 동백꽃이 지는 때 사이의 거리. 그 거리가 만나고 헤어짐의 거리라면 그 사이에는 헤어짐을 맞고 싶지 않은 바람을 담은 노래도 있을 법합니다. 혹시 가요 중에 〈선운사〉라는

노래를 아시는지. "선운사에 가신 적이 있나요~, 눈물처럼 후드
득 떨어지는 동백꽃을 보면 당신은 그만 못 떠나실 거예요." 하는
가사를 읊조리는 노래 말입니다.

　이렇듯 한 곳을 가도 만나는 것은 여러 가지입니다. 그러나 그
런 만남은 자신이 내면에 담은 풍경만큼만 만날 수 있습니다. 그
런 내면 풍경이 『시와 소설을 찾아가는 여·행·길』에 담겨 있습
니다. 『시와 소설을 찾아가는 여·행·길』은 소설가 임동헌이 기
업체 사보 등에 연재했던 글과 사진들을 모은 책입니다. 저자가
직접 작품의 무대를 찾아다니며 작품에 맛을 더해주는 글을 썼습
니다. 특히 작품의 이미지와 느낌이 맞아떨어지는 사진을 손수 찍
어 실음으로써 독자가 문학 작품을 더욱 친근하게 느끼는 데 도움
을 주고 있습니다. 사진들이 작품 감상의 길잡이 역할을 톡톡히
하고 있는 셈입니다. 그래서 책을 읽어 가는 데 지루함이 없습니
다. 저자는 독자의 손을 이끌고 스스럼없이 독자에게 '문학과 함
께 하는 여행의 즐거움'을 선사하고 있는 것입니다.

　책은 전반부에 시를 찾아가는 여행길을, 후반부에 소설을 찾아
가는 여행길을 싣고 있습니다. 시 22편과 소설 11편이 그 대상입
니다. 실린 순서가 무슨 중요한 까닭이 있겠는가마는, 첫 번째 찾
아가는 곳이 충북 중원군 목계장터. 「농무」 「가난한 사랑노래」라
는 시로 우리에게 익숙한, 신경림 시인의 「목계장터」라는 시의 무
대입니다. 그러나 노 젓는 소리가 들릴 것 같은 나루터와 흥청거
리는 장터 풍경에 대한 기대감도 잠시. 남한강 줄기에서 유일하게
섰던 '강장터'였다는 목계나루는 고깃배 한 척 보이지 않고 그저

170

평범한 강줄기로만 남아 있습니다. 충주댐이 들어서면서 더러는 수몰되고 더러는 산업화에 밀려 초라한 모습으로만 남게 되었습니다. 그렇지만 장터나 나루터가 없으면 어떻습니까. 「목계장터」 시 구절처럼,

> 민물 새우 끓어 넘는 토방 툇마루
> 석삼 년에 한 이레쯤 천치로 변해
> 짐 부리고 앉아 쉬는 떠돌이가 되라네.
> 하늘은 날더러 바람이 되라 하고
> 산은 날더러 잔돌이 되라 하네.
>
> – 신경림, 「목계장터」 중에서

'한 이레쯤 천치로 변해' 눈앞의 현실 모습을 넘어 문학이라는 세계로 들어가 보면 어떨까요. 어쩌면 저자도 그런 마음으로 작품 속의 무대를 찾는 길을 시작하지 않았을까요? 그렇다면 우리도 그의 손에 이끌려 현실을 벗어난 현실을 찾아가 볼 수 있지 않을까요?

외국의 경우에 비해 우리나라는 문학 작품의 산실이 된 작가의 본가, 작품의 무대 혹은 집필처 등이 문화적인 유산으로 자리하는 인식과 배려가 부족하다고 합니다. 그래도 지금은 지방자치 시대를 맞이해 지방에 따라 문학 작품의 무대를 그 지방 관광 상품으로 또는 홍보를 위한 소재로 개발하는 경우도 있습니다. 문화야말로 미래 사회의 중요한 자원이 될 것이라는 측면에서는 참 다행스러운 일이 아닐 수 없습니다. 경남 하동군도 그런 경우에

속합니다.

 '한국 문학의 빛나는 승리'라는 박경리의 『토지』. 25년이라는, 작가로서의 삶 대부분을 쏟아 부어 26만 장의 원고지 속에 한국 근현대사를 담은 전 16권의 대하소설. 그 소설의 주요 배경 하동군 평사리. 그리고 주요 인물인 최 참판 댁 식솔들. 하동에서는 올해 '토지문학제' 행사가 열렸습니다. 그런데 그 행사의 하나로 모집한 '제2회 토지문학제 평사리문학대상' 작품 공모의 원고 제출처가 재미있습니다. 2,000만 원의 상금을 걸고 소설, 시, 수필 부문에서 신인 및 신예 작가의 작품을 공모하는 이 문학 대상의 제출처는 경남 하동군 악양면 평사리 최참판 댁. 사실 『시와 소설을 찾아가는 여·행·길』 저자의 발걸음을 따라 악양 들판이 시원스레 눈에 들어온다는 평사리에 가면 최 참판 댁은 없습니다. 동네 사람들은 이웃 마을에 있는 '조 부잣집'을 가리키는 것이라고 말한다지만 그 집조차 안채는 헐려 없어져 버렸다고 합니다. 그러나 저자의 방문이 이 책의 발간1996년 이전일 것임이 분명한 이상, 문학대상 공모처인 '평사리 최 참판 댁'은 지방자치 단체가 애써 복원한 그 지방 자랑거리임에 틀림없습니다.

 이 책에서 소개한 작품의 무대로 저자가 찾아간 곳이 반드시 작품 배경과 일치하는 것은 아닙니다. 더러는 작가의 고향을 초점으로 삼은 경우도, 필자 나름의 상상력으로 작품과 가장 어울릴 법한 곳을 선택해 여행한 경우도 있습니다. 그러다 보니 저자는 서해의 작은 항구인 홍원항 황인숙 시인의 「항구는 나에게 항구가 아니며」이며, 동해의 주문진항 황동규 시인의 「겨울 항구에서」을 돌며 갯내음과 일출 속에서

172

삶의 모습을 보기도 합니다. 바다에서의 버거운 노동이 기억나는 듯 한 푼이라도 더 받기 위해 눈초리에 힘을 주는 뱃사람들과 조금이라도 싼값에 신선한 생선을 떼어가기 위해 눈치싸움을 거는 도매상들, 좌판을 펼쳐놓고 오가는 손님들의 눈치를 살피는 아낙들에서 종종걸음치며 생활을 쫓고 있는 삶을 보았다고 합니다. 그런가 하면 열병처럼 지나온 젊은 날의 영혼을 만나러 또 다른 포구에 가기도 합니다.

영덕 대진 포구. 이문열의 장편 소설 『젊은 날의 초상』에서 주인공이 회한과 열정으로 얼룩진 젊음을 안고 찾아가는 곳. 그곳은 내륙 쪽에 위치한 영양에서는 근동에서 가장 높다는 '창수령'을 넘어야 비로소 만날 수 있는 바다라고 합니다. 작가 이문열의 고향이 경북 영양군. 작중 주인공이 넘는 고갯길이 또한 '창수령'. 역시 작가의 체험이 녹아 있는 듯합니다. '바다로 가는 멀고 험한 길' 그 길은 '젊은 날의 초상' 들이 꿈꾸던 길이 아니었을까요?

'젊은 날의 초상' 들은 언제나 바다가 그립습니다. 이때의 바다는 그저 자연의 바다가 아닙니다. 젊기 때문에, 지나온 날보다 가야 할 날들이 더 많기 때문에 허위허위 가야만 하는 숙명에서부터 탈출해 도달하고 싶은 곳입니다. 홍역을 앓으면서도 잊지 않고 꿈꿔 오던 것. 그것이 바다인 것입니다. 그리고 그 바다는 누구의 가슴 속에나 존재합니다. 어쩌면 나이와 관계없이 우리는 아직도 그 바다를 향해 가고 있는 도중에 있는 것인지 모릅니다.

이런 '젊음의 포구'를 지나 이제 우리 겨울로 함께 들어가 봅시다. 겨울은 눈과 함께 옵니다. 겨울 초입에서 우리는 언제나 눈을 제일 먼저 연상하고 기다립니다. 대개의 경우 낭만적인 눈을 마음 속에 그립니다. 그러나 이청준의 「눈길」전남 장흥도 눈이거니와 최승호의 「대설주의보」에 오면 그 눈은 막막하고 슬픕니다. 슬픔도 아름다움입니다.

해일처럼 굽이치는 백색의 산들
제설차 한 대 올 리 없는
깊은 백색의 골짜기를 메우며
굵은 눈발은 휘몰아치고
쪼그마한 숯덩이만한 게 짧은 날개를 파닥이며……
굴뚝새가 눈보라 속으로 날아간다

길 잃은 등산객들 있을 듯
외딴 두메마을 길 끊어놓을 듯
은하수가 펑펑 쏟아져 날아오듯 덤벼드는 눈
다투어 몰려오는 힘찬 눈보라의 군단
눈보라가 내리는 백색의 계엄령

쪼그마한 숯덩이만한 게 짧은 날개를 파닥이며……
날아온다 꺼칠한 굴뚝새가
서둘러 뒷간에 몸을 감춘다
그 어디에 부리부리한 솔개라도 도사리고 있다는 것일까.
      - 최승호, 「대설주의보」

책에서 만날 수 있는 풍경은 강원도 사북과 태백입니다. 탄광

174

여기저기 널브러진 물건들이 고스란히 눈을 맞고 먼 산 모습 그대로 적막한 풍경. 광부들 사택으로 보이는 비탈진 건물로 오르는 급한 계단과 눈. 산 전체가 깎인 채 죽죽 흰 눈에 사태라도 내린 듯한 먼 산. 가까운 숲 사잇길을 메우다시피 쌓인 눈. 눈 속에 숨은 듯 올망졸망 소리 없는 골목 지붕이 낮게 고개 숙인 인적 드문 거리 풍경. 그런 풍경들이 작가의 눈에 붙들려 있습니다.

알다시피 그곳은 유명한 탄광촌이고, 연탄이 사라지면서 산업화의 뒷전으로 밀려나 황폐화되어 가고 있습니다. 한때는 제법 흥청거렸을 술집의 노랫가락도 멎고, 젊음을 던져 갱 속의 삶을 일궜던 광부들이 하나둘 떠나가는 곳. 한동안 그곳에서 교사 생활을 하기도 했던 시인은 검은 도시를 온통 덮어버리는 눈을 통해 시대의 폭력성을 보았을 것입니다.

여러분에게는 생소할 수 있는 단어 '계엄령'. 암울한 한 시대를 또렷하게 표현하는 단어. 그것은 결코 그 시대를 살아온 사람들만의 몫이 아닙니다. '힘찬 눈보라의 군단'과 '백색의 계엄령'이 내리는 시대. '쪼그마한 숯덩이만한 꺼칠한 굴뚝새가 서둘러 몸을 감춰야 하는' 시대는 모습만 달리할 뿐 어느 때고 다시 올 수 있기 때문입니다. 그런 생각을 하면 흰 눈에 덮인 탄광촌에 주뼛주뼛 드러나는 검은 석탄 흔적들은 슬프고 동시에 끈질기고 아름답습니다.

여러분은 가급적 이 책의 해당 작품을 먼저 읽어보고, 그 작품에서 자기에게 다가오는 장면을 찾아 여행을 떠난다는 마음으로 읽어 가는 것이 좋겠습니다. 마치 영화를 본 후, 그 촬영 장소이거나 혹은 비슷한 주변 풍경에서 문득 인상 깊었던 영화 속 장면이 마음에 떠오르듯이. 그럴 때 작품을 느끼는 상승효과가 더욱 커질 것입니다. 그리고 그것은 곧 여러분이 세상을 보는 눈이 그만큼 더 성장했다는 뜻이기도 합니다.

# '시'라는 꽃에서
# '나'라는 꽃으로 가는 탐색

## 『시 속에 꽃이 피었네』

고형렬 지음 | 2002 | 바다출판사

작고한 조병화 시인이 이런 말을 남겼습니다.

"자연은 인간 생명의 고향이며 에로스는 인간 영혼의 고향이다. 그리고 인간은 이 두 고향에서 제한된 생명을 살아야 하는 그 위안으로서 예술 행위를 계속하는 것이다."

그에 따르면 인간은 두 개의 고향을 갖고 있는 셈이죠. 생명의 고향과 영혼의 고향. 그런 의미에서 5월에 느끼는 싱그러운 자연과 내면적인 감흥이야말로 우리들의 근원적인 고향을 찾게 하는 신비한 힘이라는 생각이 듭니다. 이럴 때 더불어 듣고 싶어지는 나직나직한 목소리가 있습니다. 낮지만 항상 샘물 같은 목소리. 한국 현대시의 명편에 담긴 목소리들입니다.

고형렬 시인이 펴낸 『시 속에 꽃이 피었네』에는 필자가 '입술에 달고 중얼거렸고 마음속에 걸어 두었다'는 한국 현대시의 명

시들이 있습니다. 음미하는 낮은 목소리가 자신의 자전적 요소들과 함께 들어 있습니다. 동쪽 바다 속초에서 자란 필자는 「대청봉 수박밭」 「사진리 대설」 등으로 유명한 문단의 중견 시인입니다. 『시평』이라는 시 전문 잡지도 펴내고 있습니다. 시와 더불어 사는 필자답게 『시 속에 꽃이 피었네』에서 필자는 시를 보는 섬세한 눈길을 낮고 겸손한 경어체로 풀어 말합니다.

혹자는 '앙상한 가지만으로 깊은 뿌리와 무성한 잎새까지 이야기해 줄 수 있어야' 시라고 합니다. 그러나 우리는 겨울의 앙상한 가지를 보며, 봄날이 되면 개나리 다음에 진달래, 진달래 다음에 라일락, 라일락 다음에 장미가 차례로 세상을 장식할 것이라고는 알지만, 그 가지에서 무성한 잎새와 뿌리를 느끼기는 좀처럼 쉽지 않습니다. 그래서 시인 고형렬이 들려주는 『시 속에 꽃이 피었네』를 따라 영혼의 고향을 찾아가는 길을 가봄직도 한 것입니다.

5월은 장미의 계절이기도 하지요. 필자는 유년 시절 아버지의 문예잡지에서 보았던 김광섭 시인의 「장미」를 읊어봅니다. 속초 바닷가 바람과 명태 덕장<sub>명태를 바람에 말려 상품화하는 곳</sub>에서 아버지가 자신에게 전해 주던 애정이 그 시 속에 담겨 있습니다.

못다 피고 질까봐
너의 고향에서
네 바람을 보내어
지루한 장마를 밀어내고
너를 피우니

갑자기 천지가 변하면서
물거품에서
비너스가 나던 날이 돌아왔다
오 사랑의 날이여

          – 김광섭, 「장미」

   문학 작품 감상에는 '자기 동일성'이란 것이 있습니다. 자신의
체험과 흡사한 어떤 것에 대해 더 감동의 진폭이 큰 공감대가 형
성된다는 것이지요. 그래서 문학 작품은 각각의 감상자마다 다양
한 모습으로 비칩니다. 이 작품에서도 필자의 소년 시절 그 시를
접했을 때의 감흥이 필자의 유년 체험과 더불어 더욱 깊이 있는
시 읽기를 가능하게 하고 있습니다. 찬찬히 들여다보면 우리들에
게도 같은 체험이 있었음을 느낄 수도 있습니다. 아버지에 대한
추억과 고향의 바람은 누구나 감상에 젖을 수 있게 하지요. 필자
는 그런 감상성에 대해 이렇게 떳떳한 옹호를 합니다.

   "장미가 피고 나면 장마가 오지요. 저는 장미들이 장마에 시달
리는 것을 알고 그 꽃길을 걸어간 적이 있습니다. 사람들은 감상
적이라고 하겠지만 모든 문학은 어린 마음속에 싹트는 것이며 감
상에서 시작된다는 것을 믿습니다. 저는 지금도 그 감상성이 죽어
버릴까 걱정입니다. 감상은 낡고 굳어진 것들에게는 없는, 생명
같은 것이지요."

   낡고 굳어진 것들을 경계해야 하는 것이 어찌 시의 경우만이겠
습니까? 영혼의 고향이라는 '에로스사랑'도 마찬가지일 것입니다.

필자는 유치환 시인의 「행복」을 소개합니다.

> 사랑하는 것은
> 사랑를 받느니보다 행복하나니라
> 오늘도 나는
> 에메랄드빛 하늘이 환히 내다뵈는
> 우체국 창문 앞에 와서 너에게 편지를 쓴다
>
> — 유치환, 「행복」

　그리고 "사랑하는 것은 사랑을 받는 것보다 행복하나니라."는 말은 사랑할 수 없는 사람을 사랑한 사람의 말이라고 덧붙입니다. 그리고 묻습니다. 누군가를 몰래 사랑한다는 것이 지금 시대에도 가능한 것이냐고. 그리고 이내 '가능하다'고 말합니다. 방법이야 좀 변하겠지만 본질은 변하지 않는 것이 사랑이라고 생각하는 것입니다. 이런 슬픈 사랑이 있어서 우리는 몸이 아픈가 봅니다.

　김수영의 「먼 곳에서부터」를 소개하면서 "가까운 곳이 아니라 먼 곳으로 아픔이 확장될 때 비로소 꽃은 모든 곳에서 필 것"이라고 말합니다

> 먼 곳에서부터
> 먼 곳으로
> 다시 몸이 아프다
>
> 조용한 봄에서부터
> 조용한 봄으로

다시 내 몸이 아프다

여자에게서부터
여자에게로

능금꽃으로부터
능금꽃으로……

나도 모르는 사이에
내 몸이 아프다

– 김수영, 「먼 곳에서부터」

봄날, 나도 모르는 사이에 몸살을 앓는 사람이라면 어느 정도 이해할 것입니다. 남자들의 아픔은 남자를 사랑하게 하는 여자 때문이라는 것을, 그래서 남자들은 몸이 아프면 여자를 생각하게 되는 것 같다는 필자의 덧붙임이 아니라도 우리는 어느 봄날 능금꽃으로 몸이 아플 수도 있습니다.

『시 속에 꽃이 피었네』는 큰 표제를 情정, 悲비, 衆중, 生생, 思사의 다섯으로 잡고 있습니다. 그리고 각각의 장에서 소개하는 작품에는 그 시인의 삶을 어느 정도 알 수 있도록 시와 관련하여 언급해 놓았습니다. 悲라는 표제에 실린 시인들은 그래서 가난하고 한스러운 처지의 시인들이거나 젊은 시절에 요절한 시인들의 작품이 많이 실려 있습니다. 서른 살에 작고하여, 망우리에 그를 묻을

때 친구들이 조니 워커와 카멜담배도 함께 묻어 주었다는 박인환, 『입 속의 검은 잎』이란 유고 시집의 시인이며 역시 서른 무렵 파고다 극장에서 새벽에 죽은 기형도, 사상 불온 혐의로 일본 유학 중 체포되어 혈장대용 식염수 주사를 맞고 서른도 안 되는 생을 마감한 윤동주, 마흔세 살 독신녀로 지리산 뱀사골에서 실족사한 고정희, 나환자<sub>문둥병</sub> 시인 한하운 등의 작품은 작품보다 먼저 그 삶이 아픔으로 다가오기도 합니다.

한편, 시대를 뚫고 온몸으로 외치는 시인의 목소리도 있습니다.

우리 모두 화살이 되어
온몸으로 가자
허공을 뚫고
온몸으로 가자
가서는 돌아오지 말자

– 고은, 「화살」

80년대, '스스로를 소신공양한 시인'이라고 불리던 김남주 시인의 「노래」.

이 두메는 날라와 더불어
꽃이 되자 하네 꽃이
피어 눈물로 고여 발등에서 갈라지는
녹두꽃이 되자 하네

– 김남주, 「노래」

광복 직후 좌우 이념대립이 날카롭던 시절 시대 정신의 한복판에서 살았다는 시인 임화의 「깃발을 내리자」.

> 욕된 하늘에
> 무슨 깃발이
> 날리고 있느냐
>
> 동포여!
> 일제히
> 깃발을 내리자
>
> — 임화, 「깃발을 내리자」

교단에서 쫓겨나 10년. 다시 교단에 서게 된 전교조 교사를 사실 그대로 묘사해 더 큰 울림을 전해 주었던 배창환 시인의 「다시, 처음으로」.

> 선생님, 복직 정말 축하드려요.
> 그동안 고생 많으셨지요. 이제 대학 졸업하고 사회 초년생인 저희도, 선생님 복직 소식에 다시 학교로 가서, 교단에 서 계신 모습 뵙고 싶어요……
>
> — 배창환, 「다시, 처음으로」

이런 흔들림 없는 외침이 시대의 아픔과 함께 필자에게는 가슴에 담아놓은 작품으로 남아 있습니다.

아마도 이 책의 제목인 '시 속에 꽃이 피었네'는 '우리 모두 저만치 피어 있다. ─김소월<sub>본문 187쪽</sub>' 에서 추측할 수 있을 듯합니다. 두 살 때 아버지가 불의의 사고로 정신 이상이 되었던 김소월. 숙모가 들려주던 비극적 설화를 「접동새」로 읊으려고 부단히 노력을 기울였던 그를 '개성적이며 고독한 한 사나이가 저만치 혼자 피어 있었다.'고 필자는 표현합니다. 아마 소월의 「산유화」를 떠올렸을 것입니다. 그리고 필자는 '존재'를 생각했을 것이고, 그리곤 모든 시들도 꽃이라고 깨달았을 것입니다.

　모든 존재는 그렇게 저만치 혼자 있습니다. 그것도 활짝 핀 채로 말입니다. …… 지금도 그들은 가만히 한 자리에서 지나가는 사람을 눈여겨봅니다. 그러다가 마음으로 사람을 부르고는 또 가만히 제자리에 돌아가 머뭅니다. 본래는 이동하지 않습니다. 그러나 인연이 닿으면서 그 존재들은 상처를 입고 부서지게 되었습니다. 저는 그런 상처 입은 존재들이 바로 '꽃'이라고 생각했습니다. 지금도 그 꽃들은 저만치 혼자 수없이 피어 있을 겁니다. 혼자서 말이죠. 우리는 저만치 혼자 피어 있는 꽃이었습니다. 알고 보니 그 모든 시편들도 저만치 혼자 피어 있는 꽃들이었습니다.

　이 책을 읽는 동안 시도, 우리도 저만치 혼자 피어 있는 꽃입니다.

# 한 봉지 가득한 그리움

## 『그 작고 하찮은 것들에 대한 애착』

안도현 엮음 | 1999 | 나무생각

시를 읽어도 세월은 가고, 시를 읽지 않아도 세월은 간다. 그러나 시를 읽으면서 세월을 보낸 사람에 비해 시를 읽지 않고 세월을 보낸 사람은 불행하다. …… 시를 읽지 않은 사람의 경험은 얕아서 찰방거리고 추억은 남루할 테니까 말이다.

엮은이인 안도현 시인은 이 책의 서문 「시를 읽는 즐거움」을 이렇게 시작하고 있습니다. 그래, 시를 읽어도, 읽지 않아도 세월은 갑니다. 이 구절이 가슴을 먹먹하게 만듭니다. 어느새 내 추억도 점점 남루해지고 있는 탓일까?

『그 작고 하찮은 것들에 대한 애착』은 '열 몇 살 무렵, 문학에 눈뜨기 시작할 때 좋아하던 시'에서부터 '스물 몇 살 무렵, 문학

청년 시절에 좋아하던 시' '내가 사랑하는 아름다운 시' '내가 사랑하는 감동적인 시' '내가 사랑하는 젊은 시인들의 시'로 전체 구성을 하고 있습니다. 순전히 안도현 시인의 개인적 취향에 따라 선정하고 배열한 시들의 모음입니다. 그가 밝혔듯 '내 마음속의 명시'인 것입니다. 그러나 개인적 취향이라고 했지만, 그의 시 읽기에 대한 신뢰를 내세우지 않더라도, 여기 실린 시들은 한결같이 '좋은 시'입니다. 더구나 작품마다 붙인 간단한 감상 메모 속에는 시를 이해하는 핵심 외에도, 안도현 시인 개인의 '시와 함께 한 삶'을 느낄 수 있는 쏠쏠한 재미가 있습니다. 가령 이성복 시인의 「세월에 대하여」를 소개하는 다음 글을 봅시다.

까까머리 고등학생 시절, 우리는 선배들을 따라 대구 YMCA 건너편에 있는 양지다방에 겁도 없이 들락거렸다. 1979년 가을 쯤이었던가, 대구에 장정일이라는 희귀종이 출현하기 이전이었을 것이다. 장정일이 첫 시집 『햄버거에 대한 명상』 서문에 '나의 스승'이라고 밝힌 박기영이라는 또 다른 희귀종이 어느 날 우리에게 근엄하게 지시하였다. 중앙로 대구서적에 빨리 뛰어가서 계간지 한 권을 사오라고. 우리는 영문도 모른 채 주머니를 털어 그가 시킨대로 『세계의 문학』을 사다 주었다. 그러나 그 책값에 대해서는 오늘날까지 일언반구도 없다. 다만 우리는 그 날, 이성복이라는 예사롭지 않은 젊은 시인의 출현 소식을 박기영으로부터 전해 들으면서 이성복의 시에 정신없이 빠져들기 시작했던 것이다.

청소년 시절 문학에 대한 열정이 느껴집니다. 또 약간의 치기가 미소를 짓게 만들기도 하고, 그들의 시 정신에 부러움도 느낄 수 있습니다. 고등학생 시절에 이미 그런 정도의 열의와 안목을 가질 수 있다는 것이 어디 쉬운 일인가. 그들의 행동 면면을 상상하면 이미 그들의 시 읽기가 만만치 않은 수준이었음을 짐작하게 합니다. 엮은이의 그런 청소년 시절 무렵부터 좋아하던 시들에서 출발하여, 그가 지나온 시의 오솔길로 함께 들어가 봅시다.

## 즐거운 편지

황동규

내 그대를 생각함은 항상 그대가 앉아 있는 배경에서 해가 지고 바람이 부는 일처럼 사소한 일일 것이나 언젠가 그대가 한없이 괴로움 속을 헤매일 때에 오랫동안 전해오던 그 사소함으로 그대를 불러 보리라.
진실로 진실로 내가 그대를 사랑하는 까닭은 내 나의 사랑을 한없이 잇닿은 그 기다림으로 바꾸어 버린 데 있었다. 밤이 들면서 골짜기엔 눈이 퍼붓기 시작했다. 내 사랑도 어디쯤에서 반드시 그칠 것을 믿는다. 다만 그때 내 기다림의 자세를 생각하는 것뿐이다. 그 동안에 눈이 그치고 꽃이 피어나고 낙엽이 떨어지고 또 눈이 퍼붓고 할 것을 믿는다.

박신양과 최진실이 주연한 영화 〈편지〉가 아니었다면, 이 시를 내 마음 더 깊은 곳에 숨겨둘 수 있었을 텐데!

- 본문「열 몇 살 무렵,

188

엮은이가 이 시를 좋아하던 때가 열 몇 살 무렵이라면, 시인이 이 작품을 썼던 때도 고3 무렵이었다는 점도 흥미롭습니다. 그리고서 대학 1학년 때, 이 작품으로 황동규 시인은 문단에 등단하게 됩니다. 사랑을 사소함으로 불러볼 줄 알고, 사랑을 기다림으로 바꿀 줄 아는, 그래서 사랑도 어디쯤에선 반드시 그칠 것을 믿는 한 청년을 곰곰이 떠올려 보라. 그것만으로도 성큼 이 시의 묘미에 다가설 수 있을 것입니다. 다음엔 겨울 여행도 한번 떠나 봅시다.

### 사평역沙平驛에서

곽재구

막차는 좀처럼 오지 않았다
대합실待合室 밖에는 밤새 송이눈이 쌓이고
흰 보라 수수꽃 눈시린 유리창마다
톱밥난로가 지펴지고 있었다.
그믐처럼 몇은 졸고
몇은 감기에 쿨럭이고
그리웠던 순간들을 생각하며 나는
한 줌의 톱밥을 불빛 속에 던져 주었다
내면內面 깊숙이 할 말들은 가득해도
청색青色의 손바닥을 불빛 속에 적셔두고
모두들 아무 말도 하지 않았다

산다는 것이 때론
한 두릅의 굴비 한 광주리의 사과를
만지작거리며 귀향歸鄕하는 기분으로
침묵해야 한다는 것을
모두들 알고 있었다
오래 앓은 기침소리와
쓴 약 같은 입술담배 연기 속에서
싸륵싸륵 눈꽃은 쌓이고
그래 지금은 모두들
눈꽃의 화음和音에 귀를 적신다
자정子正 넘으면
낯설음도 뼈아픔도 다 설원雪原인데
단풍잎 같은 몇 잎의 차창을 달고
밤 열차는 또 어디로 흘러가는지
그리웠던 순간들을 호명呼名하며 나는
한 줌 톱밥의 불꽃을 불빛 속에 던져 주었다.

실제로 우리나라 어디에도 사평역은 없다. 그러나 시를 읽고 나
면 누구나 사평역에서 기차를 기다려 본 듯한 착각에 빠진다.
시인이 설정해 놓은 풍경이 그만큼 우리들의 보편적 정서를 정
확하게 두드리고 있기 때문이다. '싸륵싸륵 눈꽃은 쌓이고' 라
든가 '단풍잎 같은 몇 잎의 차창' 이라는 사소한 표현도 시에 생
기를 더하는 데 크게 일조하고 있다.
　　　　－ 본문「스물 몇 살 무렵, 문학청년 시절에 좋아하던 시」
　　　　　　　　　　　　　　　　　　　　　　　　중에서

190

이 시는 1981년 중앙일보 신춘문예에 당선된 작품입니다. 그때엔 나도 각 일간지의 새해를 장식하는 신춘문예 당선작을 열심히 스크랩하던 시절이었습니다. 새해 아침을 돌아다니며 한 아름 신문들을 구입해 와서는 오전 내내 그 작품들과 심사평을 읽곤 했습니다. 그런데 그때 읽었던 「사평역에서」를 지금도 읽고 있습니다. 아직도 작은 간이역인 사평역 대합실에 가서 자정 무렵 막차를 기다리고 싶은 것입니다. 서정성이니 사회성이니 하는 추상적인 용어를 떠올리기보다는 작가가 꾸며 놓은 서정적인 풍경을 먼저 느껴보는 것은 어떨까요. 눈 내리는 간이역으로 기차를 타고 문득 떠나고 싶은 충동이 들면 어떻습니까. 그런 다음에 겨울날 막차를 기다리는 시골 간이역을 배경으로, 상실의 슬픔과 사회적 삶의 올바른 정립을 꿈꾸고 있는 시적 상황도 그려봅시다. 그럴 경우 '겨울'은 개인과 개인, 개인과 사회의 단절과 갈등 상황이라고 보아도 좋을 것입니다.

**죽편**竹篇 · 1
– 여행

서정춘

여기서부터, ─멀다
칸칸마다 밤이 깊은
푸른 기차를 타고
대꽃이 피는 마을까지
백년이 걸린다

문단에 나온 지 30년 만에, 그것도 겨우 35편의 짧은 시들을 모아서 시집을 상재한 시인이 서정춘이다. …… 시인의 정갈하면서도 곰삭은 언어들은 허섭스레기 같은 사유의 개입을 일절 허용하지 않는다. …… 이 단단한 시 한 편만 봐도 그 면모는 여실히 드러난다. 달리는 밤기차의 유리창과 대나무의 푸른 마디를 떠올리는 일은 어렵지 않을 것이다. 그 대비는 '백년이 걸린다'는 끝줄에 이르러 무한정 큰 울림을 얻는다. 삶의 간고한 역정을 인내하지 못한다면 다다를 수 없는 경지 아닌가.

– 본문 「내가 사랑하는 아름다운 시」 중에서

대나무는 백년에 한 번 꽃을 피운다고 합니다. 봉황새는 좁쌀을 먹지 않는다고 합니다. 대나무 씨앗만 먹는다고 합니다. 그렇다면 여러분. "대꽃이 피는 마을까지/백년이 걸린다"는 것이 조금 마음에 다가오시는지.

한때, 사람을 사랑하는 것은 시보다 오히려 더 진솔한 '시 쓰기'라고 믿었던 때가 있었습니다. 그 시절 누가 내게 물었습니다. 좋은 시 많이 쓰고 있느냐고. 아마 물비늘 일렁이는 호수에서 낚싯대를 드리우고 나란히 앉았을 때였을 것입니다. 그때 나는 좋은 작품을 쓰고 있다고 속으로 대답했습니다. 물끄러미 낚싯대를 바라보면서, 기다림을 익히면서. 왜냐하면 나는 누군가를 사랑하고 있었으므로. 그렇게 사람을 마음속에 새기는 행위가 시를 쓰는 행위와 같다면, 우리가 좋아하는 시 한 편을 가슴에 담아 두는 일 역시 사랑하는 사람을 가슴에 품고 있는 것과 같을 수도 있습니다. 문득문득 보고 싶어지는, 그런 사랑을 이 책 속에서 만나기 바랍니다.

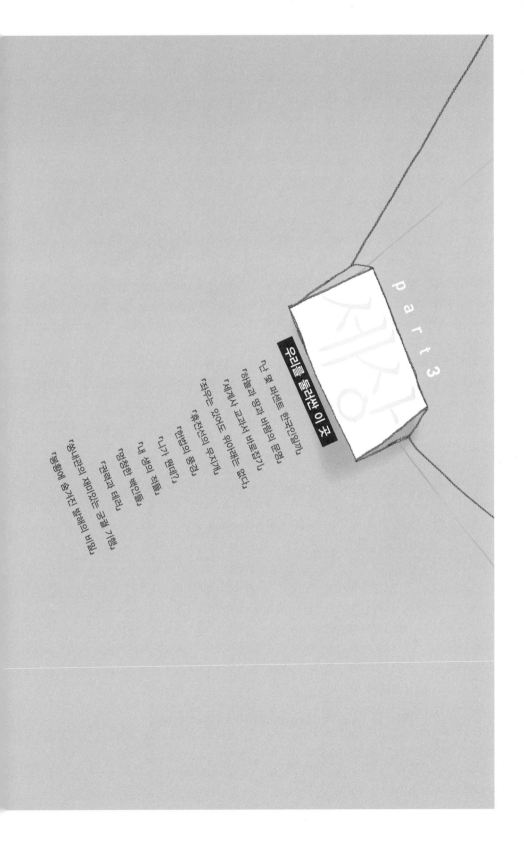

# 서양인이 되고 싶은 우리

## 『난 몇 퍼센트 한국인일까』

강정인, 이나정, 김현아 외 지음 | 2004 | 책세상

'난 몇 퍼센트 한국인'이냐니? 이게 도대체 무슨 소리인가? 우리가 한국인이 아닌 혼혈인이라도 된다는 말인가? 우리는 순수한 단일 민족이라고 들었는데……. 처음 책 제목이 주는 느낌은 황당함입니다. 그러나 이 책은 혈통 문제가 아니라 현재를 살아가고 있는 우리들의 사고방식, 문화 취향에 대한 성찰입니다.

우리 문화의 서구화 추종이 우리네 사고의 서구화를 가져왔고 그것은 서구에 대한 맹목적인 우월성을 심어주어서 결국 우리 문화가 열등감에 빠지는 부정적인 풍토를 만들었다는 것입니다. 과연 우리는 그런 생각을 하면서 살아가고 있는 것일까? 혹시 우리는 그런 인식이 전혀 없이, 그것이 우리 사회에 궁극적으로 어떤 폐해를 주는지조차 알 필요도 없다는 듯 살아가고 있는 것은 아닐까요?

『난 몇 퍼센트 한국인일까』는 서강대학교 정치외교학과의 강정인 교수가 학생들과 함께 한 수업 내용을 정리해 학생들의 글과 함께 모아 펴낸 책입니다. 그가 했던 강의 제목은 '문화와 정치: 서구중심주의를 중심으로'였습니다. 그는 서구중심주의라는 주제를 학생들과 함께 다루며 고민하는 과정에서 그동안 느끼지 못했던 우리 안의 서구중심주의를 인식하게 되었다고 합니다. 그러다 보니 과연 우리가 몇 퍼센트 한국인인가라는 의문을 갖게 되었다고 합니다.

이 책에서 주로 다루고 있는 '서구중심주의'란 서구 문명이 신봉하는 세계관, 가치 및 제도를 보편적이고 우월한 것으로 받아들이는 태도를 말합니다. 바꿔 말하면 서구 문명의 결과물들이야말로 가장 우월하고 모범이 되는 것이어서 우리가 뒤따르고 받아들여야 하는 이상적인 것으로 생각하는 경향이라고 볼 수 있습니다. 이런 태도는 넓게 보아 '중심주의'라는 테두리 안에서 살펴볼 수 있는 한 성향이기도 합니다.

'중심주의'는 세계를 '중심'과 '주변'으로 나누어 중심이 주변 위에 군림하는 위계질서를 강요합니다. 역사적으로 살펴 볼 때 이것이 인간 세계에 적용되면 인간에 의한 인간의 여러 가지 억압 유형으로 나타납니다. 가령, 중국을 세계의 중심으로 보고 떠받드는 사고가 곧 중화주의요, 가정에서 남성중심주의가 바로 가부장제인 것입니다. 마찬가지로 전 인류 중에서 백인을 가장 우월한 중심으로 보는 것이 인종주의이며 게르만 민족의 유태인 학살도 역시 자기 민족을 우수한 것으로 설정해 놓고 다른 민족은 열등하니까 제거해도 된다는 잘못된 중심주의에서 비롯된 것입니다. 이렇게 중심주의 중 한 갈래가 '서구중심주의'라고 말할 수 있는데, 그러다보니 서구는 발전된 것, 좋은 것, 바람직한 것이고 서구가 아닌 것은 발전이 덜 되고, 나쁘고, 바람직하지 않은 것쯤으로 생각해 버리는 사고가 은연 중 배어 버리게 된 것입니다.

그러면 우리 안에 깃들어 있는 서구중심주의이면서도 불구하고 정작 그런 것인지조차 잘 느끼지 못하는 것들은 과연 어떤 것들이 있을까? 『난 몇 퍼센트 한국인일까』에서는 그런 사례와 폐해 그리고 극복 대안을 나름대로 제시하고 있습니다.

서구 문명의 영향력은 우리에게 아름다움을 판단하는 기준, 중요함과 하찮음을 나누는 기준 등에 이르기까지 거의 모든 방면에 걸쳐 강한 영향력을 행사하고 있습니다. 우리는 서구적인 것은 보편적이고 정상적인 것으로 받아들이는 반면 한국적인 것은 특수하고 부분적인 것으로 받아들이는 현실에 살고 있습니다. 자연스러운 동양적 얼굴은 그저 '개성' 있는 얼굴일 뿐이고, 우리의 미팅 자리든 미스 유니버스 대회든 미적 기준은 서구중심적 미입니다. 짧은 한국인의 다리를 더 길어보이게 하는, 이른바 골반 바지가 한때 청바지 시장을 석권한 적도 있습니다. 서양인의 체형을 닮아야 미인인 것입니다. 우리나라 프로야구의 챔피언 결정전은 '한국 시리즈'이고 미국 프로야구 챔피언 결정전은 '월드 시리즈'입니다.

서구중심적 세계관에 완전히 빠지기 전에 1914~1918년 유럽 열강들끼리의 전쟁을 '구주대전'이라 부르기

도 했습니다. 그러나 광복과 분단 이후 서구중심적 세계관에 깊이 물든 우리는 서구인들이 부르듯이 그것을 '1차 세계대전'이라 부릅니다. 보스니아 내전, 소말리아 내전과 같이 분명 '내전'임에도 불구하고 미국의 남부와 북부 전쟁은 '미국 내전'이 아닌 '남북전쟁'이라 부르고 있습니다. 분명 '세계사'라고 부르면서도 공부하는 대부분은 유럽중심의 '유럽사' 위주일 뿐입니다. 우리 역사와 훨씬 오랜 세월 관계를 맺어온 중국, 일본 등의 역사는 세계사 속에서 구색 맞추기로 전락했습니다.

미적 가치나 역사만이 아닙니다. 인종적 편견, 예술, 학문도 우리는 서구중심입니다. 대학에서 서양 철학은 그냥 보편 명사인 '철학'입니다. 그러나 전통 철학은 '한국' 혹은 '동양' 철학이라는 특수명사입니다. '미술사' 하면 대개 서양 미술사이고 우리 미술사는 '한국'을 붙여 '한국미술사'라고 부릅니다. 서양 음악이나 서양 의학은 '음악'이나 '의학'으로 보통명사로 불립니다. 반면 한국 음악이나 한국 의학은 '국악'이나 '한의학'으로 보편적인 것이 아닌 특수한 것에 해당합니다. 아이들 장난감 인형은 모두 서양인의 얼굴이고 한국인 얼굴 인형은 외국인들을 위한 토산품 가게에나 있습니다. 언어는 어떤가? 캡틴의 준말인 '캡'은 청소년들 사이에서 아주 좋은 것, 최고의 의미로 쓰지만 '왕'이라는 단어는 '왕따' '왕재수'처럼 부정적 의미로 더 많이 쓰고 있습니다.

선과 악을 나누는 가치 판단에도 서구중심주의가 영향을 미칩니다. 게다가 요즘엔 서구중심이라는 것도 유럽중심의 문명화, 근

201

대화를 지나서 지구화를 강조하는 시대로 접어들었습니다. 그런데 이 '지구화'는 단순히 미국 주도의 획일적이고 일방적인 서구화의 또 다른 이름이라는 주장도 이 책에서 놓치지 않아야 할 부분입니다.

학생들에게 인기인 컴퓨터 전략 시뮬레이션 게임 '스타크래프트'는 미래의 우주 전쟁을 배경으로 하고 있습니다. 지구인들로 구성된 테란 족과 외계인인 프로토스 족과 저그 족. 그러나 지구인인 테란 족에는 동양인이 없고 백인, 흑인 등으로 구성된 미국인뿐입니다. 미국인만이 오직 우주 전쟁을 수행할 수 있는 가장 위대한 지구인인 것입니다. 이것은 미국 영화들 중 반전을 다룬 영화들도 마찬가지입니다. 〈지옥의 묵시록〉 〈플래툰〉 〈디어 헌터〉 등 미국에서 만든 대부분의 반전 영화는 전쟁을 반대하고는 있지만 전쟁의 목적이 정당한가는 따지지 않습니다.

그 전쟁을 수행하는 병사들에게 엄청난 피해를 주기 때문에 전쟁을 해서는 안 된다는 식입니다. 전쟁을 수행하는 병사는 미국 병사만이 아닙니다. 상대편 병사들도 동등하게 전쟁의 피해자일 수 있습니다. 그러나 그런 영화에서 상대 병사는 가해자이거나 비겁한 도망자일 뿐입니다. 미국의 반전 영화는 전쟁이 초래한 상대방의 피해는 전혀 고려하지 않은 채 자신들의 피해에만 초점을 맞춘 집단 이기주의 차원에 머무르고 있습니다. 바꿔 말하면 그런 논리는 전쟁의 목적이 정당한가 그렇지 못한가보다는 자신들의 인명 피해를 최소화하고 전쟁 비용이 자국민들의 조세 부담으로 전가되지만 않는다면 전쟁을 수행해도 좋다는 메시지를 방

202

치하는 것이나 다름없습니다.

물론 서구중심주의에는 긍정적인 부분도 있습니다. 개발도상국에서 선진국으로 진입하는 우리에게 그것은 가난을 극복하고 우리 문화를 더욱 빛내는 가장 빠른 진입 수단이기도 할 것입니다. 그러나 우려되는 것은, 맹목적인 서구중심주의가 가져오는 문제점입니다. 자칫 서구 것에 대한 선망이 자기 비하나 자기모멸에 빠지는 근원이 될 수도 있습니다. 그래서 저자는 우리가 서구중심주의를 극복하기 위해 가장 먼저 우리들 자신이 서구중심적인 사회에 살고 있다는 것을 인식해야 한다고 말합니다. 그래야 우리가 우리 사회를 성찰할 수 있고 따라서 우리 사회의 발전을 가져올 수 있다고 주장합니다. 그리고 우리들 자신에 들어 있는 동양적인 것을 폄하하는 의식을 청산하고, 반대로 서구적인 것에 대해 과민할 정도로 배타적인 의식도 극복하여 서로간의 차이를 존중하는 다문화주의적 대화, 호혜성, 평등성을 수행하는 것을 서구중심주의 극복 대안으로 제시하고 있습니다. 이 책이 우리들 사고의 균형을 유지하고 정체성도 간직해야겠다는 사고의 시작이었으면 합니다.

# ②

# 세계사 선생님과 함께 가는
# 세계 문명 체험

## 『하늘과 땅과 바람의 문명』

김지희 지음 | 2002 | 세종서적

곧 40대를 바라본다는2002년 기준이니까 아마 지금쯤 넘었을지도 모른다 김지
희 선생님은 세계사 선생님입니다. 20여 년 동안 인류 문명의 흔
적을 찾아 세계 30여 개 국을 답사하느라 결혼도 포기했다고 합
니다. 이른바 여행과의 지독한 연애입니다.

선생님의 세계 일주 여행은 어떻게 시작되었을까? 설렘과 감동
을 줄 수 있는 역사수업에 대한 고민이 그 출발점이었다고 합니
다. 여름과 겨울 방학을 이용하여 그렇게 떠난 선생님의 모습은
이렇습니다. 한쪽 어깨에는 비디오카메라, 다른 한쪽 어깨에는 사
진 카메라, 등에는 큰 배낭과 작은 배낭. 생각해 보라, 젊은 동방
의 한 여성이 중무장을 한 군인 같은 차림으로 세계를 누비는 모
습을. 그렇게 해서 얻은 비디오테이프와 슬라이드 사진들 그리고
직접 체험으로 겪은 세계인과 문명에 대한 감상은 고스란히 학생

들 몫으로 돌아갑니다.

『하늘과 땅과 바람의 문명』이 여느 기행 서적과 다른 점은 앞서 말한 여행 시작 동기나 목적처럼 책 속에 여정, 견문, 감상이라는 기행문의 요소 외에 세계사를 담고 있다는 것입니다. 저자는 세계 4대 문명인 이집트 문명, 메소포타미아 문명,레바논, 시리아, 이스라엘, 요르단, 이란 인더스 문명,파키스탄, 인도 황하 문명실크로드, 중국의 유물을 직접 찾아가 문명의 흔적을 복원해 줍니다.

뿐만 아니라 유럽의 그리스, 이탈리아, 중남미 대륙의 마야, 아스텍 문명멕시코 그리고 잉카 문명페루, 볼리비아 등 세계의 문명 탐사를 주요 여행 주제로 다룹니다. 한 마디로 책 자체가 인류 문명 안내서이자 세계사인 셈입니다. 그래서 우리가 저자의 안내에 따라 책을 읽어가다 보면 각각의 여행지에서 만나게 되는 유적들과 삶의 모습에서 세계사적인 문화의 충돌과 흐름을 함께 읽을 수 있게 됩니다.

1001일간의 세계 문명 체험 1에 해당하는 「동양편」에는 페르시아 문화의 흔적이 이슬람 문화와 함께 공존하는 이란, 인더스 문명과 간다라 미술 그리고 이슬람 문화가 융합을 이룬 문화의 보고 파키스탄, 중국 서안에서 출발하여 서양의 로마로 이어지는 머나먼 실크로드 그리고 우리와 친숙한 중국을 돌아본 발자취가 담겨 있습니다.

저자의 이란에 대한 여행 체험은 무척 호의적입니다. '딱딱한 껍질 속의 찬란한 열매'라는 부제를 이란 편에 붙여놓았듯이 이란은 겉으로 볼 때는 머리에 의무적으로 쓰는 스카프인 루싸리처

205

럼 답답한 곳입니다. 여자들의 노출이 금지되어 있고 심지어 해변에서도 남녀가 서로 칸을 막아놓고 따로따로 해수욕을 즐깁니다. 그러나 저자는 그 껍질 안에는 맛좋고 즙이 풍부한 과일이 숨어 있다고 합니다. 그 과일이란 바로 이란의 문화와 사람들의 인간다움입니다.

새와 정원을 좋아하는 사람들, 그래서 자동차 경적도 새소리로 하는 사람들, 장미의 원산지인 곳. 그곳에서 저자는 여러 나라를 여행한 중에서도 가장 인간적인 감동을 받았다고 말합니다.

먼 곳에서 온 여행자를 따뜻하게 도와주고 스스럼없이 자기 집에서 재워주기도 했습니다. 복잡하고 숨 가쁘게 지내는 우리들에게는 설령 그들의 삶이 느리고 답답해 보일지라도 우리가 잊고 살던 진정한 인간다운 모습이 남아 있는 곳이었다고 말합니다.

페르시아의 수도 슈스와 메소포타미아 문명의 하이라이트인 지구라트를 보기 위해 서부 이란에 속하는 하마단에서 아흐바즈로 가는 길. 이란에서는 장거리 버스 운전기사가 얼음 넣은 물통을 준비하는 것은 상식입니다. 조수는 적절한 시간마다 물을 손님들에게 나누어줍니다. 그러지 않으면 버스 여행은 한 마디로 자살행위나 다를 바 없다고 합니다.

섭씨 50도의 날씨, 에어컨도 나오지 않는 버스 안, 창문을 열면 들어오는 바깥 공기는 헤어드라이어에서 나오는 뜨거운 바람과 같습니다. 이런 기후 조건에서 어떻게 그토록 엄청난 제국을 세웠는지 신비스럽습니다. 여행자가 거의 정신이 몽롱해질 때쯤이면 조수가 일어나 찬물을 한 잔씩 돌린다고 합니다.

206

저자가 그런 버스 여행 중에 옆자리에 앉아 함께 가던 소녀가 있었습니다. 도착지에 이르러 파김치가 된 저자를 안쓰럽게 생각했던지 소녀는 자기 집에 데려가 쉴 수 있게 배려해 주었습니다. 오후 1시. 골목에는 다니는 사람 하나 없고 물이 뚝뚝 떨어지는 빨래가 30분 안에 다 마르는 날씨. 오후 5시까지는 아무것도 할 수 없는 상황인데도 소녀의 어머니는 손님을 위해 생선을 굽고 밥을 해서 맛있는 점심을 먹입니다. 게다가 아이들은 손님을 위해 전통 춤을 선보이고 주변 사촌들이 인사를 옵니다. 떠나올 때 소녀의 어머니가 싸주던 얼음물과 과일 등등 정말 이란은 사람답게 사는 사람들이 사는 곳이라고 말합니다.

'잊혀지지 않는 문명의 기억' 파키스탄 편에서 저자는 말합니다.

"인도에는 인더스 문명이 없다. 인더스 문명의 본거지는 파키스탄이다. 파키스탄은 인더스 문명의 유적과 중국, 우리나라, 일본에 영향을 끼친 간다라Gandhara 미술의 본고장임을 알게 해주는 불교유적, 무굴 제국의 화려한 이슬람 문화, 히말라야의 영봉들, 세계적인 장수마을로 손꼽히는 훈자Hunza 마을 사람들을 만날 수 있는 아주 흥미로운 곳이다."

그러면서 자신이 느낀 파키스탄 사람들을 "비록 물질적으로 가난하지만 정신적으로 부자인 사람들, 뭐든지 신의 뜻으로 돌리는 탓에 발전 속도는 느려도 전통 문화에 대한 자부심이 강한 사람들, 이방인에게 친절을 베풀 줄 알고 아직 문명의 때가 덜 묻은 순수한 사람들"로 표현합니다. 어디를 가나 사람의 모습이 가장 아름답고 사람이 살아가는 모습이 가장 관심 깊은 대상인 것 같습니다.

적어도 근대 이전까지 중국은 세계에서 최고 문명국가로서 서양 문화를 압도하는 선진국이었다고 합니다. 중국의 4대 발명품인 종이, 나침반, 화약, 인쇄술은 서양에 전해져 유럽의 근대 과학에 많은 영향을 끼쳤습니다. 이런 문화의 전파는 중국 서안西安에서 출발하여 서양의 로마로 이어지는 머나먼 실크로드가 있어 가능했습니다. 이 길을 통해 동서양의 문물교류가 이루어졌고 중국의 문화가 서양으로 전파된 것처럼 이 길을 통해 중국으로 불교가 전해졌습니다. 가도 가도 끝없는 황량한 벌판과 모래사막인 실크로드 주요 도시에는 중국의 이국적 문화가 산재해 있다고 합니다.

실크로드는 '천산북로'와 '천산남로' '서역남로' 세 길로 나뉘는데 흔히 말하는 비단길은 천산 산맥 남쪽기슭을 지나가는 '천산남로'를 뜻하는 것이라고 합니다. 저자는 실크로드의 주요 도시 중 둔황, 투르판, 우루무치, 쿠차, 카슈가르, 호탄 등을 돌아본 모습을 담고 있습니다.

둔황으로 향하는 기차를 타고 만리장성 서쪽 끝인 가욕관을 지나면서 차창 밖을 바라보는 저자의 가슴은 뛰고 있습니다. 인간의 한계를 시험하는 파미르 고원을 누비며 당나라의 서역 정벌과 동서교류에 큰 업적을 남긴 고선지 장군. 고구려의 유민으로 당의 안서절도사까지 지낸 인물입니다. 그가 단순히 우리 민족의 한 사람이라서가 아니라 그의 업적이 제대로 평가되지 않고 남아 있지 않다는 점을 저자는 안타까워하고 있습니다.

실크로드는 지역상으로 중국한나라, 당나라 등과 중동페르시아, 이슬람제국 등 사이에 위치하며 일정한 독립성을 갖고 있었다고 합니다. 고선지 장군이 활약했던 파미르 고원 지대는 면적이 8천 4백 제곱킬로미터에 평균 해발고도가 무려 6천 1백 미터에 달한다고 합니다. 전문 등산가조차 고산병으로 쓰러진다는 이 고원에서 당나라 원정군 7만을 이끌고 군사 행동을 감행해 대부분의 전투에서 승리했다는 것은 불가사의한 일입니다. 그런데도 고선지 장군에 대한 연구는 미흡하고 역사적 평가도 초라하다고 합니다. 단지 그가 죽은 지 천 몇 백 년이 지난 후 영국의 탐험가 스타인Stein이란 사람이 그의 전적지를 답사했을 뿐입니다. 스타인은 고선지의 서역 정벌은 나폴레옹의 알프스 산맥 돌파보다 더 성공적이었다고 평가했습니다. 이 '당연한 찬사'를 모르는 우리가 부끄러울 뿐입니다.

여행 중에 그 지역 음식을 맛보는 것도 또한 빠뜨릴 수 없는 여행의 맛입니다. 실크로드의 명물 음식 중에 '락미엔'이란 것이 있습니다. 물이 좋지 않은 중국에서 끓여 먹는 차문화가 발달하여 그것이 서양으로 흘러갔듯이 락미엔도 한 사람의 모험가를 통해 서양으로 흘러가 전 세계인의 입맛을 사로잡고 있습니다. 이 음식은 위구루족이 즐겨 먹는 것으로 손으로 뽑은 수타면에 양고기, 피망, 양파 등 각종 야채를 넣고 볶은 것을 소스처럼 얹어서 비벼 먹는 것입니다. 우리 입맛에 잘 안 맞는 약간 누린내 나는 양고기만 빼고 먹으면 아주 훌륭한 스파게티 맛이라고 합니다. 13세기 원나라 때, 마르코 폴로『동방견문록』의 저자가 비단길을 통해 중국에 들

209

어와 17년간 머물게 되는데 이때 맛본 락미엔을 잊지 못해 이탈리아에 돌아가 만들어 먹게 된 것이 오늘날 스파게티의 유래입니다. 지금의 이탈리아 대표음식인 스파게티는 중국의 '락미엔'인 것입니다. 마치 우리나라의 야생화 '패랭이꽃'이 서양에 건너가 '카네이션'으로 개량된 것과 같습니다.

서역으로 이어지는 실크로드가 아니더라도 중국은 참으로 큰 나라입니다. 유럽 전체와 맞먹는 광대한 땅덩어리에 56개 민족, 12억이라는 인구가 살고 있습니다. 그래서 중국 문화는 다양한 문화가 함께 녹아 있는 거대한 용광로입니다. 중국이 가장 자랑하는 문화 특성이 바로 동화력입니다. 이런 거대한 중국 문화의 유명한 유적지는 한두 시간 안에 관람할 수 있는 곳은 거의 없다고 합니다. 한 장소를 대충 본다고 해도 반나절은 기본이고 꼼꼼히 보려면 하루가 걸리는 곳이 대부분이라고 합니다.

규모면에서 나타나는 그들의 대국적 기질은 진시황제의 무덤도 예외는 아닙니다. 사실 진시황은 중국을 최초로 통일하고 '황제'라는 칭호를 처음 사용한 인물입니다. 그만큼 그의 공적도 많습니다. 문자, 도량형, 화폐, 수레, 군현제도, 만리장성, 운하 등등. 그러나 분서갱유를 하여 풍성한 사상가들의 기반을 없애고 아방궁, 황릉을 비롯한 온갖 이기적인 토목공사와 불로장생에 집착했던 부정적인 측면이 우리에겐 더 많이 알려져 있습니다. 시황제의 무덤은 죄수 70만 명이 동원되었다고 합니다. 도굴 방지를 위해 자동으로 발사되는 활과 같은 방어 장비를 설치했다고 하는 진시황릉은 진나라를 멸망시킨 항우가 1백만 명을 동원해 1백 일간 파헤치다가 포기했다고 할 정도입니다. 그 이후 여러 황제들이 도굴을 하려다 실패했고 심지어 현재 중국 정부조차도 능을 더 발굴했다가는 나오는 유물을 보존하기 힘들 것 같아서 발굴을 포기했다고 할 정도이니 참으로 불가사의한 정도라고 볼 수 있습니다.

더구나 진시황릉에서 1.5킬로미터 떨어진 곳에 있는 '병마용갱'에는 진시황의 사후 세계를 지켜줄 병사로 만든 토기 인형이 토굴 안에 들어 있습니다. 현재 발굴된 1, 2, 3호 갱에는 7천여 개의 토용들이 군인들의 사열처럼 서 있는데 더욱 신기한 것은 그것들 모두가 각기 다른 얼굴과 옷차림, 머리 모양을 하고 있다는 점입니다. 이것은 아직도 발굴 중이라고 하니 그 엄청난 규모와 함께 진시황의 생에 대한 광기어린 집착을 알 수가 있습니다. 당시에는 살아생전에 무덤을 만들면 장수할 수 있다는 생각이 만연하던 때였고 진시황은 그가 13세의 어린 나이에 왕위에 오르면서부터 자신의 묘를 만들기 시작했기 때문입니다.

인류 문명의 발자취를 따라 세계사 속으로 여행하는 것이 어디 단순히 한 권 독서로 가능하겠습니까? 그렇지만 이런 여행을 따라가는 동안 우리는 보다 넓은 생각을 할 수 있으며 저자의 울림도 또한 듣게 됩니다. 저자는 말합니다.

"제자들이여, 쉼 없이 앞으로 나아가라. 다만 어설픈 단일 민족 신화에 매여 배타적인 태도로 우리보다 좀 못한 나라를 우습게 생각한다든지 무시하는 기성세대의 나쁜 습관은 상속받지 않길 바란다. 편견과 선입관 없이 다른 민족의 역사와 문화를 이해하자."

(3)

# 세계사를 인식하는 우리 시각
## 『세계사 교과서 바로잡기』

이옥순 외 지음 | 2007 | 삼인

'동해' 표기를 두고 일본과 우리나라의 갈등이 관심사가 되었던 적이 있습니다. 같은 바다를 두고 우리는 '동해'라 하고 그들은 '일본해'라 부르는 논쟁입니다. 우리 입장에서야 동해를 '동해'라고 부르는 것은 너무도 당연합니다. 그러나 문제는 국제적으로 어떻게 불리는가에 있습니다. 가령 한국과 일본이 아닌 다른 나라 세계사책에 '동해'를 일방적으로 '일본해'라고 표기했다고 칩시다. 우리는 어떤 반응일까요?

한국에서는 교과서와 거의 모든 지리·역사부도가 아랍 국가들과 이란 사이에 첨예한 대립이 벌어지는 지역을 '페르시아 만'으로 표시하고 있습니다. 그런데 전통적으로 아랍은 이곳을 '아라비아 만'이라고 불러왔습니다. 반면 이란은 '페르시아 만'을 고집해 왔습니다. '페르시아 만'은 서구 문헌에 정착된 명칭입니다.

212

결국 우리는 그런 서구 문헌을 근거로 '페르시아 만'이라고 교과서에 기록하고 있습니다. 그러나 지금은 이란에 이슬람 혁명이 일어나 반미-반서구 정권이 들어서면서 서구에서도 용어 사용이 변하기 시작했습니다.

국제 사회는 미국을 위시한 다국적군과 이라크 사이의 전쟁을 처음에는 '페르시아 만 전쟁'이라고 했다가 중립적인 용어인 '걸프전'으로 표현을 바꾸었습니다. 특히 아랍권이 '아라비아 만' 용어 사용을 강력하게 정치 쟁점으로 삼으면서 많은 나라들이 이 문제를 신중히 다루고 있는 형편입니다.

상황이 이러한데 우리는 분쟁 대상이 되는 지리·영토의 명칭을 쓰면서 한쪽 견해를 일방적으로 수용하여 쓰고 있습니다. 당연히 당사국들의 반발을 살 우려가 있습니다. 우리에 관한 왜곡된 표현에는 민감하지만 남의 나라 분쟁과 관련한 표현에는 신중하지 못해도 되는 것인가. 그러고도 우리는 국제 사회가 우리 주장을 들어주지 않는다고 불만만 할 것인가.

이런 예는 우리 교과서가 잘못 기술하고 있는 극히 일부분에 불과합니다. 교과서는 그동안 여러 차례 개정을 하면서 잘못을 바로잡고 새로운 내용도 보충하였습니다. 그러나 지속적인 노력에도 불구하고 아직 우리 교과서는 비교적 잘 알려지지 않았거나, 오랫동안 강대국들의 지배를 받아온 많은 지역의 문화와 역사에 관한 서술이 만족할 만한 수준이 아닙니다. 세계화, 다문화 시대에 문화의 공존이라는 측면에서도 우리 청소년들에게 최소한 편견과 편중 없는 공정한 시각과 기회를 제공하는 것은 중요합니다. 교과서는 그런 시각을 제공해야 하는 중요한 기능을 갖고 있습니다. 그러므로 공정한 서술은 너무도 당연한 것입니다. 우리는 다른 나라에게 잘못된 역사 인식과 서술을 바로잡아 달라고 당당하게 요구해야 합니다. 그러려면 우리도 우리 교과서 속의 다른 문화·역사 왜곡이나 오류도 과감하게 인정하고 정확하게 고쳐야 함은 두말할 나위가 없습니다.

『세계사 교과서 바로잡기』는 이런 취지에서 씌어진 책입니다. 여기 실린 글들은 기존 사관을 근본적으로 바꾸겠다는 의도까지 담고 있지는 않습니다. 다만 사실을 왜곡하거나 실제 상황을 적절하게 반영하지 못한 부분들, 해당 지역 문화나 역사에 대해 지나치게 부정적으로 기술한 부분, 외교 관계에 말썽을 불러일으킬 소지가 있는 용어나 해석, 설명이 부족하여 사실 파악이 어려운 부분들 수정하고 첨가하고 바람직한 대안을 제시하는 작업을 하려 했다고 합니다.

전체 체제는 중앙유라시아, 동남아시아, 인도, 이슬람, 아프리카, 라틴아메리카, 오세아니아 7개 지역에 대한 교과서 기술을 나누어 살펴보고 있습니다. 이런 지역 선정은 우리 교과서가 사실 왜곡이나 편중된 서술이 되었던 이유를 몇 가지 관점에서 나눈 기준입니다.

첫째는 교과서가 세계를 '선진화된 문명사회'와 그렇지 못한 '저개발사회'라는 이분법적 도식으로 나누었다는 관점입니다. 교과서 단원 구성에서부터 유럽 및 아메리카와 그 외 지역이 차별됩니다. 유럽 및 아메리카를 다룬 장의 제목은 '선진 지역 앵글로아

메리카' '일찍 산업화를 이룬 서부 및 북부 유럽' '관광 산업이 발달한 남부 유럽' 등입니다. 반면 그 외 지역은 '발전 가능성이 큰 오세아니아' '석유 자원이 풍부한 서남아시아와 북부 아프리카' '경제가 성장하는 동부 아시아' 같은 제목이 붙어 있습니다.

경제 수준을 중심으로 지역 구분을 하는 방식이 세계를 올바로 이해하고자 하는 공부에 어떤 도움이 될까요? 더구나 단순한 구분을 넘어 잘사는 지역의 역사 서술에 편중되어 있고 못사는 지역 서술은 매우 미흡하다면 그것이 과연 올바른 세계 인식이 될 수 있을까요? 경제란 호황과 불황, 발전과 퇴보가 서로 교차되는 것입니다. 경제라는 한 가지 기준으로 줄을 세우는 것은 인종 차별, 지역 차별을 가져오기 쉽습니다.

이런 차별은 아프리카를 가난과 질병과 오지의 나라로, 동남아시아의 민족과 문화를 낮추어 보는 태도를 낳았습니다. 또한 중앙 유라시아는 적어도 세계사 서술에서는 '잃어버린 역사' 요 비어 있는 공간입니다. 유목민과 유목 문화에 대하여는 중국적 사고에 물들어 중국 왕조사의 한 부분으로 기술될 뿐입니다. 유목과 유목 문화가 주는 소중한 교훈은 아예 찾을 길이 없습니다.

교과서뿐만 아니라 우리 사회의 어법에서 오세아니아는 '오스트레일리아 및 뉴질랜드'와 동의어로 사용됩니다. 교과서는 그 두 나라에 대한 설명은 상세히 합니다. 그러나 남태평양의 2만 5,000여 섬과 13개 독립 섬나라는 전혀 이야기하지 않습니다. 오세아니아는 남반구의 서태평양 지역만이 아니라 남태평양의 동서와 남북을 가로지르는 광대한 지역에 걸쳐 있습니다. 오세아니아는 폴리네시아<sub>많은 섬들</sub>와 미크로네시아<sub>작은 섬들</sub>, 멜라네시아<sub>검은 섬들</sub>를 아우르는 남태평양과 오스트레일리아와 뉴질랜드를 더한 지역 개념입니다.

왜곡과 편중을 낳은 이유의 또 하나 관점은 서구중심의 편견입니다. 우리나라 근대화는 일본이 그랬던 것처럼 서양에 동화되고 서양을 모방하는 과정, 곧 서구의 지식과 제도를 수입하는 작업이었습니다. 이는 주로 일본과 미국을 통해 이루어졌습니다. 이렇게 지식과 문물의 유통 경로가 한정되었다는 것은 서양의 정치적 필요에 의해 정의된 지식과 인식이 우리에게 그대로 수입될 수 있는 위험을 근원적으로 안고 있다는 것이기도 합니다. 학문적 통로가 극히 제한된 탓에 부득이 유럽중심적 서구 자료에 의존하게 되고, 그 결과 유럽중심 사관이 크게 작용한 것으로 보입니다.

이런 점은 이슬람권, 라틴아메리카, 인도, 오세아니아 등의 역사 기술에 광범위하게 나타납니다. 인도를 '신비한 미지의 나라'나 '전근대적이고 반문명적인 나라'로 인식하게 된 것은 200년 가량 인도를 통치한 영국이 자신들의 우수성을 내세우고 식민 통치를 정당화하려고 구상한 '열등한 인도 역사'를 비판 없이 차용했기 때문일 가능성이 큽니다. 더구나 우리 교과서에서 인도의 역사는 고대사중심입니다. 교과서 속의 인도 역사는 전근대만 있고 근현대는 거의 없습니다. 인도는 세계 최초로 민족운동을 전개하여 독립을 일군 나라입니다. 그러나 우리나라 교과서는 20세기 인도의 민족운동에 대해서는 단 한 쪽도 배정하지 않았습니다.

실크로드는 주로 동서 교역로 또는 문화 전파의 길로 이해되어

왔습니다. 그러나 이 경우 중심은 동쪽 끝<sub> </sub>과 서쪽 끝에 있고 실크로드는 한낱 통과 지점에 불과합니다. 단지 거쳐 간 곳이라는 생각이 지배적입니다. 모든 교과서가 동서 간에 무언가 오갔다는 말만 있고 그 길목이 되는 땅의 주인공 이야기는 없습니다. 그래서 중앙 유라시아는 비어 있습니다.

콜럼버스가 아메리카 대륙을 '발견'했다고 하나 그것은 서구중심적 기술입니다. 아메리카에 거주하며 독자적인 문명을 건설한 원주민들을 간과했기 때문입니다. 엄격한 의미에서 아메리카를 최초로 발견한 인류는 베링 해협을 건넌 몽골인입니다. '발견'이라는 말 속에는 이교도의 땅은 먼저 점유하는 자의 것이라는 제국주의 냄새가 풍깁니다. 마찬가지로 서구에 의해 침략을 받아 학살당하고 땅을 뺏기고 문화를 짓밟힌 전 세계의 원주민들의 역사는 마치 세계사가 아닌 것처럼 받아들여지고 있습니다.

우리는 제3세계라는 말은 익숙하지만 제4세계라는 말은 생소합니다. 전 세계에는 모두 70여 개국 3억 7,000만 명에 이르는 원주민이 살고 있습니다. 브라질, 중국, 인도네시아, 베네수엘라, 콩고 등지에 많습니다. 호주의 에버리진은 25만 명, 뉴질랜드의 마오리족은 35만 명입니다. 지구상 언어 6,000여 개 중에 4,000여 개가 원주민이 사용하는 언어입니다. 이들은 전 세계적으로 차별받고 사라져갈 위험에 처해 있는 사람들로서 '제4세계 사람들'이라고도 합니다.

이처럼 우리에게는 아직 알아야 할 진정한 세계사가 많이 놓여 있습니다. 또한 바로 알아야 할 세계사가 여전히 존재합니다. 이런 점은 곧 우리 밖의 세계는 과연 우리를 바로 인식하고 있는가 하는 의심도 들게 합니다. 우리가 다른 민족과 나라에게 우리를 바르고 정당하게 인식해 달라고 요구할 수 있듯이, 다른 나라와 민족도 우리에게 자신들을 바르게 인식해 주기를 바랍니다.

# 유럽, 서구중심의 내면 들여다 보기

## 『좌우는 있어도 위아래는 없다』

박노자 지음 | 2002 | 한겨레출판

　'선진국' 하면 우리는 쉽게 미국이나 유럽을 떠올립니다. 그래서 그런 유럽에 대한 문화 체험을 기록한 책들은 대부분 우리가 배워야 할 선진국의 모습을 담고 있습니다. 우리 사회와 다르면서 우리보다 성숙한 것, 우리처럼 열등한 것이 아닌 우월한 것, 이런 동경이 그 속엔 은연중 배어 있습니다. 그러나 『좌우는 있어도 위아래는 없다』의 저자 러시아 출신으로 2001년 한국인으로 귀화했다. 오슬로 국립대학에 교수로 재직 중이며 노르웨이 학생들에게 한국학을 가르친다 는 서구를 바라보되 서구의 시각으로 주변국을 바라보지 않습니다. 문화에 관한 한 일방적인 서구 위주의 힘이 주변국의 열등의 식을 부추겼다고 주장합니다. 물론 노르웨이의 선진적인 면모를 보여주기도 합니다. 그러나 보다 많이 그 이면의 진실을 탐구하는 것이 이 글의 핵심입니다.

　노르웨이는 스칸디나비아 국가들 가운데 신생 국가입니다.

1905년 스웨덴으로부터 독립했습니다. 1917년 러시아 제국에서 독립한 핀란드와 함께 유럽 역사 무대에 가장 늦게 등장한 국가입니다. 천 년 전 바이킹 시대에는 비잔틴 제국과 아랍 세계가 노르웨이 추장들의 흠모 대상이었습니다. 그 후에는 독일과 네덜란드 등 신흥 상업 국가들이 그 대상이었습니다. 19세기 초까지 노르웨이를 정치적으로 지배한 나라는 덴마크였습니다. 그러나 20세기 초에 노르웨이 자본주의는 빠른 속도로 발전했습니다. 1910년대 제1차 세계대전에서 중립을 지킨 탓에 양쪽과 활발한 무역을 통해 상당한 부자 나라가 되었습니다. 현재의 노르웨이는 상당한 선진 수준을 갖추고 번영을 누리는 국가로 탈바꿈했습니다.

그 번영의 현실은 이렇습니다. 그들 사회에는 학비가 없습니다. 모든 학비는 국가에서 부담합니다. 고등학교까지 의무 교육을 마치면 대학 입시는 없습니다. 대학은 언제든지 원하는 사람이 들어갑니다. 나이 제한이 없습니다. 물론 학비도 특별 대출 형식으로 국가에서 지급합니다. 출석도 자유롭습니다. 행정적으로 강제하지 않습니다. 자습을 통해서라도 시험에 응시하면 됩니다.

그리고 그 사회는 권위가 없고 평등합니다. 무엇보다 인권을 중시합니다. 책 제목처럼 '좌우는 있어도 위아래는 없는 사회'입니다. 그것을 아주 자연스럽게 받아들이며 삽니다. 부자임을 내세우는 것조차 사회적 지탄 대상입니다. 버스 기사의 봉급은 대학교수의 봉급과 같거나 오히려 많습니다. 버스 기사는 자신의 직업에 대단한 자부심을 가지고 있으며 유창한 영어로 외국인들에게 친절히 길을 가르쳐 줍니다. 기업은 1년에 4주 이상의 휴가를 노동자에게 반드시 줍니다. 휴가비도 있습니다. 그 덕에 근로자들은 대부분 휴가를 이용해 해외 여행을 갑니다. 외국인들에 대한 차별 대우가 없고 기업이건 대학이건 많은 외국인들이 동등한 처우로 일하고 있습니다. 국민들 모두가 자국어노르웨이어 말고도 영어에 능통합니다.

자가용은 환경오염과 낭비를 초래한다고 생각합니다. 대학 총장이과 학생들이 나란히 자전거를 타고 다닙니다. 국가적인 중요한 회의에 참석하는 장관급 인사나 국영 기업체 사장조차 회의가 끝나면 지하철역으로 몰려갑니다. 대중교통의 검표기는 모두 자동입니다. 승객 스스로 검표기에 표를 찍고 탑승하고 내립니다. 검사하는 사람은 없습니다.

노르웨이에서는 줄일 수 있는데도 안 줄이는 소비는 부끄러운 낭비입니다. 자동차는 누구나 10~15년 혹은 폐차할 때까지 씁니다. 교수나 학생이나 모두 도시락을 싸오기 때문에 대학 주변에는 레스토랑들이 없습니다. 값싼 할인 식당 몇 군데가 전부입니다. 그러나 이렇게 개인 소비에서는 '군살 도려내기'를 즐기는 노르웨이 '자린고비'들이 국제 원조에는 오히려 적극적입니다. 원칙적으로 해마다 국내총생산의 약 1퍼센트를 최빈국의 기아 구제와 개발 등에 씁니다.서방 선진국의 국제원조는 대체로 국내 총생산의 약 0.22퍼센트에 불과하다

그러나 이렇게 수준 높은 선진 의식을 지닌 그네들의 내면 의식은 과연 진정 건강한 것인가? 저자는 그들 서방 선진국들이 갖고 있는 우월 의식과 자존심의 실체를 벗겨내서 그 진실을 낱낱이 보

여줍니다. 그러면서 스웨덴의 저명한 문화비평가 스벤 린드크비
스트Sven Lindqvist가 폭로한 유럽인들의 숨겨진 야만성에 주목합니
다. 유럽인들에게는 '이민족의 과학적 섬멸'이라는 근·현대 유
럽문화의 끔직한 전통이 있다는 것입니다. 그 전통은 영국 미국
프랑스 러시아 등 영토 팽창과 식민지 약탈을 일삼은 모든 서방
열강이 함께 공유하는 것이라고 합니다. 그것은 독일 민족의 반유
대 정책과도 맥락이 닿아 있습니다.

저자가 복원한 유럽의 진짜 역사는 대략 다음과 같습니다. 15,
16세기까지만 해도 유럽은 이슬람 문명을 중심으로 한 지중해·
중동 국제체제의 후진적이며 가난한 주변부에 지나지 않았습니
다. 더구나 동아시아 문명의 중심이던 중국에 비하면 19세기 초
반까지도 경제적 약자였습니다. 문화적으로도 열등했습니다. 그
러나 이런 문명적 약점을 만회하기 위해 유럽인들은 세계 팽창의
첫 단계부터 '힘'과 '무기' '이민족'에 대한 멸시와 멸종을 전략
으로 내세웠습니다. 15세기 말에 유럽의 첫 식민지가 된 카나리
아 군도의 원주민 8만 명이 1세기만에 학살·노역·전염병으로
전원 멸종한 것을 시작으로, 유럽인이 발을 내딛는 곳마다 원주민
의 피가 대량으로 흐르지 않은 곳이 없었습니다. 19세기 들어 오
스트레일리아 태즈메이니아 섬 주민들에 대한 계획적 섬멸은 30
년밖에 걸리지 않았습니다. 영국계 이주민들은 양을 칠 공간 확보
를 위해 섬 원주민을 동물보다 못한 취급으로 또는 재미 삼아 죽
여 없앴습니다.

유럽인들의 이런 '야만성'에 과학적인 근거를 마련한 것은 '사

회진화론'입니다. 그것은 '열등 인간'과 '열등 인종'의 섬멸은 자연도태의 결과이며 적자생존이라고 합리화하는 사고입니다. 19세기의 사회진화론자들은 열등 인종인 흑인은 멸종될 것이므로 인위적으로 멸종을 좀 촉진시켜도 좋다고 봤습니다. 그래서 그들의 건강과 재미를 위해 흑인과 인디언을 살육하고 노예로 상품화했습니다. 그런 전통은 20세기 중반에 파시스트로 발전해 '히틀러가 자행한 유대인 학살의 문화적 근원'이 결코 독일 민족의 반유대주의 전통에서 나온 것만은 아님을 증명하는 것이라고 주장하고 있습니다.

현대에도 유럽인들, 적어도 현재 지구상에서 가장 부유하고 오만한 제1세계로 자칭하는 그들은 이중적 잣대를 가지고 있습니다. 겉으로는 선진 의식이며 인권이며 인류의 보편 인간애를 말하고 있지만 사실은 자기들 밖의 세계를 열등하고 불결하게 바라봅니다. 책에서는 네덜란드와 영국 기업이 공동 소유한 국제 에너지 기업 '셸'이 나이지리아의 비극적인 역사 현실과 생태계 파괴, 주민 경제 파탄에 얼마나 절대적으로 관여하는지 보여줍니다. 또한 아름다운 환경과 민주의식 그리고 인권 존중이 뛰어나다는 오스트레일리아가 보여준 이중적 인권 대처에 대한 노르웨이 사람들의 실망을 다룬 '탐파' 화물선 사건 등을 사례로 보여줍니다.

자기 나라에서는 인권을 최우선으로 하는 기업들의 태도가 제3세계에서는 전혀 다릅니다. 우간다에서는 젊은 여성 노무자에게 서류로 노무계약을 체결하지 않습니다. 감독관의 요구에 불응하면 즉시 해고합니다. 첫 월급은 사고 등에 대한 보증금 명목으로 특별 계좌에 예치하지만 노무자들이 해고당한 뒤 그 돈을 되찾는 건 거의 불가능합니다. '효과적인 경영'을 위해 회사 안에 여자 화장실조차 설치하지 않습니다. 화장실에 보내주고 보내주지 않는 것은 오로지 감독관의 '재량'일 뿐입니다. 국내에서는 법대로 민주주의를 지키지만 민주적 법과 전통이 부족한 제3세계에서는 마음대로 기업을 운영해도 된다는 식입니다.

이렇게 이중적 태도를 지니고 있는 유럽 열강의 이른바 '사회 진화론'에 대한 우리 지식인들의 태도는 과연 어떨까? 저자는 19세기 말, 20세기 초에 조선은 유럽과 유럽을 모방한 일본의 희생자였는데도 불구하고 대다수 개화·자강파 지식인들은 오히려 삼강오륜 대신 일본과 미국을 통해 수입한 사회진화론을 철석같이 믿었다고 주장합니다. 그래서 일본의 우등성과 조선의 열등성을 들어 일본 침략과 조선 멸망을 '자연도태'로 합리화하기도 했다고 봅니다.

독립협회 지도자로 알고 있는 초기 재미 유학생 출신 윤치호는 미국에서 목격한 흑인·인디언·중국인에 대한 폭력과 멸시를 열등 인종이 당연히 감수해야 할 정당한 대우라면서 합리화했다고 합니다. 저자는 묻습니다. 서구화와 진보를 꼭 동일시해야 하는가? 유럽의 야만성인 사회진화론을 '힘은 곧 법이다'라는 금과옥조로 단순화해 받아들인 사람들은 과연 선각자인가? 전통문화를 용도 폐기하고 그들의 논리를 추종하는 것이 과연 진보인가? 그러면서 그런 논리를 궁극적으로 극복한 박은식·한용운 같은 지성인의 업적은 크게 강조해야 마땅하다고 주장합니다.

어떤 면에서는 한국 사회에 대한 저자의 시각이 편향적 측면도 있습니다. 긍정보다는 부정적으로 한국 사회 풍경을 묘사하기도 합니다. 그러나 그에게는 한국 사회의 지성인들을 일깨우고자 하는 애정이 보다 많이 느껴집니다. 그는 서구중심에서 벗어나 본래부터 우리가 갖고 있던 것에 대한 가치와 자부심을 가지라고 제시합니다.

무엇보다 서구와 열강에 대해 제대로 파악해야 한다고 역설합니다. 그래야 한국 사회의 발전을 올바른 방향으로 이끌 수 있다고 합니다. 다시는 우리 사회가 근대화 과정에서 범했던 맹목적 '중심부 지향주의'라든가 제국주의의 논리인 '사회진화론'의 위선적 얼굴을 제대로 보지 못하는 우를 다시는 범해서는 안 될 것입니다. 그러기 위해서 우리는 서구 열강의 진정한 모습을 읽을 수 있어야 합니다. 그래서 이 책은 기행도 문화 체험도 아닌 '탐험'입니다.

# 5

# 아물지 않은 상처, 분단

## 『휴전선의 무지개』

이명희 엮음 | 2002 | 문학과지성사

　6·25는 우리 현대사에서 결코 지워지지 않는 가장 큰 상처로 남아 있습니다. 그러나 이른바 전후 세대인 우리들은 그 민족적 비극이었던 6·25에 대해 다소 둔감합니다. 시대는 하루가 다르게 빠른 속도로 변하고 있고, 세계적인 상황도 예전과 많이 달라졌습니다. 냉전 체제가 무너지고 새로운 중심주의로 세계가 재편되고 있습니다. 남북 이산가족 재회가 몇 차례 이어졌고 개성 공단이 개방된 지금 북한도 더 이상 아주 먼 나라만은 아닙니다.

　그렇지만 불행하게도 우리에게는 전쟁의 상처가 아직 치유되지 않은 채 남아 있습니다. 아직도 이산가족들의 한맺힘은 풀리지 않고 있습니다. 전쟁 중에 서로 뿔뿔이 흩어져서 자기 식구가 같은 남쪽에 있는지 아니면 북쪽에 있는지조차 모르는 채 평생을 살아가는 사람들도 있습니다. 그 상처는 우리에게 무엇을 가르치고 있는 것일까? 해마다 6월이면 다시 던져보는 물음이기도 합니다.

『휴전선의 무지개』는 우리에게 민족 비극의 상처를 일깨워 주고 '분단'이라는 아직도 진행 중인 역사적 현실을 다시금 돌아보게 합니다. 이것은 분단 문학이라 일컫는 소설 작품들 모음입니다. 분단을 제재로 쓴 단편 소설들을 소주제로 묶어 각각 세 편씩 실었습니다. 그리고는 작품을 읽는 독자들에게 누가 잘했고 잘못했는가, 누가 우리 편이고 남의 편인가 따위에 집착하는 태도를 넘어서 달라고 부탁합니다. 그렇게 하는 것이 분단을 제재로 삼은 작품에 표현되어 있는 '문학적 진실'을 파악하는 데는 물론, 우리 민족 제1의 목표인 통일을 앞당기는 데 이롭기 때문이라고 합니다. 그리고 "분단을 잊지 않으면서 분단을 넘어서야 한다"고 주장합니다.

그 작품들 가운데 민족끼리의 전쟁이 얼마나 기구한 운명을 만들어 내는지 몇 편 소개해 봅니다. 예전 인기작이었던 한국영화 가운데 〈태극기 휘날리며〉가 있었습니다. 영화 속 주인공 형제는 전쟁이 일어나자 서로 엇갈린 운명을 겪으며 각각 북한군 지휘관과 국군 병사가 되어 전쟁터에서 마주칩니다. 같은 핏줄 형제끼리 총부리를 겨누는 처지가 되어 관객들의 심금을 울립니다.

곽학송의 『피면회인』 역시 그처럼 기구한 운명이 등장인물의 삶을 송두리째 무너뜨립니다.

주인공은 심한 정신 질환으로 정신 병원에 입원해 있습니다. 그는 국군으로 6·25 전쟁에 참가해 소대 선임하사관이 되어 '주먹

고지' 확보 임무를 수행했습니다. 휴전 회계도 마무리 단계에 이른 1953년 여름, 화천 발전소와 춘천, 홍천 사수의 중요한 전략적 지점인 주먹고지는 한 치의 땅이라도 더 확보하려는 치열한 접전 지역이었습니다. 낮에는 국군이 장악하고 밤에는 공산군이 장악하는 전세가 되풀이되었습니다. 낮 동안에는 공군력이 우세한 국군이 고지를 점령하고 나면 야간에는 공산군이 필사적으로 고지를 기어올라 전투에서 서로 간 다수의 사상자가 발생하게 되었습니다. 그러면 국군은 작전상 후퇴를 하고 다시 아침이 되면 교체 병력이 공군을 앞세워 고지 탈환에 나섭니다. 공산군은 전멸을 당할 때까지 버티다가 결국 국군에게 고지를 내주고 밤이면 다른 공산군들이 또 산을 기어오르고.

국군이 철수와 공략을 반복하는 와중에 산 아래 교대 병력과의 무전 연락이 두절되는 바람에 주인공의 소대가 고지에 고립됩니다. 주인공은 어둠이 짙어진 이후에도 병력을 데리고 철수할 수 없었고 총탄마저 모두 떨어진 상태였습니다.

달도 없는 칠흑 같은 밤, 아군과 적군을 구별하기 힘든 그날 밤, 주인공은 부하들에게 최후의 수단으로 백병전을 지시합니다. 그리고는 "머리를 쓰다듬어 보고 중대가리면 찔러라!"라고 지시합니다. 어둠 속에서 구별 방법은 머리털의 장단 외엔 방법이 없었습니다. 국군에 비해 공산군은 머리를 바짝 깎았기 때문입니다. 명령을 내린 주인공은 솔선수범해서 단검으로 네 명을 죽였습니다. 그리고 다섯 명째 중대가리 머리를 확인하고는 힘껏 찔렀습니다. 다음 순간, "엄매야!" 하는 비명이 들렸고 그 소리는 귀에 익숙한 음성이었습니다. 북쪽 고향에 남겨두고 온 동생의 목소리였던 것입니다.

윤흥길의 『무지개는 언제 뜨는가』에서 서술자 '나'의 작은 당숙모는 미친 여자입니다. 작은 당숙과 그 자식들 삼형제는 빨치산들의 습격을 받아 불에 타 숨졌고 작은 당숙모만 살아남았습니다. 빨치산의 습격이 있었던 날 밤, 작은 당숙모는 때마침 심한 설사 때문에 칙간<sub>재래식 화장실</sub> 똥통 위에 쪼그리고 앉아 있다가 빨치산들이 들이닥치는 모양을 보았습니다. 빨치산들이 남편과 자식들이 잠자고 있던 방을 걸어 잠그고 집채를 빙 둘러가며 불을 지르는 동안 작은 당숙모는 겁에 질려 똥통 속으로 뛰어들어서는 간신히 콧구멍만 밖으로 내놓은 채 온몸을 떨고 있었습니다. 그렇게 작은 당숙모는 정신이 나가버렸습니다.

한편 작은 당숙네를 포함한 그 마을 사람들을 쑥밭으로 만든 빨치산 중에는 언제부턴가 외지에서 흘러들어와 머슴일 하던 차씨가 끼어 있었다는 것이 생존자의 증언으로 밝혀집니다. 차씨는 인민군이 물러갈 무렵 갑자기 행방이 묘연해진 사람입니다. 차씨네의 나머지 가족은 동네 젊은이들에 의해 무차별적인 보복을 받아 숨집니다. 그 사건이 일어난 때 차씨네 가족 중 젖먹이 아이 하나가 살아남습니다. 다름 아니라 미친 작은 당숙모가 그 아이를 자기의 숨진 젖먹이 아들로 착각하여 끌어안고 낫으로 사람들을 위협하며 지켜냈기 때문입니다.

결국 작은 당숙모는 젖먹이를 혼자서 키웁니다. 먹을 것이 필요

230

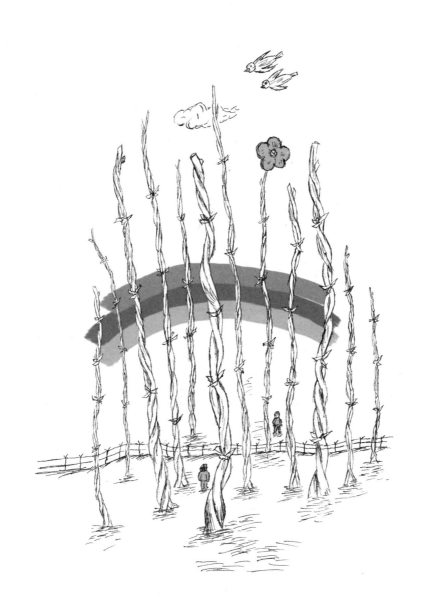

할 무렵이면 친척들을 찾아가 양식을 내놓으라고 낫을 들고 협박했습니다. 이렇게 국민학교 들어갈 무렵까지 키운 아이에게 작은 당숙모는 아이를 호적에 올려달라고 큰 당숙에게 요구합니다. 우여곡절 끝에 그 아이를 문중 호적에 올린 후 아이는 문중의 냉대 속에 중학교에 들어갔으나 곧 작은 당숙모가 죽게 되어 결국 학교를 그만 두게 됩니다.

빨갱이가 낳은 자식을 그 빨갱이들한테 불행을 당한 여자가 주어다 기른 기구한 운명의 소년은 고향을 떠나 온갖 고생 끝에 검정고시로 중고등학교를 마치고 대학에 가서 마침내 사법고시에 합격합니다. 그런 청년이 고향 제사에 들려 문중의 조상들 묘에 제를 올립니다. 그리고 말합니다. 서술자의 작은 당숙모를 어머니라고 말입니다. 그 어머니가 아니었던들 오늘에 자기는 없었다고 말합니다.

황순원의 『학』은 삼팔 접경 마을에서 친한 친구 사이였던 덕재와 성삼이 등장합니다. 전쟁이 나고 덕재는 늙은 아버지 때문에 고향을 떠나지 못합니다. 대대로 소작농이었던 그는 인민군 치하에서 그 소작농 신분 때문에 농민동맹 부위원장이란 감투를 억지로 받습니다. 쫓겨 갔던 국군이 반격을 시도하여 다시 그 마을이 국군 치하로 돌아왔을 때 덕재는 그 이력 때문에 붙들리게 됩니다.

친구인 성삼은 피난을 갔다가 돌아와 치안대원 임무를 수행합니다. 그리하여 예전의 절친한 친구인 덕재를 호송하는 일을 맡게 됩니다. 포승줄로 단단히 묶인 덕재를 호송하는 동안 처음 한동안 성삼은 그가 그동안 나쁜 짓을 많이 했을 것으로 생각합니다. 그러나 대화를 하는 동안 덕재가 그리된 것은 덕재의 잘못이 아니라 상황이 그랬을 뿐 덕재 자신은 못된 짓을 하지 않은 예전의 그 모습 그대로인 것을 알게 됩니다. 그들이 고갯길을 넘어 벌판에 이르자 거기에는 흰 옷 입은 사람들 같은 학 떼들이 보입니다. 문득 성삼은 어렸을 적 덕재와 함께 학 사냥을 했던 기억을 떠올리고는 덕재에게 학 사냥할 것을 제의합니다. 그리고는 포승줄을 풀어 쥐고 자신이 그것으로 올가미를 만들 테니 저만치 가서 학을 몰아오라고 시킵니다. 어리둥절하고 있는 덕재에게 성삼이 소리칩니다. "어이, 왜 멍추같이 게 섰는 게야? 어서 학이나 몰아 오너라!" 이때 단정학 두세 마리가 높푸른 가을 하늘에 큰 날개를 펴고 유유히 날고 있습니다.

반세기가 지나도 '분단'은 우리에게 떨쳐버릴 수 없는 통증으로 남아 있습니다. 그것은 넘어야 할 거대한 산이며 아직도 진행 중인 굴레이자 두꺼운 벽입니다. '분단'은 민족의 사상, 문화, 민족성까지도 분열하게 만들었습니다. 그러기에 우리는 분단을 반드시 극복해야 할 과제로 인식하고 있습니다. 서로가 서로의 아픔을 부여안고 뜨거운 가슴으로 만나 오래된 상처를 서로 보듬어 주는 그런 날은 언제일 것인가. 6월에 다시금 생각해 봅니다.

# 6

# 잊고 있던 기본권을 위한 변론
## 『헌법의 풍경』

김두식 지음 | 2004 | 교양인

『헌법의 풍경』의 저자는 학창 시절, 법학보다는 고고학 종교학 등에 더 많은 관심을 갖고 있던 학생이었다고 합니다. 그러나 중고등학교 시절 경험한 학교 폭력에 대한 두려움이 그를 변호사가 되는 길에 들어서게 만들었습니다. 이때 '학교 폭력'이란 당시 학교에서 자행되었던 연대 책임, 시범 케이스 등을 말합니다. 과연 오늘날의 학교와는 얼마나 다른지 판단해 보시기 바랍니다. 다음 이야기는 저자가 다니던 1983년 고등학교의 풍경입니다.

햇살 따사로운 어느 토요일, 수업이 끝나면서 학생주임 선생님의 반갑지 않은 목소리가 방송을 통해 들립니다.

"전교생은 5분 안에 운동장에 집합할 것."

조금이라도 늦으면 매 타작의 '시범 케이스'가 됨을 알고 있었

234

던 학생들은 앞 다투어 운동장으로 뛰어나갑니다. 잠시 후 체육 선생님의 '지도' 아래 원산폭격, 팔굽혀 펴기, 오리걸음 등 평소 교련, 체육 시간에 경험한 각종 기합이 운동장 가득 펼쳐집니다. 조금이라도 꾀를 부리는 학생은 몽둥이로 엉덩이를 10대씩 맞습니다. 모두 '시범 케이스'입니다. 학생들이 너무 지쳐 더 이상 감당하기 힘들 무렵, 학생주임 선생님이 마이크를 잡습니다. 1,200명 학생들은 도대체 왜 이런 '기합'을 받았는지에 대한 궁금증과 두려움으로 말을 기다립니다. 선생님의 말씀은 짧고 분명합니다.

"88 비디오극장 간 새끼들 나와!"

무얼 잘못했는지 모르고 받는 이런 '단체 기합'은 분명 폭력입니다. 필자는 변호사가 되면 그것을 거부하더라도 최소한 자기가 감옥에 가는 것은 피할 수 있으리라고 생각합니다. 두려움의 원천이었던 '시범 케이스'와 '연대 책임'의 망령으로부터 벗어날 수 있을 것 같다고 생각한 것입니다. 과연 법을 전공해야만 이런 두려움에서 벗어날 수 있는 것일까요?

필자가 이 책을 쓴 이유는 그의 법학부 강의와 무관하지 않습니다. 법학부 교양과목 '시민생활과 법'을 가르치면서 그는 학생들이 법을 더 이상 두려워하지 않게 된 것을 큰 수확으로 여기고 있습니다. 일류 법학자들만 넘쳐나던 지난 세월 동안 우리 법학이 시민 생활 속으로 침투해 들어가는 데 철저히 실패했다는 점을 생각하고, 자신 같은 이류 법학자가 존재해서 법이 시민과 조금이라도 가까워지는 데 도움이 된다면 그 '이류'의 존재는 충분하다는 겁니다. 그래서 법학과 상관없는 분들과 함께 법과 국가, 그리고 인권에 관한 이야기를 나누고자 이 책을 쓰기 시작했다고 합니다.

저자가 생각하는 '법' 이란 기본적으로 국가를 통제하기 위한 것이라고 생각합니다. 법학의 중요한 출발점은 국가를 '맹목적 충성과 경의의 대상' 이 아닌 '통제의 대상' 으로 바라보는 것이라고 합니다. 국가가 사랑해야 할 대상일 뿐이라면 법은 할 일이 없습니다. 그처 절대적 선인 국가가 명하는 대로 우리가 따라가면 되는 것이지, 특별히 법에 의한 지배를 생각할 필요가 없기 때문이라고 합니다. 그래서 국가를 사랑하는 것보다 몇 배 더 중요한 것이 국가를 통제하는 일임을 강조하고 있습니다.

그렇다면 "법이 왜 국가를 통제하는 것인가? 국가는 그런 통제를 받아야 마땅한 것인가?"라는 의문이 듭니다. 분명히 국가는 국민을 위해 존재한다고 합니다. 그리고 국가는 우리를 지켜주는 고마운 존재입니다. 그러나 때때로 국가는 무서운 괴물로 변합니다. 나치 독일의 이야기, 제주도 4·3사태 이야기, 실미도 이야기 등을 통해 저자는 국가가 괴물로 돌변하여 학살자가 될 수도 있음을 상기시킵니다. 동시에 법에 의한 지배가 그저 외형상 법처럼 보이는 것들에 의한 지배가 아니라 '정의에 합치되는 법에 의한 지배' 여야 함을 보여줍니다.

'제주 4·3사건 진상 규명 및 희생자 명예 회복에 관한 특별법' 에 따라 만들어진 위원회의 조사 결과는 충격적입니다. 25,000~30,000명에 이르는 대학살극의 주도적 역할을 담당한 사람들은 무장공비가 아니라 국가 권력의 막강한 후원을 등에 업은 토벌대들이었습니다. 영화 〈실미도〉에서 보여준 상황은 일부에 불과했습니다.

당시 그 작전에 관여했던 사람들의 증언에 따르면 그곳에서는 '생사여탈권'과 '즉결 처분'이라는, 재판 없이 사람을 죽일 수 있는 권한 부여와 집행이 공공연하게 이루어졌습니다. 그러나 사람들이 흔히 법전 어딘가에 존재할 것이라고 믿는 '즉결 처분'이란 것은 실상 자유 민주주의 국가에서는 아예 존재조차 불가능한 개념이라고 합니다.

아돌프 히틀러는 '긴급명령'을 통과시켜 언론, 출판, 집회, 결사의 자유를 비롯한 모든 기본권을 폐지합니다. 그리고 보호구금 제도로 영장 없는 체포를 시행했습니다. 그 결과 유럽 전역의 유대인 600만 명을 포함하여 소련군 포로, 집시, 정신지체인, 정신질환자, 동성애자, 사회주의자, 공산주의자, 평화주의자 등 다른 이유로 학살된 사람들까지 모두 합쳐 약 1,100만 명이 학살되었습니다.

법이라고 다 법은 아닙니다. '정의에 합치되는 법'이어야 법입니다. 법의 탈을 쓴 불법은 이처럼 국가를 괴물로 변하게 합니다. 그때 법은 괴물로 변해버린 국가를 위해 봉사하는 악의 도구일 뿐이지 더 이상 법일 수 없다는 것이 지은이의 법에 대한 변론입니다. 그렇기 때문에 법이 국가를 통제하기 위한 도구라면, 법조인들은 바로 그 법이 올바른 기능을 할 수 있도록 돕는 역할을 해야 한다고 믿습니다. 그런데 국가의 괴물화를 방지하는 역할을 수행해야 할 법조인들이 시민의 이익 대신 자신들의 이익만을 챙기게 되었을 때 우리 사회의 정의가 무너집니다. 불행하게도 우리는 우리 사회 속에서 그런 현상을 수없이 보아왔습니다. 저자는 국민의 기본권을 무시하고 권력의 손발로 전락한 법조인과 그 집행자들 행태를 준엄하게 질책하고 있습니다.

변호사 개업 후 전관예우를 받는 법조계 풍토, 검사들의 특권의식, 그들만의 엘리트 공동체 등등을 비판함으로써 우리 사회에서 검사가 차지하는 비정상적인 권한과 역할, 검찰 엘리트들의 부정적인 모습을 보여주기도 합니다. 그리고 가혹한 고문의 주범이었던 이근안, 문귀동 같은 경찰 수사관과 정보기관 요원들이 행했던 법을 망각한 법 논리 집행을 지적하고 있습니다.

건국 이후 수없이 자행된 고문과 조작의 기록들 사이에는 반드시 법률가들이 있습니다. 즉, 어떤 고문이나 조작도 법률가들과 완전히 무관하게는 이루어질 수 없다는 것입니다. 예컨대 고문의 전제가 되는 구속은 반드시 검사의 영장 청구와 판사의 발부에 의해 이루어집니다. 세상이 바뀌면서 일부 고문기술자는 감옥에 갔습니다. 일부는 조용히 자신의 신분을 드러내지 않은 채 살아가고 있습니다. 그런데 오랜 세월 고문에 간접적으로 관여해 온 법률가들은 직접적인 가해자 역할을 대공 경찰 또는 정보기관의 손에 맡겼다는 것으로 모든 윤리와 도덕으로부터 파렴치한 자유를 누려왔다고 저자는 주장합니다. 오히려 법률가들은 그 자리를 그만두고 나와도 더 많은 수입을 올리고 있는 이 나라의 거의 유일한 직업입니다. 공직을 떠나도 변호사로 일할 무궁무진한 기회가 열려있습니다.

이런 현실에 대해 저자는 '똥개 법률가' 검사나 판사를 최우선으로 하는 법률 엘리트들이 아닌, 다양한 분야에 뜻을 가진 법률가들이 점점 많아지는 현실을 반갑게 받아들이고 있습니다. 과거 300명 선의 사법시험 합격자가 1,000명으로 늘어났습니다. 그들이 모두 판검사가 되는 것이 아닙니다. 그들 중 일부는 기업으로 학교로 노동 현장으로 변호사로 진출하고 있습니다. 우리도 생활 가까이서 변호사들과 부담 없이 상담하면서 법률적인 보호를 받을 날이 멀지 않았다는 것입니다.

그러기 위해서는 우리가 국민의 기본권 수호에도 관심을 기울여야 한다고 역설하고 있습니다. 그래서 저자는 말하지 않을 권리묵비권 혹은 진술 거부권와 차별 받지 않을 권리에 대해 말합니다. 참고인으로서 검찰이나 경찰에 간 경우는 수사관의 협조에 도움을 주는 것뿐이지 그들에게 강제를 당할 이유는 없다고 말합니다. 언제든지 자신이 돌아오고 싶으면 나와야 한다는 것입니다. 특히 묵비권에 대해서는 아는 사람만 아는 권리로 지금까지 그런 권리를 누린 사람들은 사회 유명 인사들뿐인 경우가 많았다고 합니다.

이제는 국민 모두가 자신의 권리를 찾고 누려야 할 때가 왔습니다. 아니 당연히 우리는 잊고 있던 권리를 되찾아야 합니다. 『헌법의 풍경』을 따라가다 보면 무섭기만 했던 법이 편안하게 생활 속으로 다가오는 것을 느낄 것입니다. 경찰이나 검찰이라는 말만 들어도, 법 이야기만 나와도 공연히 주눅 들어 자신의 권리조차 주장하지 못하던 시대는 이제 가고 있습니다.

"대한민국은 민주 공화국이다."헌법 제1조 제1항

"대한민국의 주권은 국민에게 있고, 모든 권력은 국민으로부터 나온다."헌법 제1조 제2항

# 7

# 인권 운동가의 뼈아픈 기록

## 『니가 뭔데?』

고상만 지음 | 2003 | 청어

5월, 참 아름다운 계절입니다. 5월이 품고 있는 향기는 말할 수 없이 싱그럽습니다. 봄과 여름 사이, 독립된 한 계절로 5월은 존재합니다. 이렇게 아름다운 계절이건만 적어도 1980년대 이 땅의 5월은 핏빛입니다.

해마다 이맘때면 어김없이 산봉우리를 활화산처럼 붉게 태우며 피어나는 철쭉꽃처럼 5·18광주민주항쟁이 우리 현대사 속에서 아프게 되살아나기 때문입니다. 도대체 그 상처가 아물려면 얼마나 시간이 더 흘러야 하는 것인지. 그때 산화한 영혼들이 남긴 자유와 인간애 정신은 우리 사회가 제대로 실현하고 있는 것인지. 5월이 오면 문득문득 우리는 과연 이 나라에서 인간다운 대접을 제대로 받으며 살고 있는 것인가 생각하게 됩니다.

병을 앓는다는 것은 분명 나쁜 것입니다. 그러나 세상에는 순수한 열정에 들뜨는 건강한 병도 있습니다. 마찬가지로 '편견'도 긍정적인 편견이 있습니다. '사회적인 약자에게 우선권이 있다.'라고 말할 때 그것은 논리적으로 일종의 불평등입니다. 그러나 그런 불평등은 평등보다 아름답습니다.

『니가 뭔데?』의 지은이는 그런 '아름다운 편견'을 갖고 있는 사람입니다. 그의 직업은 '인권 운동가.' 그는 천주교인권위원회 상근 간사, 대통령직속 의문사진상규명위원회 조사관 등을 역임하며 수많은 인권 피해 현장을 몸소 경험해 왔습니다. 이런 그가 인권 현장에서 겪었던 사건과 사람에 대한 가슴 아픈 기록이 『니가 뭔데?』입니다. 그러기에 그는 이 글을 '상처 받고 고통 받는 이 땅의 많은 인권 피해자들이 하지 못한 이야기'를 대신한 것이라고 말합니다.

책을 읽다 보면 '우리가 모르는 억울한 사연이 어쩌면 이리도 많은 것일까?' '스스로 목숨을 바쳐서 항거할 수밖에 없는 억울함이 왜 이렇게 엄연한 현실로 존재하는가?'하는 답답함이 가슴을 울립니다. 풀리지 않은 의문을 남긴 채 판결을 내려버린 사법부, 군 의문사에 대한 군의 일방적인 수사 관행, 경찰 서비스 헌장을 무시하는 공권력 등등이 안타깝게도 인권 유린의 주체로 등장합니다.

권력 모두가 그렇다는 말은 결코 아닙니다. 실제로 과거에 비해 많은 부분이 개선되어 있습니다. 그러나 이 글에서 밝히고 있는 사례들은 우리에게 적어도 그런 관행이 전부 사라진 것은 아니라는 안타까움을 줍니다.

2000년 6월, 친구의 생일 파티에 가던 중 훈련 중인 미군의 장갑차에 치여 희생당한 효순, 미선 양 사건에 대해 기억할 것입니다. 그때 두 여학생을 숨지게 한 미군들은 자기들만의 재판을 통해 무죄를 선고 받고 이 땅을 떠나 '자유로운 그들의 나라'로 돌아갔습니다. 당시 우리 국민들은 불평등한 '한미 주둔군 지위협정'.SOFA과 억울한 죽음을 당한 여중생들을 위해 반미 촛불 시위를 벌였습니다.

약소국 국민이 겪어야 했던 부당한 유린은 그동안에도 여러 차례 있었습니다. 홍익대 3학년 조중필 군 피살 사건도 그런 경우입니다.

> "9·11 테러 났을 때, 다른 사람들은 많은 사람들이 죽었다고 안타까워했는데, 나는 박수치며 봤습니다. (…중략…) 누구도 미국에 대항하지 못하는데 참으로 대단해 보였습니다. 미국인들이 많이 죽어야 합니다. 그래야 그들도 다른 나라 사람들의 인권이 중요한 걸 알 겁니다."

고故 조중필 씨 어머니가 아들의 추모제에서 한 말이었습니다. 3대 독자였던 아들은 대학 3학년 시절 이태원의 한 햄버거 가게에서 여자 친구가 음료를 시키는 동안 화장실에 들렀다가 살해당했습니다. 그를 살해한 범인들은 당시 미군과 그 군속부대 내에서 일하는 민간인의 자녀였던 미국인 패터슨당시 17세과 애드워드 리당시 18세였습니다. 놀라운 사실은 그들의 살해 동기라는 것이, 그저 자신들이 지녔던 잭크 나이프로 멋진 모습을 보여주겠다며 재미 삼아 했다는 점이었습니다.

그들은 그 재미를 위해 화장실에 들어가는 사람을 무려 9군데나 찔러 죽게 만들었습니다. 그 사건이 우리를 더 분노하게 만드는 것은 우리나라 재판부와 미군측이 행한 결과입니다. 그 살해자들 가운데 한 명은 증거 인멸과 폭력 등 혐의로 형을 살다가 1년 4개월 만에 특사로 석방되었고, 다른 한 공범은 살해 혐의로 20년 형을 선고 받았으나 항소심에서 대법원까지 갔다가 무죄 취지 결정으로 다시 고법에 환송되었고 고등법원은 그에게 무죄를 선고하고 석방시켰습니다.

이것은 처음 이 사건을 수사한 미 범죄수사단 CID이 진범으로 지목한 인물과는 달리 우리나라 검찰은 나름대로의 이유를 들어 다른 한 명이 진범이라고 판단, 서로 엇갈린 기소를 하게 된 결과였습니다. 그렇지만 더욱 이해가 가지 않는 점은 사건이 대법원에서 무죄 취지로 파기 환송된 이후 검찰의 대응이었다고 합니다.

잘못 기소하여 진범이 뒤바뀌었다면 응당 다른 한 명이 진범일수밖에 없는 상황에서도 검찰은 출국 금지 조치를 곧바로 취하지 않았고, 놀랍게도 무죄 석방된 한 명이 나온 바로 다음날 폭력 혐의로 짧은 형을 살고 나온 다른 한 명은 오산 미군 기지를 통해 자기 나라 미국으로 도망쳐 버렸습니다. 지금도 그 어머니는 아들의 억울한 죽음에 대한 진실 규명을 호소하며 가슴에 한을 쌓고 있습니다.

이렇게 다른 나라와의 관계에서 뿐만 아니라 우리나라 안에서

도 의문은 여전히 존재합니다. 이른바 '군 의문사 유가족'들은 훌륭하게 키운 아들을 신성한 국방의 의무를 위해 군대에 보냈다가 어느 날 갑자기 자식이 죽었다고 통보를 받은 사람들입니다. 그것도 이유도 모른 채 말입니다. 자식이 죽은 것도 원통한데 그 사망 원인조차 제대로 알지 못하는 것입니다. 군 당국의 수사 결과 발표는 모두 자살입니다. 이렇게 일방적인 처사 앞에서 상처받는 유가족들이 매년 100여 가족, 연평균 300여 명이 사망한다는 군 사망 사건 중 약 삼분의 일에 해당합니다.

이런 현실 앞에서 유가족들은 '이유 없는 자살이 있을 수 있냐?'며 군 수사기관의 일방적 수사 결론에 대해 진상 규명을 요구하고 있는 실정이라고 합니다. 그런 일단의 사례들을 '공동경비구역JSA 3번 벙커의 숨겨진 진실' '돌아오지 않는 아들들' 등으로 들고 있습니다. 지은이는 여기서 그 사건들에 대해 인권 현장 전문가로서 사건 정황과 증거 자료를 바탕으로 한 상세한 의문을 제기하고 있습니다.

『니가 뭔데?』에는 여러 가지 유형의 인권 침해 사례가 있습니다. 그 중 지은이가 책을 엮게 된 가장 큰 동기가 된 사건은 '어느 빈민 장애인 노점상의 죽음'입니다. 1995년 서울 어느 부자 동네에서 일어난 이 사건을 통해 그는 국가가 보호해 주지 못하는 우리 사회의 약자 문제를 말하고 있습니다. 세상에 태어나 불운하게 살다가 국가로부터 단 한 번의 보호도 받아보지 못한 채아니, 집단 시위를 막기 위해 경찰이 그 장애인 분신 자살자의 유해를 경찰 사이드카로 포위해, 마치 대단한 사회적 지위를 가졌던 사람으로 착각할 정도로 호위해 장지로 떠났으니, 단 한 번 국가의 대접은 받은 셈인가? 떠나가는 빈민 장애인 노점상의 죽음을 가슴에 새기며 약속했다고 합니다.

'당신의 이름을 반드시 세상에 남기겠다. 그리하여 당신이 이 세상에서 어떤 삶을 살았고 또 어떻게 이 세상을 떠나게 된 것인지 그 사연을 남겨 내가 당신에게 했던 거짓말그 노점상이 분신을 하고 죽기 직전 병원에 찾아 갔던 필자는 그에게 위로의 말로 "지금 밖에서는 선생님의 사연을 알고 많은 이들이 분노하고 있습니다. 하루 빨리 건강을 되찾으세요" 하고 말했으나 사실 그 당시에는 노점상연합회와 장애인단체 정도나 그 사건을 알고 있을 뿐 세상은 그의 분신에 아무런 관심도 분노도 함께 하지 않았다고 한다을 조금이라도 사과하겠다.'

이렇게 아픈 이름 하나를 또 가슴에 새겼다고 합니다.

그 빈민 장애인은 서울 강남역 앞에서 테이프 노점상을 하던 1급 장애인이었습니다. 어린 나이에 고아로 버려졌고 고아원에서 나온 지 얼마 되지 않아 뺑소니 교통사고를 당해 척추를 다쳐 휠체어에 의지해 하루하루 살아가고 있었습니다. 그러다가 어느 해

추운 겨울 구청이 동원한 깡패 용역에 의해 생계 수단들을 철거당했고 자신의 신체 중 유일하게 성한 한쪽 다리마저 부러지는 사고를 입었습니다. 그러나 사고 이후 문제가 커질 것을 염려한 구청 측이 노점상들에게 계속 장사를 할 수 있도록 해주겠다는 제안을 했습니다.

얼마 후 채 회복되지도 않은 몸을 이끌고 생계를 위해 할 수 없이 다시 거리에 나섰지만 구청 측이 약속을 깨고 노점상을 강제 철거하자 그는 구청 현관 문 앞에서 분신했습니다. 자신의 존엄성

을 유린한 공권력에 대한 마지막 항거로 37년간의 고단한 자신의 삶을 훨훨 태워 마감했습니다. 책은 묻습니다. 인권은 어디에 있는가?

# 8

# 아픈 시대를 지나온 기록

## 『내 생의 적들』

이인휘 지음 | 2004 | 실천문학

나는 사회에 속해 있다고 합니다. 그렇다면 사회는 내게 어떤 존재인가요? 사회는 내게 어떤 영향을 미치는 것일까요? 특히 사회적 문제들은 나와 어떤 관련이 있을까요? 만약 내가 사회 문제에 대해 관심을 기울이지 않는다면 내게는 과연 무슨 일이 일어날까요?

우리들 대부분은 사회 현실을 나와는 무관한 일로 여기고 살아갑니다. 사회 현실에 관심을 갖든 안 갖든 사회는 존재하고 역사는 흘러갑니다. 내게 직접적인 피해를 주지 않는 이상 모두 남의 문제입니다. 중요한 것은 내 생활이고 그것이 더 나아지느냐 그렇지 않느냐가 가장 관심거리입니다. 실제로 그렇게 살아도 아무 이상 없이 잘 살 수 있습니다. 지나간 사건들이 왜곡되었건, 누가 그 때문에 지울 수 없는 상처를 안고 살아가건 나와는 상관없는 얘기일 뿐입니다.

그러나 내 의지와 전혀 관계없이 내가 계속 고통을 당하고 있다면, 더구나 그 고통을 주는 주체가 이 사회의 보이지 않는 힘이라면 우리는 사회를 어찌 바라볼 것인가. 사회가 바뀌지 않고서는 그런 부당함이 도저히 해소되지 않는다면, 그때에도 우리는 '사회 문제와 나는 무관하다'고 생각할 것인가.

『내 생의 적들』은 이인휘의 장편소설입니다. 소설 속에는 작가의 체험이 다분히 녹아 있습니다. 작가는 야학과 검정고시를 거쳐 대학의 무역학과에 입학했습니다. 그러다 광주항쟁을 겪으며 자퇴를 하고 군대로 피신합니다. 제대 후 농촌을 떠돌다가 서울로 돌아와 공장에서 일합니다. 그러면서 그곳에서 노동운동을 하는 사람들을 만나 노동운동의 길로 들어섭니다. 파업 도중 분신자살한 동료의 추모사업회를 만들고 노동운동을 해오며 소설을 쓰는 작가입니다.

작품 속 주인공이 겪은 이야기 곳곳은 허구적 상상력과 결합되어 있긴 하지만 많은 부분 그의 이력과 맞닿아 있습니다. 어쩌면 소설 속 내용은 모두 사실일지 모릅니다. 작가 자신이 밝혔듯 결코 가상이 아니고 지금도 진행형일지도 모릅니다.

이 글은 내가 썼으나, 어두운 시대를 겪어온 많은 사람들이 만들어낸 이야기이기도 하다. 이 소설에 나오는 김광훈이라는 인물 역시 내가 겪었던 삶과 내가 살면서 만나온 많은 사람들의 이야기를 모아 만들어낸 인물이다. 결코 가상의 인물이 아닌 한

> 시대가 만들어낸 인물이며, 여전히 우리 시대를 살아가고 있는
> 진행형의 인물이기도 하다.
>
> — 「작가 후기」에서

　그러므로 『내 생의 적들』은 이 왜곡된 현대사를 살아온 누군가가 겪은 이야기일 것입니다. 그러나 '누군가'가 아니라 '누구에게나' 일어날 수 있는 이야기라는 점에 문제의 심각성이 있습니다. 어느 날 갑자기 대상이 바뀌어 바로 내가 그 '누군가'로 둔갑할 수 있는 것입니다.

　어느 날 갑자기, 소설 속에 표현된 날짜에 의하면 1980년 5월 17일,5·18광주항쟁 전날 김광훈이라는 대학생인 '나'는 문학동아리 방에서 친구 이상현을 만납니다. 그는 같은 동아리 회원이며 학생회 간부였고 당시 학생운동에 주도적인 역할을 하고 있었습니다. 그리고 그의 이끌림에 따라 총학생회실에서 잠시 동안 시간을 보냅니다. 이 순간이 주인공에게는 인생을 송두리째 바꿔놓는 순간이 되었습니다.

　가난이 싫어서 무역학과에 들어온 '나'는 시에 이끌려 문학동아리에 들어온 학생이었습니다. 그때까지도 거리의 시위에 참여해본 적이 없고 관심도 없었습니다. 사실 비웃기까지 했습니다. 그러나 그날 친구와 함께 안기부원들에게 잡힌 이후 이상현은 의문사를 당하고 나는 친구를 죽인 살인범으로 몰려 고문을 당하게 됩니다.

　나는 온몸을 발가벗긴 채 각목으로 두들겨 맞았습니다. 고문 기

술자들이 내 머리카락을 잡고 욕조 물 속에 내 얼굴을 처박았습니다. 고통에 못 이겨 나는 그들이 말하는 대로 불순분자라고 스스로 인정했습니다. 발가벗긴 채 기어다니면서 살려달라고 애원했습니다. 내 성기를 나무로 툭툭 치며 너는 불순세력이라고 말하면 나는 그렇다고 하면서 살려달라고 했습니다. 고문 기술자들은 나를 인간이기를 포기하도록 만들었습니다. 고문 후에 나는 강제로 군에 징집을 당하게 됩니다. 식구들에게도 사랑하는 여인에게도 아무 말을 할 수 없도록 강요받았습니다.

군대에 와서도 나는 불순세력이라는 딱지를 떼지 못하고 요주의 인물로 괴로움을 받습니다. 그러다가 국가보안법이란 명목으로 군대영창에 1년 8개월을 갇히고 다시 복귀해 의가사 제대를 하게 됩니다. 사회에 나와서도 안기부원들에게 한 달에 한 번씩 현재 소재를 밝히는 전화를 하라는 강요를 당합니다. 말을 듣지 않으면 내 주변의 사람들을 가만두지 않기 때문에 나는 주변 사람들에게 내 처지를 밝히지도 못하고 혼자 지냅니다. 그렇게 떠돌며 힘겨운 공장일로 겨우겨우 연명하지만 그것도 노사분규가 일어나자 위장취업자로 몰려 해고를 당합니다. 갈 곳 없는 나는 열악한 노동으로 병든 몸을 이끌고 친구의 형이 있는 전라도 농촌에 내려갑니다. 거기서 돼지 키우는 일을 도와주며 희망 없는 삶을 살아갑니다.

그런데 뜻밖에도 그곳으로 예전 의문사를 당한 친구 이상현의 누이동생이 찾아옵니다. 그녀는 내가 오빠의 의문사를 증명할 유일한 증인임을 강조합니다. 그리고 그들이 오빠를 죽였으며 그 죽음을 위장하기 위해 나를 학생운동가로 몰고 살해범으로 위협해 강제 징집시킨 것이라고, 그리고는 사람들과 단절시키기 위해 제대 후에도 끊임없이 나를 옭아매었다는 것을 일깨워줍니다.

그녀와 그녀의 어머니는 오빠의 억울한 죽음으로 인해 인생관이 바뀌어 사회 문제에 적극적인 사람들로 새 인생을 살고 있었습니다. 세상물정 하나도 모르던 어머니가 아들을 죽인 살인범을 찾겠다고 팔 년을 뛰어다니면서 세상을 다시 보게 되었습니다. 당신의 아들이 왜 죽었으며, 죽을 수밖에 없었던 그 시대를 알게 됐고, 죽음의 진실을 알기 위해서는 진실한 세상이 와야 한다는 것을 깨우친 것입니다.

이런 인연을 계기로 나는 무엇이며 왜 살고 있는지 내 스스로에게 묻게 됩니다. 그리고 나를 죽인 20대를 되돌아보며 '내가 갖고 있는 삶의 확신은 무엇인가' 라는 의문에 싸였습니다. 그리하여 나는 친구 누이동생 정혜의 도움을 받아 양심선언을 통해 이상현의 의문사를 증언하기로 용기를 냅니다. 마침내 발표 날, 기독교 회관에서 수많은 사람들이 모인 예배 중에 그동안 내가 어떤 고문을 받고 어떤 억압을 받아 인생이 송두리째 망가졌는지 말합니다. 사람들은 내 말을 듣고 의문사 당한 사람들과 나 같은 희생자가 무엇 때문에 비롯되었는지 이심전심으로 느낍니다.

'독재정권 타도' 라는 구호가 나오고 선언문이 뿌려지고 군중들이 모여듭니다. 전투 경찰이 기독교회관을 에워싸고 회관 창문에서는 '이상현을 살려내라' 고 외치며 선언문을 접어 종이비행기를 날립니다. 수십 수백 개의 종이비행기는 전투경찰의 머리 위를 넘

252

어 도로를 지나가던 사람들 위로 날아갑니다. 사람들이 회관에서 밖으로 몰려나오는 틈을 타 나는 정혜의 손에 이끌려 시골로 도피하기 위해 서울역에 옵니다. 그러면서 나는 이제는 그들이 설사 나를 잡으러 온다 해도 나는 내 삶을 더 이상 버릴 수 없다고 결심합니다. 그리고 나약하고 불안한 내 안의 적들과 내가 상관없는 것들이라고 외면했던 내 밖의 적들이 가한 모순들을 헤치며 여기까지 빛을 찾아온 게 틀림없다고 생각합니다.

어떤 문제에 대한 대안을 모색하려면 제일 처음 해야 할 일은 먼저 그 문제를 인식하는 일일 것입니다. 일상을 살아가면서 우리는 자주자주 나 외의 세상에 대해 잊고 살아갑니다. 아무렇지도 않게 내 안에 안주해 살아갑니다. 그럴 때 나를 무력하고 나약하게 눈감고 살게 만드는 것은 '내 안의 적' 입니다. 그러던 어느 날 소설 속 인물이 겪었던 일과 같은 '인권 유린' 을 당하게 될 때, 나를 유린하는 그들은 어느 개인이 아닌 '내 밖의 적들' 입니다.

결국 우리의 무관심은 어두운 현대사를 지배했던 왜곡된 권력의 횡포를 키웠습니다. 사람이 사람답게 살아가는 사회를 만드는 것은 우리들 자신이며 우리들 관심입니다. 정치사회 문제가 우리 같은 보통 사람들과 전혀 관계가 없는 것이 아닙니다. 언제 또 다시 정치사회적 상황이 보통사람들의 인생을 뒤흔들어 놓을지 모릅니다. 그래서 먹고 사는 일만큼이나 역사와 사회에 대한 관심도 생존에 필요합니다.

# 9

# 미국적인 독설

## 『멍청한 백인들』

마이클 무어 지음 | 김현후 옮김 | 2002 | 나무와숲

미국에서 1882년부터 1968년까지 백인들에 의해 살해된 유색
인종이 기록으로 확인된 것만 4,743명이다. 이들 피해자 대부
분은 흑인이었다. 1892년에는 한 해에 230건의 린치 lynch 사적인
처벌가 미국에서 자행됐다. 희생자들 중에는 백인 남자에게 말대
꾸를 했다거나 백인 여성을 쳐다봤다는 이유만으로 희생된 경
우도 많았다고 워싱턴 포스트는 보도했다.

희생자들은 사살되거나 교수형에 처해지기 전 눈알이 도려내지
고, 집게로 이가 뽑히고, 구타당하고, 말뚝에 묶여 화형되고, 사
지가 절단되는 등 가혹한 형벌을 받았지만 정작 가해자인 백인
은 99퍼센트 처벌받지 않았다. 린치는 마치 축제처럼 어린이들
도 구경하고, 장사꾼은 구경꾼 사이에서 음료수도 팔고, 심지어
사형집행을 보기 위한 특별 열차가 편성되기도 했다.

위 글은 미국 상원이 통과시킨 '사죄 결의안'을 알리는 보도 내용의 일부입니다. 19세기 말부터 20세기 초까지 미국 근대사에서 백인들이 흑인들에게 저지른 수많은 '린치' 행위에 대해 상원이 이를 금지하는 법안을 만들지 못한 것을 용서해 달라는 '특이한' 결의안인 것입니다. 신문은 이를 두고 '100년만의 사죄'라고 표현하고 있습니다.

지금 전 세계를 쥐락펴락하는 유일한 초강대국은 단연 '미국'입니다. 사람들은 미국이 가장 경제적으로 풍요로운 나라이며 가장 문명이 발달한 나라로 생각하고 있습니다. 국내 교육은 믿을 수 없어도 미국의 교육은 믿습니다. 그래서 일찍부터 미국에 아이들을 유학 보내는 가정이 늘고 있습니다. 일부는 미국에 가서 아이를 낳아 미국 국적을 취득하기도 합니다. 지금 미국은 전 세계의 안전과 인권을 자청해서 책임지고 있는 나라입니다. 서부 개척 시절의 보안관쯤으로 자신들을 여기고 있습니다. 심지어 그들이 말하는 정의를 위해서라면 '공인된' 전쟁도 불사하고 있습니다.

그러나 과연 이런 모든 것이 진실만일까? 『멍청한 백인들』의 저자 '마이클 무어'는 우리가 생각하는 것과는 전혀 다른 미국의 모습을 알려줍니다. 그는 작가, 사회운동가이며 영화 제작자입니다. 자동차 회사 GM의 대규모 감원으로 수많은 노동자가 일자리를 잃게 되자 〈로저와 나〉1990년라는 16밀리미터 영화를 제작하여 부당함을 고발했습니다. 그것은 건강한 유머와 철저한 비판 정신으로 미국 독립영화 다큐멘터리의 교과서가 되었고 제1회 서울국제노동영화제에서 상영되기도 했습니다.

『멍청한 백인들』에서 보여주는 가장 큰 특징은 미국적인 독설과 야유입니다. 저자인 '마이클 무어'는 과격할 정도의 걸쭉한 입담으로 미국 사회 전반을 통렬하게 비판하고 있습니다. 초등학교 4학년과 6학년 때 이미 교내의 언더그라운드 신문을 창간했다가 폐간당했으며, 고등학교 시절 투표권 18세 이상이라는 수정 조항이 통과되자 교육위원에 출마하여 당선한 그의 독특한 이력만큼이나 그의 비판적 사고와 문체가 책에서 도드라집니다.

그의 비판은 권력 엘리트들 희화화, 백인 기득권층에 대한 독설, 인종 차별 비판, 성차별 비판, 교육과 환경 정책 비판 등 다양한 분야입니다. 특히 부시 정권에 대해 강도 높은 비판을 합니다. 부시의 당선을 아버지 부시와 그 측근들 그리고 조지 부시의 동생인 잽 부시플로리다 주지사 등이 기도한 미국식 쿠데타라고까지 규정하고 있습니다. 그래서 부시 대통령 주변 관료들을 반란군의 주요 인물이라고 깎아내립니다. 그런 주장의 근거로 플로리다 주부시의 동생이 주지사와 텍사스 주부시가 주지사를 지냈던 주에서 있었던 부정 선거 의혹을 듭니다. 선거 사기극은 소수민족 투표권 탄압, 전과자 선거권 박탈,벌금형에 해당하는 가벼운 사안이라도 유권자 명부에서 뺐다고 합니다. 이 때문에 플로리다에 거주하는 흑인 남성의 31퍼센트가 전과 때문에 선거에 참여할 수 없었습니다. 전통적으로 플로리다의 흑인들은 부시의 상대방인 민주당 지지지였다 부재자 투표 이용, 선거용지의 디자인으로 무효표 유도하기 등등을 증거로 들고 있습니다.

256

정치권력뿐만 아니라 아직도 미국에 존재하는 인종 또는 성차별도 적나라하게 파헤치고 있습니다. 미국 내 흑인들의 형편이 많이 개선된 줄 믿는 사람들이 많습니다. 그러나 미국 경제학자들의 연구 결과를 보면 연평균 흑인 수입은 백인 평균보다 60퍼센트나 낮다고 합니다. 이런 현상은 남녀 성차별에도 나타나서 남성의 평균 수입 1달러에 대한 여성의 수입은 76센트이며 여성이 남성과 같은 액수의 연 수입을 올리기 위해서는 16개월을 일해야 한다고 합니다. 실상이 이렇다면 과연 그 나라가 평등과 인권을 가장 중시하는 나라라고 할 수 있겠는가? 저자의 야유가 담긴 '흑인 생존을 위한 조언'은 쓸쓸한 웃음을 짓게 합니다.

> 흑인이면서 운전할 때— 경찰로부터 검문을 피하고 싶으면 바람을 많이 넣은 백인 인형을 옆자리에 태우고 다녀라. 경찰은 아마 당신을 백인 주인을 모시는 운전사로 알고 그냥 놔둘 것이다. 뉴햄프셔, 유타, 메인 주 번호판이 달린 자동차는 빌리지도 운전하지도 말라. 이들 주에는 흑인이 거의 없으므로 당신은 그 차를 훔쳤든지, 마약이나 총기를 수송하고 있는 것으로 오인받기 십상이다.

미국 내 중고등학교는 어떨까? 과연 꿈의 나라에 걸맞은 환경과 제도를 갖추고 있을까? 미국의 어른들은 대부분 투표할 때 외에는 고등학교에 가볼 기회가 별로 없습니다. 저자는 말합니다. "2천 명의 젊은이들이 전체주의 독재에 허덕이는 곳으로 민주주의의 신성한 예식을 치르러 간다는 것은 아이러니한 일이다. 가서

258

보면 학교 복도에서 멍한 눈으로 목적 없이 학생들이 이리저리 옮겨 다니는 모습이 보인다. 당국에서 입에 넣어 주는 답을 외우며, 개성을 나타내는 어떠한 행동도 했다가는 '트렌치 코트 마피아' <sub>총격사고가 난 컬럼바인 고교 범인들의 별명</sub>로 낙인찍힌다. 튀는 색깔의 옷을 입어도 교장실에 불려가 학교 심리학자로부터 심문을 당한다. 혹시 테러 심리가 있지 않나 해서."

교사들은 존경의 대상과 거리가 멉니다. 그러다 보니 교사가 모자라 최근에는 중국, 프랑스, 헝가리를 위시한 28개 국가로부터 교사를 모집했습니다. 뉴욕 시에서는 새 학기가 시작될 때까지 7천 명의 교사가 은퇴할 예정인데, 자리를 메울 사람의 60퍼센트는 자격증조차 소지하고 있지 않다고 합니다. 그 중에서도 더 놀라운 사실은 뉴욕시의 163개 학교는 2000~2001학기를 교장 선생 없이 맞이했다는 점입니다.

그런가 하면 기업의 상업주의가 학교에까지 손을 뻗어 학생들을 희생양으로 만들고 있습니다. 예를 들면 캠벨 수프의 '교육을 위한 라벨' 프로그램 같은 것이 있습니다. 미국 어린이들을 위해 무료로 학교 설비를 제공한다고 떠들면서, 학교에서 수프의 라벨을 9만 4,950개 모아 오면 애플 '아이맥' 컴퓨터를 공짜로 기증합니다. 그 회사는 학생들 보고 하루에 캠벨 수프 한 깡통을 소비하는 목표를 세워 실천하라고 요구합니다. 그들의 계산에 의하면 학생수 528명인 학교에서 한 학생이 1주일에 라벨 다섯 개를 모아 오면 학교에 컴퓨터가 하나 생긴다는 식입니다.

이렇게 미국의 고등학교들은 교육환경의 낙후, 학내 전체주의,

상업주의의 이용 등에 병을 앓고 있다고 합니다. 물론 이런 것들은 저자의 비판적인, 아니 독설에 가까운 부정적 시각이 부분적으로 작용한 것이기도 합니다. 그러나 저자가 근거로 드는 조목조목의 수치와 사례들은 그런 현상이 결코 허구만은 아니라는 것을 알려줍니다.

사정이 이런데도 우리는 어떤가? 미국은 가장 선진국이고 거기는 우리와 확연히 다른 교육 환경이고 가장 창의적으로 자유롭게 자신의 능력을 인정받고 계발할 수 있는 교육을 받는 것처럼 떠듭니다. 심지어는 한국인 학생이 대부분인 미국 시골학교도 존재한다는 엄연한 언론 보도에조차 환상은 아직 유효합니다. 모든 일에는 명암이 있습니다. 나쁜 것이든 좋은 것이든 일방적 편견을 가져서는 곤란합니다. 우리가 초강대국을 이해하는 것도 역시 다양한 시각이 필요합니다. 풍문과 환상은 눈을 어둡게 합니다.

# 테러의 이면

## 『권력과 테러』

존 준커먼, 다케이 마사카즈 편 | 홍한별 옮김 | 2003 | 양철북

2001년 9·11 이후 테러는 전 세계적인 재난이 된 듯합니다. 중동 지역에서는 크고 작은 자살 테러가 있었고 영국 런던 한복판에서 두 차례 심각한 테러도 발생했습니다. 세계 유일의 초강대국인 미국의 심장부를 강타한 테러에 지구촌은 경악했습니다. 미국은 '테러와의 전쟁'을 즉각 선포하고 자신들이 받은 충격을 갚기 위해 전쟁을 벌였습니다.

이런 일련의 사태에 대해 미국의 대표적인 지성 노엄 촘스키는 특별한 주장을 합니다. 9·11테러가 큰 충격을 준 것은 테러의 규모가 컸기 때문도, 특별히 잔인했기 때문도 아니라는 것입니다. 그것은 역사상 처음으로 '미국'이 대규모 테러의 대상이 되었기 때문이라고 합니다. 그리고 그는 훨씬 더 과격한 형태인 '강한 자의 약한 자에 대한 테러리즘'이라는 문제를 거론하지 않고서 '약

한 자의 강한 자에 대한 테러리즘'을 이야기할 수는 없다고까지 말합니다.

9·11테러가 규모가 크거나 특별히 잔인한 것이 아니었다면 과연 어떤 것이 '크고 잔인한' 테러였을까? 미국이 당한 테러가 '약한 자의 강한 자에 대한 테러'였다면 '강한 자의 약한 자에 대한 테러'는 어떤 것일까? 『권력과 테러』속에서 우리는 초강대국 미국의 수많은 지식인들도, 가장 자유롭다는 그들의 언론도, 세계를 주무르는 힘을 지닌 그들의 행정부도 결코 말하지 않는 진실을 들을 수 있습니다. 그것은 아무도 말하지 않았지만 분명히 있었고 지금도 분명히 존재하고 있습니다.

40여 년 전, 미 공군은 남베트남을 폭격했습니다. 미국은 그곳에서 수년간 농작물을 파괴하려고 화학무기를 사용했고, 수없이 많은 사람들을 죽음으로 내몰았습니다. 고엽제 공격으로 인해 지금까지 후유증에 시달리는 사람은 말할 것도 없고, 희생자만 수십만 명이었습니다. 그런데도 베트남 사람들이 어떤 피해를 겪었는지는 전혀 알려지지 않았습니다. 다만 미국의 사상자는 정확한 숫자가 나와 있습니다.

미군 조종사의 유해를 찾는 것은 언론에서 큰 이슈로 다루었지만 베트남 사람 몇이 죽고 죽어가고 있는지는 아무도 관심 두지 않았습니다. 수백만 명이 죽었다고 추측할 뿐 그 오차가 백만 명 가까이 됩니다. 힘이 센 나라는 약한 나라 사람들을 학살할 때 얼마나 죽이는지 염두에 두지 않습니다. 누구의 생명은 중요하고 누구의 생명은 중요하지 않다는 차이가 존재합니다.

한국 전쟁 당시 미 공군은 북한이 완전히 초토화되어 더 이상 폭격할 것이 없자 댐을 폭격했습니다. 2차 대전 당시 네덜란드에서 제방 문을 열어 민간인에게 피해를 입힌 사례는 전쟁 범죄로 간주되었습니다. 그에 비해 댐을 무너뜨린 것은 훨씬 심각한 사태를 초래하는 중요한 전쟁범죄입니다. 그러나 『에어 포스 쿼털리』라는 잡지에 실린 미 공군 역사에서 이 사건은 자랑스럽게 거론되어 있습니다. 댐을 폭격해서 엄청난 양의 물이 쏟아지게 하여 강과 들을 휩쓸고 사람들을 대혼란에 빠뜨려 혁혁한 전과를 올렸다고 이야기하고 있습니다. 한국인의 주식은 쌀입니다. 쌀농사를 지으려면 물이 있어야 하고 기름진 들판이 있어야 합니다. 그들이 폭격한 것은 곧 생명인 것입니다.

미국이 전 세계적으로 가장 많이 지원을 하는 나라는 이스라엘입니다. 그들은 팔레스타인 영토를 이스라엘 것으로 만들기 위해 점령 지역 내의 주민들의 의지를 꺾고 가능하다면 인구를 완전히 없애버리려는 정책을 펴고 있습니다. 이를 위해 미국은 40여 년 가까이 외교적인 방패가 되어 이스라엘을 군사적·재정적으로 지원했습니다.

이스라엘이 레바논을 침공해서 2만여 명을 죽였을 때도 미국은 이스라엘을 지원했을 뿐 아니라 전쟁을 막으려는 유엔 안전보장이사회의 결정에 거부권을 행사했습니다. 미국의 관심은 오직 납세자인 유대인들에 있습니다. 미국은 막대한 석유 자원이 있는 중동 지역에서 영향력을 행사할 교두보로 이스라엘을 활용하고 있습니다. 미국이 대주는 전투기로 이스라엘 조종사가 폭격을 합니다.

전통적으로 미국은 중동 지역에서 포악하고 부패한 정부를 지원해 왔습니다. 중동 사람들도 이제는 미국의 그런 지원 목적이 원유 생산을 통제하여 이득을 얻으려는 것임을 알고 있습니다. 이라크는 1958년에 세계 석유 생산에 대한 미·영의 공동관리 체제를 박차고 나오는 데 성공한 최초의 나라입니다. 그 이전에 이란의 보수적 민족주의 정권도 그것을 시도했지만 그때는 미국과 영국군이 쿠데타를 일으켜 정권을 무너뜨려버린 일이 있습니다.

미국이 지원하고 세우려는 정부는 모두 미국의 목적에 맞는 정부여야 합니다. 그렇게 미국의 지원을 받은 그들 정부는 그들 나라의 민주화와 발전을 가로막고 있습니다. 사담 후세인은 한때 미국의 지원을 받아 '안팔Anfal 작전'을 수행하여 쿠르드 반군 수십만 명을 학살했습니다. 심지어 그는 독가스까지 사용했습니다. 그는 최악의 범죄자입니다. 그러나 그가 가장 나쁜 죄를 저지를 때 미국과 영국이 지원했다는 사실도 간과해서는 안 됩니다.

1980년대 '테러와의 전쟁'이 벌어졌던 중앙아메리카엘살바도르, 과테말라, 온두라스에서는 미국이 군사적 원조를 했던 그들 정부가 엄청난 만행을 저질렀습니다. 수십만 명이 학살되었고,대략 20만 명으로 추정 수백만 명이 난민이 되거나 고아가 되고 고문을 당했습니다. 미국은 미군 소속 아메리카 군사학교SOA를 조지아 주 포트 베닝에 세워 라틴 아메리카의 군인을 대상으로 전투, 폭동진압 등 훈련을 시켰습니다. SOA는 라틴 아메리카에서 무지막지한 인권 탄압을 자행한 학살자, 악명 높은 독재자와 암살자들을 양성한 것으로 유명합니다.

펜실베이니아 대학 경제학자인 에드워드 허먼의 논문에 따르면 미국의 해외 원조와 투자 환경 그리고 인권 침해가 밀접한 관련을 갖는다고 합니다. 어떤 나라에서 투자 이윤을 이끌어낼 가능성이 높을수록 그 나라에 대한 원조가 많아집니다.

제3세계 국가에서 투자환경을 개선하여 그 나라에서 이윤을 얻으려면 어찌해야 합니까? 가장 손쉬운 방법이 노조 조직자나 농민 지도자를 제거하고 성직자를 고문하고 농민을 학살하고 사회 복지 계획을 접는 것입니다. 그러면 투자 환경이 개선됩니다. 그래야 강대국의 투자가 원활하다는 것입니다. 그런 이유가 있어 이익에 맞는 정부를 세워 원조하고자 하는 것입니다. 그래서 인권 침해는 필연의 결과입니다.

『권력과 테러』의 저자 노엄 촘스키는 이렇게 초강대국 미국의 정책을 비판하며 그 이면에 담긴 진실을 파헤쳐 그것을 국가적 테러리즘으로 규정합니다. 그는 셰익스피어, 마르크스와 함께 인문학에서 가장 많이 인용되는 10대 인물이라고 합니다. 또한 MIT 대학의 언어학과 철학과 교수이며 동시에 유명한 정치 활동가이기도 합니다. '약한 자에 대한 강한 자의 테러리즘'을 주장하기 때문에 중동의 테러리스트를 옹호한다는 오해를 받기도 합니다. 그러나 그가 대중들에게 알리고자 하는 것은 진실입니다. 그리고 그는 그 진실을 대중들이 알게 되면 분명히 낙관적인 세계로 향할 행동으로 옮기게 될 것을 믿습니다. 그래서 끊임없이 사실을 전달하고자 합니다.

『권력과 테러』에서 촘스키는 중동, 베트남, 세르비아, 중앙아메리카 등에서 행해진 '테러와의 전쟁' 실상을 구체적인 자료와 연구 조사에 근거하여 예로 듭니다. 그에 따르면 '테러와의 전쟁'이나 '평화 유지'의 명분으로 그럴듯하게 포장한 세계열강의 전쟁은 사실은 민간인의 희생을 은폐하며 이루어진 권력 다툼이었다고 규정합니다. 약자가 강자를 공격하면 만행이나 테러고 강자가 약자를 공격하면 정당한 행위라는 논리는 잘못이라는 것입니다. 복음서에는 위선자를 이렇게 정의합니다. 다른 사람에게 적용하는 기준을 스스로에게 적용하기를 거부하는 사람. 그 기준에 따른다면 테러와의 전쟁이라는 것에 대한 언급이나 논의는 그 자체가 위선입니다.

"9·11은 끔찍한 만행이었지만 처음 벌어진 사건은 아닙니다. 그것과 비슷한 만행은 전 세계에서 빈발했습니다. 다만 미국이 아닌 다른 곳에서 벌어졌을 뿐입니다."

촘스키의 주장이 웅변처럼 다가옵니다. 고정된 시각 하나로는 진실을 제대로 볼 수 없습니다. 상대적인 주장도 함께 창조적으로 수용할 때 균형 잡힌 안목을 갖출 수 있습니다. 그것이 『권력과 테러』 읽기가 우리에게 주는 선물입니다.

266

# 봄날의 소풍

## 『쏭내관의 재미있는 궁궐 기행』

송용진 지음 | 2005 | 두리미디어

봄날입니다. '봄날'이라는 단어는 가만히 불러보기만 해도 입 안 가득 싱그러움이 느껴집니다. 이때 하늘 아래 모든 것들은 마음껏 기지개를 폅니다. 우리의 마음도 한 곳에 머무르지 못하고 봄바람이 되고 봄 내음이 되고 봄 아지랑이가 됩니다. 이 봄날 무언가 보람 있기도 하면서 동시에 이 포근한 봄날을 만끽할 수 있는 것들을 떠올려 봅니다.

그래서 도심 속에서 봄을 느끼기 가장 적합한 장소를 따라 가보기로 합니다. 자, 이제 '봄날의 소풍'을 떠나 볼까요? 우리들 봄 소풍의 안내자는 『쏭내관의 재미있는 궁궐 기행』입니다. 그를 앞세우고 600년 고도 서울의 봄 한가운데로 들어가는 것입니다. 슬쩍슬쩍 볼을 건드리는 바람을 동무 삼아 궁궐 산책을 갑니다.

서울은 본래 사대문 안쪽을 말했습니다. 사대문을 연결하는 도성 안쪽을 말하는 것이지요. 사대문이란 동서남북으로 각각 흥인문, 돈의문, 숭례문, 숙정문을 가리킵니다. 이 사대문의 이름에는 유교의 다섯 가지 도리인 '인의예지신'이 들어 있습니다. 흥인문의 인仁, 돈의문의 의義, 숭례문의 례禮, 숙정문의 정靖입니다. 그 중 정靖은 꾀 '정'자로 슬기 '지智'자와 서로 뜻이 통하므로 변화를 주기 위해 대신 쓴 것이라고 합니다. 문 이름만 보더라도 조선 왕조가 유교 이념을 중시하고 있었음을 알 수 있습니다.

이렇게 사대문을 지나 도성으로 들어오면 조선의 역사를 간직하고 있는 다섯 궁궐을 만납니다. 이때의 '궁궐'이란 '궁'과 '궐'이 합친 말입니다. '궁'은 임금님과 그 식구들이 사는 집이고, '궐'은 이를 둘러싼 담을 일컫습니다.

그런 궁궐이 왜 다섯 개나 필요했을까요? 그것은 한 나라의 최고 책임자이며 절대적인 존재인 임금님과 수많은 왕실 식구들을 위한 집이 하나뿐이라면 갑작스런 사태에 대비할 수 없기 때문입니다. 그래서 임금님께서 주로 생활하시고 일을 하시던 궁궐을 '법궁'이라고 부르고, 만약을 대비해 지어 놓은 궁궐을 '이궁'이라고 부릅니다. 세종대왕 때는 경복궁이 법궁이 되고 경복궁 옆에 있던 창덕궁이 이궁이 되었습니다. 반면에 정조대왕님 때는 창덕궁이 법궁, 임진왜란 이후 새로 지은 경희궁이 이궁이 되었습니다.

경복궁, 창덕궁, 창경궁, 경희궁, 경운궁을 일컬어 5대 궁궐이라고 합니다. 그들 중 가장 상징적인 존재는 '경복궁'입니다. 그래서 궁궐의 내부를 구경하기 위해 『쏭내관의 재미있는 궁궐 기행』의 안내를 받아 경복궁으로 입궐해 보겠습니다.

경복궁에는 동서남북 네 개의 문이 있습니다. 우리나라에서 가장 큰 길이 나 있고 가장 중심인 '광화문'이 경복궁의 남쪽 문이며 동시에 정문입니다. 동쪽에는 '건춘문', 서쪽에는 '영추문', 그리고 북쪽에는 '신무문'이 있습니다. 그 문은 동서남북을 가리키면서 동시에 춘하추동 사계절을 나타내기도 합니다. 동은 봄, 서는 가을, 남은 여름, 북은 겨울입니다. 정문인 광화문을 중심으로 좌우로 길게 이어져 궁궐 우측 모퉁이에 동십자각, 좌측 모퉁이에 서십자각이 있습니다. 그러나 지금은 연결되었던 담이 헐려서 동십자각은 차도 한가운데 덩그러니 나앉아 있습니다.

광화문은 일제 때 조선총독부 건물지금은 헐렸지만 한때 중앙청과 국립중앙박물관으로 쓰던 건물을 짓느라고 다른 곳으로 옮겨졌다가 한국전쟁 당시 폭격을 맞아 불에 타서 돌기둥만 남게 된 것을 다시 복원한 것입니다. 그러나 복원이 제대로 되지 못해 콘크리트와 철을 섞어 급조한 광화문이 되고 말았습니다. 문에 걸어놓는 현판도 박정희대통령의 친필로 한글 '광화문'이라 걸었습니다. 더구나 위치도 원래 위치인 정남향이 아니라 3.5도 정도 삐딱하게 틀어진일제가 조선총독부를 지으면서 틀어진 방향인데 그 총독부 건물을 축으로 지어서 틀어진 것 가짜 광화문이 세워진 것입니다. 광화문은 세 개의 무지개 문이 있는데, 왼쪽은 무신들이 오른쪽은 문신들이 드나들었습니다. 가운데 문은 오직 임금님과 왕비님만이 다닐 수 있었던 문입니다. 그래서 그 출입구 천정마다 각각 상징적인 무늬가 다릅니다.

이렇게 궁 안으로 들어가면 궁은 크게 세 개 영역으로 나누어집

269

니다. 외전 영역, 내전 영역, 후원입니다. 외전 영역은 궁궐 안의 공적 공간으로 임금님께서 공식 업무를 보시는 영역입니다. 그것은 다시 국가의 주요 행사가 거행되는 정전<sub>법전</sub>과 임금님의 집무실인 편전, 각부서 기관이 있는 궐내각사로 나뉘어 있습니다.

모든 궁궐의 상징은 단연 정전인데, 경복궁의 근정전, 창덕궁의 인정전, 창경궁의 명정전 등이 그것입니다. 정전 앞마당에서는 국가 행사나 조회 또는 외국 사신 접견 등 큰 행사를 거행했습니다. 그때에 마당의 품계석<sub>정일품, 종일품 등 지위가 적힌 돌</sub> 앞에는 좌측에 군인 출신인 무반들이, 우측에는 학자 출신인 문반들이 지위에 따라 줄을 섰습니다. 이렇게 문반과 무반을 합친 말이 흔히 말하는 '양반'입니다.

내전 영역은 임금님과 왕실 식구들의 사적 공간입니다. 임금님께서 공적 업무를 마치고 생활하는 침전, 왕비가 기거하는 중궁전, 대비마마의 처소인 대비전, 세자가 거처하는 공간인 동궁전 등이 있습니다. 일반적으로 부르는 '중전'이란 '중궁전마마'를 줄여 부르는 말입니다. 그리고 중궁전은 궁중에서 가장 깊은 곳에 위치한다고 하여 '구중궁궐'이란 표현도 썼습니다.

경복궁의 교태전이 대표적인 중궁전인데, 그곳에 들어서려면 궁궐 정문에서부터 문 여섯 개를 통과해야 합니다. 한편 세자가 기거하는 동궁은 궁궐의 기준이 되는 정전의 동쪽에 위치합니다. 해가 떠오르는 동쪽은 새로운 시대를 의미하기도 합니다. 그래서 세자란 말 대신 동궁마마란 말을 쓰기도 합니다.

궁궐의 후원은 임금님과 왕실 식구들의 쉼터였습니다. 휴식 기능이 있는 건물들과 작은 인공산인 아미산, 연못, 작은 시냇물 등이 조화를 이루고 있습니다. 그 중에서도 경복궁 경회루는 현존하는 가장 큰 누각으로서 조선 제일의 누각으로 불립니다. 우리에게는 예전의 만 원짜리 지폐 뒷면 그림으로 익숙한 건물입니다.

이렇게 궁궐의 세 영역은 정문을 들어서서 중앙에 정전 건물이 기준점이 됩니다. 그리고 좌측으로는 궐내각사들이 자리 잡습니다. 장금이의 수라간, 명의 허준이 근무하던 내의원들은 모두 그곳에 있습니다. 또한 신숙주, 정인지 같은 학자들이 밤늦도록 연구하던 집현전도 궐내각사의 일부입니다. 정전의 뒤편에는 편전이 있고, 그 뒤로 깊숙이 후원 방향으로 내전 영역인 침전, 중궁전들이 있습니다. 그리고 정전의 우측 동편으로는 세자가 기거하고 공부하는 동궁전이 위치하게 됩니다. 이런 형태의 안배가 전형적인 궁궐의 배치도라고 볼 수 있습니다.

궁궐을 돌아보면서 우리가 한 가지 명심해야 할 부분이 있습니다. 궁궐이 겪은 수난의 역사입니다. 그 중에서도 일제하에 왜곡되고 파괴된 것들이 가장 심해서 아직까지도 복원이 진행 중입니다. 일제는 조선을 침략하고 왕권의 위엄을 약화시키기 위해서 궁궐을 강제로 헐어 공원을 만들고 도로를 만들어 민족정기를 끊었습니다. 순종황제가 살던 창경궁은 동물원으로 만들어 창경원으로 불렀으며, 종묘와 창덕궁 사이에 도로를 만들어 능선으로 이어지는 맥을 끊었습니다. 경복궁은 90퍼센트 이상의 건물이 헐려 없어졌습니다. 창덕궁은 비원으로, 경운궁은 덕수궁으로 이름을 왜곡했고 대안문은 대한문으로 고쳐 불렀습니다.

지금 궁궐 안에 잔디를 깔아 놓은 모습은 일제에 의해 변형된 모습입니다. 우리 조상들은 궁궐 조경에 잔디를 절대 쓰지 않았습니다. 잔디는 오직 무덤을 덮는 데만 사용했습니다. 그런데 일본인들은 정원에 잔디를 까는 것을 좋아합니다. 결국 당시 우리 개념으로 하면 조선왕조의 궁궐을 무덤으로 만든 셈입니다. 일제는 그 잔디밭 위에 전국의 사찰에서 불상이나 석탑을 가져와 전시하여 공원으로 만들었습니다. 불교를 배척하고 유교를 숭상하던 조선왕조의 중심인 궁궐에 불교 유물이 전시되었다는 것은 이치에 맞지 않습니다. 이런 것들은 조선왕조라는 명칭 대신 '이씨 왕조'라고 불러서 일본의 천왕 아래 많은 왕 가운데 하나인 것처럼 격을 낮춘 만행과 같습니다.

'쏭내관'의 말에 귀를 기울이며 궁궐을 걷다보면 어느새 우리는 곰곰이 역사와 문화를 생각하게 됩니다. 그러면서 때로는 탐관오리를 감시하는 해태상, 처마 밑 부시(그물)와 작은 삼지창, 월대에 박힌 쇠고리, 궁궐 지붕에 장식된 잡상, 건물의 이름표인 편액, 기단을 쌓는 방식인 들여쌓기 공법, 화마를 쫓는 드므 등 소소한 것들에 담긴 상징과 지혜에 고개를 끄덕이는 즐거움도 함께 맛보기도 합니다. 서울에 궁궐이 있다는 사실, 그것은 서울에 역사와 문화가 있음을 알리는 것입니다. 이 봄날, 보드라운 바람과 함께 걷는 궁궐 산책길. 몇 백 년 전 그때에도 여기에 봄바람이 불고 봄꽃이 피어났을 것입니다. 어디선가 호령 소리, 바쁜 발걸음 소리, 풍악 소리가 들리는 듯합니다.

# 우리 민족의 위대한 역사, 발해

## 『봉황에 숨겨진 발해의 비밀』

김기우 지음 | 2006 | 천년의시작

　'동북 공정'이 문제 된 지 이미 오래입니다. 중국이 의도적으로 주변국의 역사를 왜곡하는 작업입니다. 이를테면 고구려는 중국 역사의 일부분이라는 식의 주장입니다. 그리하여 지금 그들의 땅에 흩어져 있는 고구려 유적들을 자신들의 한 지역에 있었던 문화로 뒤바꾸는 조작 행위를 하고 있습니다.

　국가가 나서서 외국 관광객들에게 고구려의 유물을 자신들의 문화로 소개하고 있습니다. 그뿐 아니라 우리 민족의 성산인 백두산도 그네들이 자신들의 문화유산으로 세계 유네스코 문화유산에 등재를 추진하고 있어 우리 국민들의 분노를 사고 있습니다. 물론 고구려는 엄연히 우리 민족의 역사입니다. 우리는 그 사실을 매우 당연하게 여기고 살아왔습니다. 국내외 학자들의 여러 연구 결과도 그것을 증명하고 있습니다. 그런데도 불구하고 중국이 그런 억

274

지 주장을 조직적으로 펼치는 까닭은 분명 숨은 의도가 있는 것입니다.

한때 고구려를 소재로 한 드라마들이 인기를 끌었습니다. 고구려 성립 이후 우리 민족의 역사에 대해서도 대중적인 관심이 일었습니다. 고구려 성립에 영향력을 미쳤던 여성 '소서노'와 백제를 성립한 그녀의 두 아들 온조, 비류가 그렇습니다. 뿐만 아니라 고구려의 후예들이 성립한 '발해'에 대해서도 다시 인식하고 있습니다. 그러나 불행히도 우리는 '발해'의 역사에 대해서는 무관심하게 지나쳐 온 경향이 많습니다.

새로 만든 국립박물관에 가 보아도 발해 유물을 전시한 '발해관'은 지극히 작고 초라합니다. 그 이유는 발해가 지역적으로 현재 우리가 접할 수 없는 곳인 탓도 있겠지만 위대한 우리 역사에 대한 소홀함도 작용한 것이 아닌가 하는 의문도 듭니다. 이런 상태라면 우리는 우리 역사를 도둑맞고 후회할 날이 있을지도 모릅니다. 명백히 우리 것인 역사를 다른 나라가 자기네 것이라고 우기는 행위가 일어나고 있는 마당에 우리마저 소홀히 하고 있는 역사를 그들이 대신 지켜줄 까닭은 만무입니다.

그래서 발해에 대한 관심을 촉구할 필요가 있는 것입니다. 『봉황에 숨겨진 발해의 비밀』은 바로 그런 의도로 씌어진 책입니다. 저자의 말을 빌리자면 중국이나 러시아가 자기들 선조가 세운 나라라고 주장하는 어이없음에 대해 '발해가 우리 역사'라는 진실을 밝히기 위해 기획했다고 합니다. 그래서 저자는 대중적인 흥미를 끌어내기 위해 저학년 학생들에게 들려주듯 쉬운 이야기로 엮어가고 있습니다. 또한 작가의 상상력을 보태서 단순한 역사 설명이 아니라 시공을 넘나드는 모험을 겪으며 체득하는 역사가 되게끔 꾸몄습니다.

주인공 솔이는 여름방학을 맞아 경주를 방문합니다. 할아버지의 역사 연구를 돕고 있는 대학생인 삼촌과 함께 토함산에 올라 봉황이 새겨져 있는 막새기와기와지붕의 끝부분을 마무리할 때 쓰는 기와에 대한 이야기를 듣게 됩니다. 그때부터 막새기와에서 나오는 봉황을 타고 삼촌과 솔이의 시간 여행이 시작됩니다. 그 둘은 처음에 신라시대로 날아가 불국사 창건 현장에 도착합니다. 이후부터는 발해사를 연구하는 할아버지를 돕겠다며 과거 발해 땅으로 가는 삼촌을 따라 우리나라 북쪽을 주로 여행하게 됩니다.

먼저 당나라가 도호부당나라가 지방을 관리하기 위해 세운 관청. 그들은 우리의 영토까지 다스리려는 목적으로 우리나라 땅에도 도호부를 두었다를 설치하고 있던 요동 땅 당나라군 막사에 도착합니다. 고구려 첩자로 오해 받아 두 사람은 위험에 처하지만 기지를 발휘해 그 곳을 탈출합니다. 그리고 나서 발해 땅으로 가 장문휴 장군발해 2대 임금 때 당나라 등주를 공격하여 승리한 수군 장수. 발해가 '해동성국' 이라는 칭호를 얻고 중국과 대등한 관계를 유지할 수 있었던 것은 장문휴가 이끌었던 발해 수군 때문이었다고 합니다을 만나게 됩니다. 장군의 신임을 받아 산둥 반도의 등주로 함께 간 두 사람은 역시 지혜를 발휘해 위기에 처한 발해군을 도와 말갈족을 무찌르고 발해왕으로부터 장군 신분을 부여 받는 부절두 조각으로 나눈 반쪽 조각, 그 조각들을 합해 맞추어 봄으로써 증거를 삼고 명령을 시행할 수 있는 표시을 상으로 받습니다. 그리고 지금의 연해주인 발해 땅에서 말갈족에게 삼촌이 납치되지만 솔이가 발

276

해 성주에게 부절을 보여주고 군사들 도움을 받아 삼촌을 구출합니다.

이 과정에서 도둑들에게 뺏긴 부절의 나머지 반쪽을 구하러 솔이는 현재의 북한 지역에 날아와 발해 유물을 발굴하고 있던 북한 유적발굴단의 연구원이며 망명을 계획하고 있는 점박이 연구원을 만납니다. 그의 도움으로 나나이족<sub>흑수말갈족의 후예로 스스로 고구려와 발해의</sub> <sub>후손이라 말하며 자료관에 발해 유물들을 보관하고 있다</sub> 마을의 향토 자료관에 숨어들어 거기서 나머지 부절 반쪽을 찾아 다시 과거로 돌아가 삼촌을 구합니다. 무사히 삼촌을 구한 솔이는 봉황을 타고 올랐다가 미래 시대 연해주 발해 박물관에 도착합니다.

이 시대는 우리나라가 통일이 되고 국력이 신장하여 옛 발해 땅을 되찾고 눈부신 발전을 이룬 미래 시대입니다. 거기서 솔이는 박물관장이 되어 있는 점박이 연구원을 다시 만나게 됩니다. 그리고 박물관장의 환대를 받고 시간 여행을 통해 발해왕에게 받은 선물과 부절 등을 박물관에 돌려줍니다. 그 뒤 현재로 돌아오다가 봉황이 비행기와 부딪히는 순간 잠에서 깹니다.

『봉황에 숨겨진 발해의 비밀』에서는 사이사이 알려주기와 사진을 통해 발해 역사에 대한 지식을 간결하게 전달하고 있습니다. 발해는 고구려인인 대조영이 고구려가 멸망한 뒤 고구려 유민과 말갈족을 결속시켜 698년 지금의 길림성 돈화현 지역인 동모산에 도읍을 정하고 세운 나라입니다. 이후 압박 받던 고구려 사람들이 발해로 모여들고 왕위를 계승한 아들 대무예에 의해 영토를 크게 넓혀 기틀을 튼튼히 하게 됩니다. 고구려 사람들이 중요한 관직을 차지하고 있었으며 말갈 사람들은 대부분 성 밖에서 농사를 지으며 고구려 사람들 밑에서 천민으로 살았습니다.

발해가 가장 융성했던 시기는 10대 임금인 선왕 때입니다. 그때는 잃었던 고구려 땅을 모두 되찾아 사방 오천 리 넓은 땅을 다스리게 됩니다. 발해는 당에 의해 '해동성국'이라 일컬어질 만큼 전성기를 누립니다. 해동성국이란 '바다 동쪽에 있는 강성한 나라'라는 뜻입니다. 발해는 926년 요나라<sup>거란</sup>에 멸망할 때까지 229년 동안 고구려를 이어왔던 우리의 역사입니다.

발해의 멸망에 대해서는 귀족 간의 권력 투쟁과 거란의 침입이 크게 영향을 미쳤다고 합니다. 그러나 최근에는 백두산 화산 폭발을 멸망 원인으로 보자는 주장도 나오고 있습니다. 발해가 워낙 강한 나라였기 때문에 거란족의 침입으로 멸망했다고 보기 어렵다는 것입니다. 백두산은 9세기와 10세기 100년에 걸쳐 세계에서 가장 큰 규모의 화산폭발이 두 차례나 있었다고 요미우리신문 인터넷 판이 보도한 적이 있다고 합니다. 이 중 9세기의 화산 폭발이 발해 멸망에 영향을 미쳤을 가능성이 있다는 주장이 학계에 제기되어 있다고 합니다.

현재의 삶에 급급하다 보면 때때로 과거의 삶에 대한 인식을 소홀히 할 수 있습니다. 심지어 과거의 삶이 우리의 현재, 미래와 어떤 관계가 있다는 것이냐고 목소리를 높이는 사람도 있습니다. 그러나 그러는 동안에 우리의 땅을 잃고 우리나라가 왜소해졌듯, 우리 역사마저 도둑맞고 있습니다. 사람은 현재의 땅을 딛고 현재의 음식을 먹고 현재의 문명을 누리며 살아갑니다. 그러나 그 현재를 있게 하는 자긍심과 같은 정신적 가치는 과거의 역사 과거의 문화유산에서 나옵니다. 그래서 우리는 당당히 외쳐야 하는 것입니다.

고구려와 그를 이어서 우리 역사를 소중하게 빛낸 발해의 역사를 누가 감히 남의 나라 역사라고 하는가. 선조이신 주몽과 대조영께서 통탄할 일입니다. 아니 준엄하게 현재의 우리를 꾸짖고 계실 것입니다. 우리 역사는 우리가 지켜야 합니다. 그것이 곧 우리나라를 지키는 일입니다.